Über den Autor

Vladimir Nabokov, geboren am 23. April 1899 in St. Petersburg, emigrierte nach der Oktoberrevolution mit seinen Angehörigen und studierte bis 1921 in Cambridge französische und russische Literatur. Von 1922 bis 1937 lebte er in Berlin, später in Frankreich und schrieb in russischer Sprache Gedichte, erzählerische Prosa und Kritiken. Überdies war er ein leidenschaftlicher Übersetzer. 1940 ging er in die USA. Er arbeitete auch als Schmetterlingsforscher. Nabokov, der die letzten fünfzehn Lebensjahre in Montreux (Schweiz) verbracht hatte, starb am 2. Juni 1977 in Lausanne.

Von Vladimir Nabokov erschienen in der Reihe der rororo-Taschenbücher bzw. im Rowohlt Verlag außerdem: «König Dame Bube» (12387), «Maschenka» (Nr. 13309), «Die Mutprobe» (Nr. 5107), «Einladung zur Enthauptung» (Nr. 1641), «Das wahre Leben des Sebastian Knight», «Das Bastardzeichen» (Nr. 5858), «Lolita» (Nr. 635), «Professor Pnin» (Nr. 12141), «Fahles Feuer», «Ada oder Das Verlangen» (Nr. 4032), «Durchsichtige Dinge» (Nr. 5756), «Sieh doch die Harlekins!», «Der Späher»; die Erzählung «Der Zauberer» (Nr. 12696; liegt auch in zwei Toncassetten, gelesen von Armin Mueller-Stahl, in der Reihe Literatur für KopfHörer» vor), ferner die Bände mit Erzählungen «Frühling in Fialta» (Nr. 4975) und «Der schwere Rauch. Gesammelte Erzählungen». Innerhalb der Gesamtausgabe erschienen bisher: «Frühe Romane» (2 Bände); «Die Gabe», «Sämtliche Erzählungen» (2 Bände), «Einladung zur Enthauptung», «Das Bastardzeichen», eine kommentierte Ausgabe von «Lolita», «Nikolai Gogol», «Deutliche Worte. Interviews – Leserbriefe – Aufsätze» sowie die Memoiren «Erinnerung, sprich».

In der Reihe «rowohlts monographien» erschien als Band 328 eine Darstellung Nabokovs mit Selbstzeugnissen und Bilddokumenten von D. E. Morton.

Vladimir Nabokov

Lushins Verteidigung

Roman

Deutsch von
Dietmar Schulte,
bearbeitet von
Dieter E. Zimmer

rororo

Rowohlt

Die englische Fassung von
«Lushins Verteidigung» erschien 1964
unter dem Titel «The Defense» bei
G. P. Putnam's Sons

Veröffentlicht im Rowohlt Taschenbuch Verlag GmbH,
Reinbek bei Hamburg, August 1994

Umschlaggestaltung Büro Hamburg
(Gemälde «Gelb-Rot-Blau» von
Wassily Kandinsky, 1925.
Paris, Musée National d'Art Moderne,
Centre Pompidou
© VG Bild-Kunst, Bonn 1993)
Gesamtherstellung Clausen & Bosse, Leck
Printed in Germany
1490-ISBN 3 499 13502 7

Lushins Verteidigung

Für Véra

Kapitel 1

Am tiefsten traf ihn, daß er ab Montag Lushin sein sollte. Sein Vater – der richtige Lushin, der an Jahren vorgeschrittene Lushin, der Bücher geschrieben hatte – verließ lächelnd das Kinderzimmer, rieb sich die Hände (schon für die Nacht mit einer wasserhellen, kühlenden Fettcreme eingerieben) und tappte mit seinem abendlichen, wildlederweichen Gang ins Schlafzimmer zurück. Seine Gattin lag im Bett. Sie richtete sich halb auf und fragte: «Nun, wie war's?» Er legte seinen grauen Morgenrock ab und antwortete: «Es ist glatt gegangen. Er hat es ruhig aufgenommen. Uff... Mir ist direkt ein Stein vom Herzen gefallen.» – «Wie gut...», sagte seine Frau und zog langsam ihre seidene Bettdecke hoch. «Gottseidank, gottseidank...»

Es war wirklich eine Erleichterung. Den ganzen Sommer über – einen flüchtigen Sommer auf dem Lande, der hauptsächlich von drei Gerüchen erfüllt gewesen war: blauem Flieder, frisch geschnittenem Heu und trockenem Laub –, diesen ganzen Sommer über hatten sie die Frage debattiert, wann und wie man es ihm eröffnen solle, und sie hatten es verschoben, verschoben und schließlich bis Ende August hinausgezögert. Wieder und wieder waren sie um ihn herumgegangen, behutsam immer engere Kreise ziehend; sobald er aber auch nur den Kopf hob, begann der Vater mit vorgeschütztem Interesse an das Barometerglas zu klopfen, dessen Zeiger immer auf Sturm stand, indes die Mutter irgendwohin in die Tiefe des Hauses entfloh, hinter sich alle Türen offen ließ, und ein Strauß langstieliger blauer Glockenblumen blieb in wirrer Unordnung auf dem Flügel zurück. Die rundliche französische Gouvernante, die ihm laut den *Grafen von Monte Christo* vorlas (und sich ab und zu unterbrach, um gefühlvoll «Armer, armer Dantès!» zu rufen), machte seinen Eltern den Vorschlag, selber den Stier bei den Hörnern zu packen, auch wenn sie vor diesem Stier Todesängste empfand. Der arme, arme Dantès erweckte bei ihm keine Anteilnahme, und wenn er ihren pädagogischen Seufzer vernahm, kniff er die Augen zusammen, bearbeitete wild sein Zeichenpapier mit einem Radiermesser und versuchte, die Wölbungen ihres Busens so abstoßend wie nur möglich zu portraitieren.

Lange Zeit danach, in einem Jahr unerwarteter Hellsichtigkeit und Verzauberung, erinnerte er sich ohnmächtig und entrückt dieser verflossenen Lesestunden auf der Veranda, schwimmend auf dem Rauschen des Gartens. Die Erinnerung daran verband sich mit Sonnenschein und dem süßen, tintigen Geschmack jener Lakritzestangen, von denen sie mit einem Federmesser kleine Stücke abhackte, die er dann unter die Zunge stecken mußte. Auch die Reißzwecken, die er einst auf den Sitz des Korbsessels gelegt hatte, der unter Knarren und Knistern ihre gewichtige Hinterpartie aufnehmen sollte, entsprachen in seiner Erinnerung der Sonne, den Geräuschen des Gartens und der Mücke, die sich an seinem zerschundenen Knie vollsog und dabei beseligt ihr rubinrotes Hinterteil anhob. Gut und bis in alle Einzelheiten kennt ein Zehnjähriger seine Knie – den blutiggekratzten Huppel, die weißen Spuren der Fingernägel auf der braungebrannten Haut und alle die Schrammen, die die angefügten Signaturen von Sandkörnchen, Kieseln und scharfen Reisern sind. Die Mücke entkam dem Schlag und flog davon; die Gouvernante bat ihn, doch nicht hin- und herzurutschen; wütend vor Konzentration zeigte er seine unebenen, von einem Petersburger Dentisten mit Platindraht verklammerten Zähne, senkte den Kopf mit der Scheitellocke und kratzte und rieb alle fünf Finger auf der Stelle herum, wo ihn die Mücke gestochen hatte – und mit wachsendem Entsetzen beugte sich währenddessen die Gouvernante dem geöffneten Zeichenheft, der unglaublichen Karikatur entgegen.

«Nein, ich sage es ihm lieber selber», antwortete Lushin senior nicht ganz überzeugt auf ihr Angebot. «Ich werde es ihm gleich sagen, mag er nur erst in Ruhe sein Diktat schreiben. Die Lerche nistete in einer alten Lärche», diktierte er in gemessenem Tempo und schritt dabei im Unterrichtszimmer auf und ab. «Die Lerche nistete in einer alten Lärche.» Und der Sohn schrieb, lag beim Schreiben fast auf dem Tisch, seine Zähne mit den Metallklammern traten hervor, und für die Wörter ‹Lerche› und ‹Lärche› ließ er einfach leere Stellen. Besser ging es mit der Arithmetik: Eine geheimnisvolle

Süße lag darin, daß eine unter langem Suchen mühsam gefundene Zahl sich nach manchen Abenteuern im entscheidenden Augenblick ohne Rest durch neunzehn teilen ließ.

Lushin senior fürchtete, daß sein Sohn, wenn er erst erführe, wozu diese Sineus und Truwor so ohne jedes charakteristische Merkmal, wozu die Liste der russischen Wörter mit einem ‹Jatj› und die Hauptflüsse Rußlands nötig seien, sich genauso anstellen würde wie vor zwei Jahren, als langsam und massig, vom Geräusch knarrender Treppenstufen, knackender Dielen sowie hin- und hergerückter Koffer begleitet, die französische Gouvernante erschienen war und sich mit ihrer Person im ganzen Haus breitgemacht hatte. Doch nichts dergleichen trat ein; er hörte ruhig zu; und als der Vater in seinem Bemühen, die interessantesten und erfreulichsten Einzelheiten zusammenzusuchen, unter anderem erwähnte, daß er fortan wie ein Erwachsener mit seinem Familiennamen gerufen würde, errötete der Sohn, begann zu blinzeln, ließ sich mit dem Rücken auf ein Kissen fallen, sperrte den Mund auf und schüttelte den Kopf («Rutsch nicht so herum!» sagte der Vater ahnungsvoll, als er seine Aufregung bemerkte und Tränen erwartete), weinte jedoch nicht, vergrub vielmehr sein Gesicht ins Kissen, preßte mit Explosivlauten die Lippen hinein, richtete sich dann plötzlich auf, um zerzaust, glühend und mit glänzenden Augen die Frage hervorzusprudeln, ob man ihn auch zu Hause Lushin nennen würde.

Auch jetzt, an diesem trüben, verhangenen Tag, unterwegs zum Bahnhof, zum Zug nach St. Petersburg, schaute Lushin senior, der neben seiner Frau in der Kutsche saß, auf den Sohn, bereit, ihn sofort anzulächeln, falls er ihm das hartnäckig abgewandte Gesicht zuwenden sollte, und konnte nicht begreifen, warum dieser plötzlich so «unnatürlich steif und abweisend» war, wie seine Frau sich ausdrückte. In schwarzbraune Loden gewickelt, saß der Sohn auf der Vorderbank, seine Matrosenmütze schief auf dem Kopf, die zurechtzurücken im Augenblick niemand in der Welt gewagt hätte, und schaute zur Seite auf die dicken, vorbeihuschenden Birkenstämme am Rande des Grabens, der mit ihren Blättern angefüllt war.

«Ist dir auch nicht kalt?» fragte die Mutter, als der Weg sich dem Fluß zuwandte und eine Windbö die grauen Vogelflügel auf ihrem Hut in Bewegung brachte. «Ja», sagte der Sohn und schaute auf den Fluß. Mit einem mauzenden Laut griff die Mutter nach seinem Umhang, doch als sie den Ausdruck in seinen Augen bemerkte, zog sie die Hand zurück und deutete nur hilflos mit den Fingern in der Luft umher: «Mach ihn zu, mach ihn fester zu.» Der Sohn rührte sich nicht. Sie wölbte die Lippen, um den Schleier vom Munde zu lösen – eine ständige Gebärde, fast ein Tic von ihr –, und in stillem Flehen um Beistand blickte sie ihren Gatten an. Auch er trug einen Lodenmantel, seine Hände steckten in Fäustlingen und lagen auf dem karierten Plaid, das schräg herabfiel, dann eine größere Falte bildete und kaum merklich wieder bis zur Taille des kleinen Lushin anstieg. «Lushin», sagte er mit gezwungener Fröhlichkeit, «na, Lushin?», und stieß seinen Sohn unter dem Plaid sanft mit dem Fuß. Lushin zog die Knie an. Da waren schon die Dächer der Bauernhäuser, dicht mit hellem Moos bewachsen, da der vertraute alte Pfahl mit der halbverwaschenen Inschrift (der Name des Dorfes und die Anzahl seiner «Seelen»), da der Dorfbrunnen mit seinem Eimer, schwarzem Morast und einem Bauernweib mit weißen Beinen. Außerhalb des Dorfes fuhren sie im Schritt bergan, und weiter unten tauchte hinter ihnen die zweite Kutsche auf, in der eng beieinander die Französin und die Wirtschafterin saßen, die sich beide nicht ausstehen konnten. Der Kutscher schnalzte, die Pferde setzten sich wieder in Trab. Über dem Stoppelfeld flog langsam am farblosen Himmel eine Krähe.

Die Bahnstation lag zwei Werst vom Gutshof entfernt, dort, wo die eben noch sanft und hallend durch den Tannenwald führende Landstraße die St. Petersburger Chaussee kreuzte und sich dann über die Gleise hinweg, unter der Schranke hindurch ins Unbekannte verlor. «Wenn du willst, kannst du die Marionetten tanzen lassen», sagte Lushin senior schmeichlerisch, als sein Sohn aus der Kutsche gesprungen war und nun auf dem Boden stand und seinen Hals hin und her drehte, weil ihn die Wolle des Lodenmantels kratzte. Schweigend nahm der Sohn das Zehnkopekenstück. Aus der zweiten Kutsche krochen schwerfällig die Gouvernante und die Wirtschafterin, die eine nach rechts, die andere nach links. Der Vater zog seine Handschuhe aus. Die Mutter schlug ihren Schleier zurück und achtete auf den kräftig gebauten Gepäckträger, der die Plaids mitnahm. Ein Windstoß ließ die Mähnen der Pferde flattern und blähte die karminroten Ärmel des Kutschers auf.

Ganz allein auf dem Bahnsteig, trat Lushin an den Glaskasten heran, in dem fünf Puppen mit nackten, herabhängenden Beinen darauf warteten, daß ein Geldstück sie zum Leben erwecken und sich im Kreise drehen lassen werde; aber ihre Erwartung wurde heute enttäuscht, der Automat war kaputt, das Zehnkopekenstück verloren. Lushin wartete noch ein wenig, dann wandte er sich um und trat an die Bahnsteigkante. Rechts saß auf einem gewaltigen Bündel ein kleines Mädchen, den Ellbogen in die flache Hand gestützt, es aß einen grünen Apfel. Links stand ein Mann in Stiefelgamaschen, eine Reitgerte in der Hand, und schaute in die Ferne zum Waldrand hinüber, hinter dem in wenigen Minuten ein Vorbote des Zuges auftauchen mußte – ein weißes Wölkchen. Geradezu, auf der anderen Seite der Gleise, neben einem dunkelgelben Zweiter-Klasse-Wagen ohne Räder, der in die Erde gewachsen und in eine ständige menschliche Behausung verwandelt worden war, hackte ein Bauer Brennholz. Plötzlich wurde das alles von einem Tränenschleier verdeckt, an den Augenwimpern begann es zu brennen; zu ertragen, was unmittelbar bevorstand, erschien unmöglich – der Vater, die Fahrkarten fächerförmig in der Hand, die Mutter, die Koffer mit den Augen nachzählend, der heranfliegende Zug, der Gepäckträger, der einen Tritt an die Wagentür stellte, um das Einsteigen bequemer zu machen. Er sah sich um. Das kleine Mädchen aß den Apfel; der Mann in den Stiefelgamaschen blickte in die Ferne; alles war ruhig. Er erreichte schlendernd das Ende des Bahnsteigs und rannte plötzlich rasch davon, eilte die Stufen hinab – ein ausgetretener Pfad, der kleine Garten des Stationsvorstehers, ein Zaun, eine Pforte, Tannen, geradeaus eine kleine Schneise und dann unvermittelt dichter Wald.

Anfangs lief er geradeaus durch den Wald, raschelte im Farnkraut, glitschte auf den herbstroten Blättern der Maiglöckchen, die Mütze hing ihm, nur noch vom Gummiband gehalten, im Nacken, seine Knie in den wollenen Stadtstrümpfen fühlten sich heiß an, er weinte im Laufen, jammerte, schimpfte wie ein kleines Kind, wenn ihm ein Zweig ins Gesicht schlug – und hielt schließlich inne, hockte sich außer Atem hin, so daß sein Lodenmantel die Beine bedeckte.

Erst heute, am Tag der Abreise in die Stadt, einem ohnehin nicht erfreulichen Tag, an dem überall im Hause Durchzug herrscht, an dem man den Gärtner beneidet, weil er nirgendwohin zu reisen braucht, erst heute begriff er den ganzen Schrecken der Umstellung, von der sein Vater gesprochen hatte. Die gewohnte Rückkehr in die Stadt im Herbst früherer Jahre erschien auf einmal paradiesisch. Der tägliche Morgenspaziergang mit der Gouvernante – immer durch ein und dieselben Straßen, den Newskij-Prospekt entlang und dann im Bogen über die Uferpromenade nach Hause – würde sich nun nie mehr wiederholen. Glückliche Spaziergänge. Manchmal hatte sie ihm auch vorgeschlagen, mit der Uferpromenade zu beginnen, aber das hatte er stets abgelehnt – nicht so sehr, weil er von früher Kindheit an ein Freund der Gewohnheit war, sondern weil er unerträgliche Angst vor der Peter-Pauls-Kanone hatte, deren mächtiger Donnerschlag die Fensterscheiben der Häuser erzittern ließ, daß einem das Trommelfell schmerzte. Immer wußte er es durch unscheinbare kleine Tricks so einzurichten, daß sie sich um zwölf Uhr mittags auf dem Newskij-Prospekt weit weg von der Kanone befanden, deren Knall sie sonst bei der vorgeschlagenen Änderung des Spazierweges unmittelbar am Winterpalast erreicht hätte. Vorbei war es auch mit dem süßen Sichgehenlassen nach dem Mittagessen auf der Couch unter der Tigerdecke und der genau um zwei gereichten Milch in der silbernen Tasse, die ihr einen so kostbaren Geschmack verlieh; vorbei mit der Spazierfahrt im offenen Landauer genau um drei. Statt dessen stand jetzt etwas widerwärtig Neues und Unbekanntes bevor, eine aussichtslose, unfaßbare Welt, in der es, von neun bis drei, fünf Unterrichtsstunden hintereinander geben würde und eine Schar von Jungen, noch fürchterlicher als jene, die ihn kürzlich an einem Julitag auf der Brücke umzingelt, ihre Blechpistolen auf ihn gerichtet und ihn mit Holzstöckchen beschossen hatten, von denen heimtückischerweise die Gummipfropfen entfernt worden waren.

Im Wald war es still und feucht. Nachdem er sich ausgeweint hatte, spielte er etwas mit einem Käfer, dessen Fühler unruhig zuckten, und während er sich Mühe gab, das ursprüngliche, saftige Knackgeräusch zu wiederholen, zerquetschte er ihn lustvoll mit einem Stein. Schließlich bemerkte er, daß es zu nieseln begonnen hatte. Er stand auf, fand den vertrauten Pfad und rannte weiter, über Wurzeln stolpernd, bewegt von dem aufregenden, rachsüchtigen Gedanken, das Sommerhaus zu finden: Er würde sich dort den Winter über verbergen und in der Vorratskammer von Käse und

Eingemachtem ernähren. Der Pfad schlängelte sich etwa zehn Minuten durch den Wald, führte dann zum Fluß hinunter, auf dem Regentropfen dicht bei dicht Ringe bildeten, und nach weiteren fünf Minuten kam die Sägemühle in Sicht, der Steg, wo man bis zu den Knöcheln in Sägemehl versank, und schließlich – durch kahle Fliederbüsche hindurch – das Haus. Er schlich die Mauer entlang, sah, daß das Wohnzimmerfenster offenstand, kletterte an der Regenrinne auf das grüne Sims, dessen Farbe abblätterte, und rollte über das Fensterbrett hinein. Im Wohnzimmer blieb er stehen und horchte. Eine Daguerreotypie seines Großvaters mütterlicherseits – schwarzer Backenbart, eine Geige in der Hand – starrte ihn an, verschwand aber völlig, löste sich hinter dem Glas auf, sobald er das Portrait von der Seite anschaute; ein sinnloser Spaß, den er nie versäumte, sooft er das Wohnzimmer betrat. Er überlegte einen Augenblick, schob die Oberlippe hin und her, wodurch die Platinklammer an den Vorderzähnen ungehindert auf und ab glitt, und öffnete vorsichtig die Tür; vor dem widerhallenden Echo, das nach dem Auszug der Herrschaften allzu rasch vom Hause Besitz ergriffen hatte, fuhr er zusammen, huschte über den Korridor und von dort die Treppe hinauf zum Boden. Es war ein eigenartiger Boden mit einem kleinen Fenster, durch das man auf die Treppe hinunterschauen konnte, auf den bräunlichen Glanz ihres Geländers, das sich weiter unten anmutig krümmte und dann im Dämmerlicht verschwand. Im Hause herrschte vollkommene Stille. Nach einer Weile klingelte unten im Arbeitszimmer des Vaters gedämpft das Telephon. Es läutete immer wieder, eine ganze Weile lang. Dann trat erneut Stille ein.

Er machte es sich auf einer Kiste bequem. Ganz in der Nähe stand eine ähnliche Kiste, die aber geöffnet war und in der sich Bücher befanden. Ein Damenfahrrad mit zerrissenem grünem Netz am Hinterrad stand in einem Winkel, die Räder nach oben, zwischen einem rohen, an die Wand gelehnten Brett und einem gewaltigen Reisekoffer. Schon nach kurzer Zeit begann sich Lushin zu langweilen wie an Tagen, wenn er, einen Flanellschal um den Hals, nicht hinaus durfte. Er griff nach den staubigen, schmutziggrauen Büchern in der Kiste und ließ schwarze Fingerabdrücke auf ihnen zurück. Außer den Büchern lagen noch ein Federball mit einer einzigen Feder, die große Photographie einer Militärkapelle, ein gesprungenes Schachbrett und andere nicht besonders anziehende Dinge herum.

So verging eine Stunde. Plötzlich vernahm er Stimmengewirr, das Wimmern der Haustür, und als er vorsichtig durch das Fensterchen lugte, erblickte er unten den Vater, der wie ein Knabe die Treppe heraufrannte, aber, noch ehe er den Absatz erreicht hatte, wieder behende und mit auswärts gebogenen Knien hinunterlief. Die Stimmen unten waren jetzt deutlich zu vernehmen: der Hausdiener, der Kutscher und der Wachtmann. Kurze Zeit später belebte sich die Treppe von neuem. Diesmal war es die Mutter, die mit zusammengerafften Röcken eilig heraufstieg, aber auch sie kam nicht bis zum Absatz, sondern lehnte sich über das Geländer und lief dann rasch mit ausgebreiteten Armen wieder hinunter. Endlich, nachdem abermals etwas Zeit verstrichen war, bewegte sich die ganze Gesellschaft wie ein Aufgebot nach oben – die Glatze des Vaters glänzte, der Vogel auf dem Hut der Mutter schwankte hin und her wie eine Ente auf sturmbewegtem Teich, der graue, kurzgeschorene Schopf des Hausdieners machte Sprünge; dahinter kamen der Kutscher, der sich immerzu über das Geländer beugte, der Wachtmann und aus unerfindlichen Gründen sogar Alkulina, das Milchmädchen, sowie am Schluß ein schwarzbärtiger Bauer von der Wassermühle, künftiger Mitwirkender künftiger Alpträume. Er als der Stärkste war es dann, der Lushin vom Dachboden hinunter zur Kutsche trug.

Kapitel 2

Lushin senior, der Lushin, der Bücher geschrieben hatte, dachte oft darüber nach, was aus seinem Sohn einmal werden würde. In seinen Büchern – sie waren alle, mit Ausnahme des vergessenen Romans *Dunst*, für Knaben, Jünglinge und Schüler mittlerer Lehranstalten geschrieben und wurden in starken, farbenreichen Einbänden verkauft – erschien immer wieder die Gestalt eines blondgelockten Knaben, «trotzköpfig», «verträumt», der dann zum Geiger oder Maler heranreifte, ohne hierdurch seine moralische Reinheit zu verlieren. Die kaum wägbaren Eigentümlichkeiten, durch welche sich sein Sohn von allen jenen Kindern unterschied, die seiner Meinung nach zu völlig unbemerkenswerten Menschen werden mußten (vorausgesetzt, daß es solche überhaupt gab), deutete er als unbewußte Regungen von Talent; er klammerte sich fest an den Umstand, daß sein verstorbener Schwiegervater Komponist gewesen war (übrigens ein wenig schöpferischer Komponist, der sich in reiferen Jahren im zweifelhaften Glanz von Virtuosität gesonnt hatte). So manches Mal stieg er nachts im Traume mit einer Kerze ins Wohnzimmer hinunter, wo, einer Lithographie nicht unähnlich, das Wunderkind in weißem, bis zu den Fersen reichendem Hemd auf einem mächtigen schwarzen Flügel spielte.

Es kam ihm vor, als müßten alle das Ungewöhnliche an seinem Sohn bemerken; fremde Menschen, so schien es ihm, könnten sich darauf vielleicht eher einen Reim machen als er selber. Die Schule, die er für seinen Sohn ausgewählt hatte, stand in dem Ruf, besonders auf das «Innenleben» ihrer Schüler einzugehen und freundlich Rücksicht zu nehmen auf ihre menschliche Natur und Einsicht. Es hieß, daß in der ersten Zeit ihres Bestehens die Lehrer in der großen Pause gemeinsam mit den Kindern herumgetollt waren – der Physiklehrer schielte beim Schneeballbacken über die Schulter, der Mathematiklehrer bekam beim *Lapta*-Spiel (einer Art russischem Baseball) den großen Ball in die Seite, und sogar der Direktor feuerte mit fröhlichen Zurufen das Spiel an. Solche gemeinschaftlichen Spiele gab es jetzt nicht mehr, aber der idyllische Ruf war geblieben. Der Klassenlehrer seines Sohnes war Lehrer für russische Literatur, ein guter Bekannter des Schriftstellers Lushin und übrigens kein schlechter Lyriker, der einen Sammelband anakreontischer Gedichte herausgegeben hatte. «Kommen Sie», hatte er damals gesagt, als Lushin seinen Sohn zum ersten Mal in die Schule brachte, «kommen Sie nach Belieben donnerstags gegen zwölf.» Lushin kam. Auf der Treppe war es leer und ruhig. Als er durch die Halle zum Lehrerzimmer ging, vernahm er aus der zweiten Klasse gedämpft ein vielstimmiges Lachen. In der folgenden Stille hallten seine Schritte ganz besonders deutlich auf dem gelben Parkett. Im Lehrerzimmer saß der Erzieher hinter einem großen, mit einem Wolltuch bedeckten Tisch – das Ganze ließ die Vorstellung von Examina aufkommen – und schrieb einen Brief.

Seitdem sein Sohn diese Schule besuchte, hatte er mit dem Lehrer nicht mehr gesprochen, und als er heute, einen Monat später bei ihm erschien, war er voll von prickelnder Erwartung, Aufregung und Bangigkeit erfüllt, von denselben Gefühlen, die er einst durchlebte, als er in der Uniform eines Studenten den Redakteur aufsuchte, dem er kurz vorher seine erste Erzählung geschickt hatte. Auch heute bekam er, wie damals, statt Worten freudigen Erstaunens, die er im stillen erwartete (wie man beim Erwachen in einer fremden Stadt, noch ehe man die Lider geöffnet hat, einem ungewöhnlichen, strahlenden Morgen entgegensieht), statt aller jener Worte, die er am liebsten selber souffliert hätte, wäre nicht die Hoffnung gewesen, daß sie trotzdem fielen, bekam er deprimierende, kaltherzige Worte zu hören, die ihm zeigten, daß der Lehrer seinen Sohn noch weniger verstand als er selber. Von irgendwelchen verborgenen Talenten war keine Rede. Das bleiche, bärtige Gesicht mit den geröteten Grübchen auf den Nasenflügeln gesenkt, nahm der Lehrer vorsichtig den Kneifer von der Nase, rieb sich die Augen mit den Handflächen und begann als erster zu sprechen. Er sagte, der Knabe könne besser lernen, es sehe so aus, als vertrage sich der Knabe nicht mit seinen Kameraden, der Knabe laufe in den Pausen nicht viel herum... «Der Knabe ist zweifellos befähigt», sagte der Lehrer, der inzwischen sein Augenreiben beendet hatte, «aber wir müssen eine gewisse Lustlosigkeit bei ihm feststellen.» In diesem Augenblick ertönte irgendwo unten ein Klingeln, wurde nach oben geworfen und pflanzte sich unerträglich gellend durch das ganze Gebäude fort. Darauf folgten zwei, drei Sekunden absoluter Stille – und plötzlich wurde es überall lebendig, ein Tosen setzte ein, Pultdeckel wurden zugeschlagen, und die Halle füllte sich mit Stimmengewirr und Fußgetrappel. «Große Pause», sagte der Lehrer, «wenn Sie wollen, gehen wir zusammen auf den Hof hinunter. Sie können zuschauen, wie die Kinder herumtoben.»

Die Jungen stürmten die steinerne Treppe hinunter und polierten, eine Hand auf dem Geländer, mit ihren Sandalen die abgeschliffenen Stufenkanten. Unten, in der dunklen Enge der Kleiderständer, wechselten sie ihre Schuhe; einige setzten sich dazu auf die breiten Fensterbänke und banden eilig unter Schnaufen die Schnürsenkel fester. Plötzlich erblickte er seinen Sohn, der gebückt dastand und widerwillig seine Stiefel aus dem Beutel herausnahm. Ein drängelnder, flachsblonder Junge schubste ihn, er machte Platz und sah plötzlich seinen Vater. Dieser lächelte ihm zu, hielt seine hohe Persianer-*schapka* in der Hand und brachte ihr mit der Handkante oben die erforderliche Delle bei. Lushin kniff die Augen zusammen und wandte sich ab, als hätte er seinen Vater nicht gesehen. Er hockte auf dem Boden, kehrte seinem Vater den Rücken und machte sich an den Stiefeln zu schaffen; die Jungen, die schon fertig waren, stiegen über ihn hinweg. Nach jedem Schubs krümmte er sich noch mehr zusammen und verbarg sich schließlich im Halbdunkel. Als er endlich herauskam mit seinem langen grauen Mantel und der Persianermütze (die ihm ein und dasselbe Bürschchen immer wieder herunterriß), stand der Vater schon am Tor und schaute erwartungsvoll vom anderen Ende des Hofes hinüber. Neben ihm stand der Literaturlehrer, und als diesem während des Spiels der große Gummiball, mit dem die Jungen Fußball spielten, zufällig vor die Füße rollte, setzte er spontan die entzückende Überlieferung fort und tat so, als wolle er ihm einen Stoß geben, trat aber nur ungeschickt von einem Fuß auf den anderen, verlor fast eine seiner Galoschen und brach dann in gutmütiges Lachen aus. Der Vater stützte ihn am Ellbogen, und Lushin junior nutzte den Augenblick, um auf den Korridor zurückzulaufen, wo es jetzt ganz ruhig war und hinter Garderobenständern verborgen der Pedell wonnevoll gähnte. Durch die Türscheibe zwischen den gußeisernen Strahlen der Gittersterne hindurch sah er, wie der Vater plötzlich seinen Handschuh auszog, sich rasch von dem Erzieher verabschiedete und unter dem Torbogen verschwand. Dann erst kroch er wieder hervor, ging vorsichtig um die Spielenden herum und sonderte sich nach links ab zu einem Schwibbogen, unter dem Brennholz aufgestapelt lag. Dort ließ er sich mit hochgeschlagenem Mantelkragen auf den Scheiten nieder.

So saß er etwa zweihundertfünfzig große Pausen hindurch, bis man ihn ins Ausland brachte. Manchmal war unerwartet der Lehrer hinter einer Ecke aufgetaucht. «Lushin, warum sitzt du hier immer herum wie ein Häufchen Unglück? Du solltest lieber mit den Kameraden herumtollen.» Lushin erhob sich von dem Holzstapel, versuchte einen Platz zu finden, der in gleich weiter Entfernung von seinen drei Klassenkameraden lag, die sich um diese Stunde immer besonders wild aufführten, nahm vor dem Ball Reißaus, den irgendwer mit voller Wucht geschossen hatte, und kaum hatte er sich vergewissert, daß der Lehrer wieder weg war, kehrte er zu seinem Holzstapel zurück. Diesen Platz hatte er sich schon am ersten Tag ausgesucht, an jenem schwarzen Tag, an dem er um sich herum solch eine Abneigung, eine so spöttische Neugier spürte, daß seine Augen sich ganz von allein mit einem brennenden Schleier überzogen. Alles, was er ansah – unter dem verwünschten Zwang, irgend etwas anzusehen –, unterlag einer raffinierten optischen Metamorphose. Die Heftseite mit den hellblauen Karos begann zu verschwimmen; die weißen Ziffern auf der schwarzen Tafel flossen bald zusammen, bald wieder auseinander; die Stimme des Arithmetiklehrers klang immer dumpfer und undeutlicher, als ob sie sich allmählich weiter und weiter entfernte, und der Nebenmann auf der Bank, ein tückischer Rohling mit Flaum auf den Wangen, sagte leise und tief befriedigt: «Gleich heult er.» Aber er weinte kein einziges Mal, sogar dann nicht, als sie mit vereinten Kräften versuchten, seinen Kopf in das niedrige Becken mit den gelben Blasen hinunterzudrücken. «Meine Herrschaften», sagte der Lehrer in einer seiner ersten Stunden, «euer neuer Kamerad ist der Sohn eines Schriftstellers. Solltet ihr noch nichts von ihm gelesen haben, so tut das gefälligst.» Mit großen Buchstaben schrieb er dann an die Tafel, wobei er so fest aufdrückte, daß die Kreide unter seinen Fingern knirschend abbröckelte: ‹Die Abenteuer des jungen Antoscha, Silwestrow & Co. Verlag›. Für die nächsten zwei, drei Monate hieß Lushin dann Antoscha. Der Rohling brachte mit geheimnisvoller Miene das Buch mit in die Klasse, zeigte es während des Unterrichts verstohlen den anderen, schielte vieldeutig auf Lushin – und als die Stunde zu Ende war, begann er aufs Geratewohl eine Stelle mittendrin laut vorzulesen und verdrehte dabei absichtlich die Worte. Petrischtschew, der ihm über die Schulter guckte, versuchte eine Seite festzuhalten, worauf sie zerriß. Jedes Wort rasch hervorsprudelnd, rief Krebs dazwischen: «Mein Papa sagt, das ist ein ganz zweitrangiger Schriftsteller.» Gromow schrie: «Antoscha soll es uns selber vorlesen!» – «Nein, geben wir lieber jedem ein Stück», sagte genießerisch der Spaßvogel der Klasse, der nach stürmischer Balgerei das rotgold prunkende Bändchen ergattert hatte. Buchseiten flatterten durch das ganze Klassenzimmer. Auf einer war ein Bild – ein helläugiger Gymnasiast, der an einer Straßenecke einen räudigen Hund mit seinem Frühstücksbrot füttert. Am nächsten Tag fand Lushin dieses Bild sorgfältig mit Reißzwecken an die Innenseite seines Pultdeckels geheftet.

Bald ließen sie ihn übrigens in Ruhe; nur der Spitzname tauchte ab und zu noch einmal auf, aber da er auf ihn beharrlich nicht reagierte, geriet auch diese Stichelei schließlich in Vergessenheit. Man hörte auf, Lushin überhaupt zu beachten, man sprach nicht mit ihm, und selbst der einzige Schüchterne in der Klasse (wie es ihn in jeder Klasse gibt, ebenso wie unweigerlich ein Dicker, ein Kraftmeier und ein Witzbold vorhanden sind) hielt sich von ihm fern aus Furcht, die verachtete Stellung mit ihm teilen zu müssen. Dieser Schüchterne erhielt übrigens sechs Jahre später, zu Beginn des Ersten Weltkriegs, für ein äußerst gefährliches Spähtruppunternehmen das Georgskreuz und verlor dann im Bürgerkrieg einen Arm. Als er in den zwanziger Jahren den Versuch machte, sich vorzustellen, wie Lushin in der Schule gewesen sei, konnte er sich dessen Bild nicht mehr anders in Erinnerung rufen als von hinten; er sah nur noch, wie Lushin entweder vor ihm mit abstehenden Ohren in der Klasse saß oder vom Lärm weg an das andere Ende der Halle flüchtete, wie er mit einer Schlittendroschke nach Hause fuhr, die Hände in den Taschen, den großen scheckigen Ranzen auf dem Rücken, wie es schneite ... Er versuchte vorauszulaufen, ihm ins Gesicht zu schauen, aber dieser eigentümliche Schnee des Vergessens hatte schweigend die Erinnerung mit einem dichten, lückenlosen Nebeltuch zugedeckt. Und der einstmals Schüchterne, heute ein ruheloser Emigrant, sagte mit einem Blick auf das Bild in der Zeitung: «Stellen Sie sich vor, ich kann mich überhaupt nicht mehr an sein Gesicht erinnern ... Ich kann mich einfach nicht mehr erinnern ...»

Doch Lushin senior, der gegen vier immer wieder zum Fenster hinausschaute, sah den näher kommenden Schlitten und wie einen blassen Fleck das Gesicht des Sohnes. Gewöhnlich kam der Sohn sofort zu ihm ins Arbeitszimmer, küßte die Luft, während er mit seiner Wange ganz leicht die des Vaters berührte, und wandte sich sofort wieder zum Gehen. «Warte», sagte der Vater, «warte. Erzähle einmal, wie es heute war. Mußtest du an die Tafel?»

Voller Erwartung blickte er seinen Sohn an, der das

Gesicht abwandte; er hatte Lust, ihn bei den Schultern zu packen, ihn zu schütteln, ihn fest auf die blassen Wangen, auf die Augen, auf die zarte, konkave Schläfe zu küssen. In jenem ersten Schulwinter ging von dem kleinen, anämischen Lushin ein merklicher Knoblauchgeruch aus, eine Folge der arsenhaltigen Spritzen, die der Doktor verordnet hatte. Den Platindraht hatte man entfernt, aber aus Gewohnheit fuhr er fort, die Zähne zu zeigen und die Oberlippe aufzustülpen. Er trug eine graue Matrosenjacke mit einem Band auf dem Rücken und Knickerbocker mit Knöpfen unter den Knien. Er stand am Schreibtisch, balancierte auf einem Bein, und sein Vater wagte es nicht, etwas gegen seine abweisende Verdrießlichkeit zu unternehmen. Der kleine Lushin ging hinaus und schleifte den Schulranzen auf dem Teppich hinter sich her; Lushin senior stützte sich mit dem Ellbogen auf den Tisch, wo er in dunkelblaue Schulheftchen (eine Kaprice, die ein künftiger Biograph vielleicht zu würdigen wüßte) eine seiner üblichen Erzählungen schrieb, und lauschte auf den Monolog im angrenzenden Speisezimmer, auf die Stimme seiner Frau, die die Stille zu überreden suchte, eine Tasse Kakao zu trinken. Entsetzlich, diese Stille, dachte Lushin senior. Er ist nicht gesund, er hat wohl ein besonders schwieriges Seelenleben... Vielleicht hätte man ihn doch nicht in die Schule geben sollen. Aber man muß ihn doch an die Gesellschaft der anderen Jungen gewöhnen... Eine rätselhafte Sache, ein Rätsel...

«Dann iß doch wenigstens einen Keks», fuhr die Stimme hinter der Wand bekümmert fort, und es herrschte wieder Stille. Manchmal aber geschah etwas Entsetzliches: Plötzlich antwortete ohne erkennbaren Grund eine andere Stimme, kreischend, heiser, und wie bei einem Orkan krachte die Tür zu. Dann sprang Lushin senior auf und stürzte ins Speisezimmer, den Federhalter wie einen Wurfpfeil in der Hand. Seine Frau nahm gerade mit zitternden Händen die umgekippte Tasse und die Untertasse vom Tischtuch und schaute nach, ob sie vielleicht einen Sprung abbekommen hätten. «Ich habe ihn nach der Schule gefragt», sagte sie, ohne ihren Mann anzublicken. «Er wollte nicht antworten – aber dann... wie ein Rasender...» Sie lauschten beide. Die französische Gouvernante war im Herbst nach Paris abgereist, und jetzt wußte niemand mehr, was der Junge in seinem Zimmer eigentlich trieb. Die Tapete dort war weiß, und weiter oben war ein hellblauer Streifen mit grauen Gänsen und fuchsroten Welpen. Die Gans ging auf einen Welpen los, und dann wiederholte sich das, achtunddreißigmal, um das ganze Zimmer herum. Auf einem Wandgestell standen ein Globus und ein ausgestopftes Eichhörnchen, das einmal am Palmsonntag auf dem Kätzchenmarkt gekauft worden war. Unter den Troddeln des Lehnsessels guckte eine grüne Lokomotive hervor. Es war ein hübsches, helles Zimmer. Lustige Tapeten, lustige Sachen.

Auch Bücher waren da. Vom Vater verfaßte Bücher in gold-rot geprägten Einbänden mit handschriftlicher Widmung auf der ersten Seite: «Ich hoffe inniglich, daß sich mein Sohn zu Tieren und Menschen immer so verhält wie Antoscha», mit einem großen Ausrufungszeichen dahinter. Oder: «Dieses Buch habe ich geschrieben, mein Sohn, als ich an Deine Zukunft dachte.» Diese Widmungen riefen bei ihm das verwirrende Gefühl hervor, daß er sich für den Vater schämen müsse, während die Bücher selbst ebenso langweilig waren wie Korolenkos *Der blinde Musikant* oder Gontscharows *Die Fregatte Pallas*. Der dicke Puschkin-Band mit dem Portrait des krausköpfigen Knaben mit den wulstigen Lippen wurde überhaupt niemals aufgeschlagen. Dafür aber gab es zwei Bücher – beide hatte ihm die Tante geschenkt –, die er fürs ganze Leben liebgewann, die er deutlich wie unter einem Vergrößerungsglas im Gedächtnis behielt und so leidenschaftlich durchlebte, daß er in ihnen, als er sie nach zwanzig Jahren nochmals las, nur eine dröge Nacherzählung, eine gekürzte Ausgabe zu erblicken glaubte, ganz als hätte das unwiederholbare, unauslöschliche Bild, das in ihm zurückgeblieben war, sie weit hinter sich gelassen. Aber nicht die Sehnsucht nach ferner Wanderschaft ließ ihn Phileas Fogg folgen, nicht das kindliche Gefallen an geheimnisvollen Abenteuern zog ihn zu dem Haus in der Baker Street hin, wo sich der hagere Detektiv mit dem Falkenprofil eine Kokainspritze gegeben hatte und träumerisch Geige spielte. Erst viel später machte er sich klar, wodurch ihn diese beiden Bücher so bewegt hatten: durch ihre sich folgerichtig und schonungslos entwickelnde Handlung – Phileas, diese Modeblattfigur mit Zylinder, der seine verwickelte, kunstvoll ersonnene, jedes Opfer rechtfertigende Reise bald auf dem für eine Million gekauften Elefanten, bald auf einem Schiff zurücklegte, das er zur Hälfte verfeuern mußte; und Sherlock, der der Logik den Zauber eines Tagtraums verlieh,

Sherlock, der eine Monographie über die Asche aller Zigarrensorten verfaßte und mit Hilfe dieser Asche wie mit einem Zaubermittel durch das kristallene Labyrinth aller möglichen Folgerungen hindurch zu dem einzig richtigen, glänzenden Schluß gelangte. Der Zauberkünstler, den seine Eltern zu Weihnachten eingeladen hatten, vereinigte irgendwie für kurze Zeit Fogg und Holmes, und ein eigenartiges Wonnegefühl, das Lushin an diesem Tage empfand, wog all das Unangenehme auf, was mit dessen Vorführung verbunden war. Da den Bitten – behutsamen, nur selten geäußerten Bitten –, «deine Schulfreunde doch einmal einzuladen», keinerlei Erfolg beschieden gewesen war, hatte sich Lushin senior in der Überzeugung, daß derlei sowohl vernüglich als auch lehrreich sein würde, an zwei Bekannte gewandt, deren Söhne dieselbe Schule besuchten, und hatte außerdem die Kinder eines entfernten Verwandten eingeladen, zwei stille, schwächliche Knaben und ein blasses Mädchen mit einem dicken, schwarzen Zopf. Die eingeladenen Knaben steckten in Matrosenanzügen und dufteten nach Pomade. In zweien erkannte Lushin junior zu seinem Entsetzen Bersenjew und Rosen aus der dritten Klasse, die in der Schule immer unordentlich gekleidet waren und sich wild aufführten. «Nun denn», sagte Lushin senior aufgeräumt und packte seinen Sohn an der Schulter (die Schulter glitt langsam unter seiner Hand weg). «Jetzt lasse ich euch allein. Freundet euch an, spielt eine Weile – und dann werdet ihr gerufen, und es gibt eine Überraschung.» Nach einer halben Stunde kam er, um sie zu holen. Im Zimmer herrschte Schweigen. Das Mädchen saß in einer Ecke und blätterte auf der Suche nach Bildern in einer Beilage der Zeitschrift *Niwa* (Das Kornfeld). Bersenjew und Rosen saßen auf dem Sofa, verlegen, mit hochroten Köpfen, spiegelblank vor Pomade. Die schwächlichen Neffen gingen im Zimmer hin und her, betrachteten gelangweilt die englischen Holzschnitte an den Wänden, den Globus, das Eichhörnchen und den schon seit langem zerbrochenen Schrittzähler, der auf dem Tisch herumlag. Lushin selbst, ebenfalls im Matrosenanzug mit weißem Band und Pfeife auf der Brust, saß auf einem Holzstuhl am Fenster, blickte mürrisch drein und knabberte an einem Daumennagel. Der Zauberkünstler machte dann alles wieder wett, und als Bersenjew und Rosen am nächsten Tage wie eh und je ausgelassen und abstoßend in der Halle auf ihn zukamen, sich tief verneigten, dann roh auflachten und Arm in Arm davonliefen und dabei hin und her schwankten – selbst dann vermochte dieser Spott den Zauber nicht zu zerstören. Auf seine mürrische Bitte – was auch immer er jetzt sagen mochte, stets waren seine Brauen qualvoll gefurcht – hatte ihm die Mutter aus dem Kaufhof einen großen, mahagonifarbenen Kasten mitgebracht und dazu ein Zauberlehrbuch, auf dessen Umschlag ein ordengeschmückter Herr im Frack abgebildet war, der ein Kaninchen an den Ohren hochhielt. In der Kiste waren Büchsen mit doppeltem Boden, ein mit besterntem Papier beklebter Zauberstab, ein unvollständiges Kartenspiel, dessen Bilder zur Hälfte aus Königen und Buben, zur Hälfte aus Schafen in Uniform bestanden, ein zusammenklappbarer Zylinder mit Unterteilungen, eine Schnur mit zwei merkwürdigen hölzernen Dingern an den Enden, deren Bedeutung nicht ganz klar war. Und in den großtuerisch aufgemachten Kuverts befanden sich Pülverchen, mit denen man Wasser dunkelblau, rot und grün färben konnte. Als weit anziehender erwies sich aber das Buch, und Lushin erlernte mühelos einige Kartenkunststücke, die er sich selbst, stundenlang vor dem Spiegel stehend, vormachte. In der cleveren und exakten Art, wie ein Trick aufging, fand er eine rätselhafte Befriedigung, eine unbestimmte Verheißung anderer, noch nicht begriffener Genüsse, aber etwas fehlte noch immer, das Geheimnis vermochte er nicht zu erfassen, das der Zauberkünstler offenbar gemeistert hatte, wenn er einen Rubel aus der Luft griff oder eine vom Publikum gedachte Kreuzsieben aus dem Ohr des verwirrten Rosen hervorholte. Die komplizierten Vorrichtungen, die in dem Buch beschrieben waren, ärgerten ihn. Das Geheimnis, nach dem er strebte, war Einfachheit, harmonische Einfachheit, die größeres Erstaunen hervorruft als die komplizierteste Magie.

Das vor Weihnachten zugestellte Zeugnis über seine Leistungen, ein sehr in Einzelheiten gehendes Zeugnis, wo unter der Rubrik «Allgemeine Bemerkungen» weitschweifig und voller Pleonasmen von seiner Schlaffheit, Apathie, Schläfrigkeit und Unbeholfenheit die Rede war und in dem an Stelle von Zensurenziffern Adverbien standen, enthielt ein ‹nicht genügend› im Russischen und mehrere ‹kaum genügend›, unter anderem in Mathematik. Zur gleichen Zeit wurde er indessen von einer Aufgabensammlung, der *Fröhlichen Mathematik*, wie sie im Titel hieß, außerordentlich angezogen, von den wunderlichen Eigenschaften der Zahlen, die unberechenbare Streiche spielten – von alledem, wovon im Schulbuch nichts zu finden war. Mit Seligkeit und Grauen verfolgte er, wie eine schräge Linie, die wie eine Radspeiche rotierte, immer näher an eine andere, senkrechte heranrutschte – eine Illustration für das Mysterium der Parallelität. Die Senkrechte war unendlich lang wie jede Linie, und die ebenfalls unendliche Schräge, die immer höher heranglitt, je kleiner der Winkel wurde, war zu ewigem Nebenhergleiten verdammt, denn es war ihr unmöglich, sich davonzustehlen, und beider Schnittpunkt schob sich auf einem unendlichen Weg immer weiter hinaus. Aber mit dem Lineal zwang er sie, sich voneinander zu lösen: Er zog sie einfach neu, parallel zueinander, und hatte dabei das Gefühl, daß dort, in der Unendlichkeit, wo er die Schräge zwang, ihre Bahn zu verlassen, sich eine unvorstellbare Katastrophe ereignet hätte, ein unerklärliches Wunder, und lange Zeit war er wie betäubt von jenen unendlichen Weiten, in denen irdische Linien den Verstand verlieren.

Eine Zeitlang fand er täuschende Befriedigung in der Welt der Puzzlespiele. Zunächst handelte es sich um einfache, kindliche Bilder, die aus großen Stücken bestanden und an den Rändern wie Butterkekse wellenförmig eingekerbt waren und so fest aneinanderhafteten, daß man ganze Teile des zusammengesetzten Bildes hochheben konnte, ohne daß sie auseinanderfielen. In jenem Jahr aber kam aus England die Mode der Liebhaber-Puzzles für Erwachsene – «Puhsels», wie man sie im besten Petersburger Spielzeugladen nannte –, deren

Einzelteile außerordentlich raffiniert ausgeschnitten waren: Stücke in jeder Gestalt vom einfachsten Kreis (Teil eines künftigen blauen Himmels) bis zu den kompliziertesten Formen mit vielen Ecken, Kaps, Meerengen und kniffligen Ausbuchtungen, denen sich nicht ansehen ließ, wo sie hingehörten – ob sie das scheckige Fell einer schon fast vollendeten Kuh ergänzen sollten oder ob dieser dunkle Rand auf grünem Grund den Schatten vom Stab des Hirten bildete, von dem man auf einem verständlicheren Stück deutlich das Ohr und einen Teil des Scheitels erkennen konnte. Und wenn sich links allmählich die Kruppe der Kuh und vor etwas Grün rechts die Hand mit der Rohrpfeife des Schäfers abzeichneten und der leere Raum darüber gleichmäßig mit himmlischem Blau ausgefüllt wurde und die blaue Scheibe genau in den Himmel paßte, dann fühlte Lushin eine wunderbare Erregung über die vollständige Kombination dieser bunten Stücke, die zu guter Letzt ein vollkommenes Bild ergaben. Einige dieser Kopfzerbrecher waren sehr teuer und bestanden aus mehreren tausend Teilen; seine junge Tante hatte sie gekauft, eine fröhliche, zärtliche, rothaarige Tante – und stundenlang saß er über den Spieltisch im Salon gebeugt, prüfte jede Auszackung mit den Augen, bevor er probierte, ob sie in diese oder jene Lücke passe, und bemühte sich, kaum wahrnehmbare Anzeichen zu finden, an Hand derer sich die Grundzüge des Bildes bestimmen ließen. Aus dem Zimmer nebenan, wo die Gäste laute Unterhaltungen führten, ließ sich die Tante vernehmen: «Daß um Gottes willen ja nichts abhanden kommt!» Ab und zu kam der Vater herein, betrachtete die Stücke, deutete mit ausgestrecktem Zeigefinger zum Tisch hin und sagte: «Das hier gehört bestimmt dorthin», worauf Lushin, ohne sich umzudrehen, murmelte: «Unsinn, Unsinn, störe mich nicht!» Der Vater berührte den Haarschopf seines Sohnes ganz zart mit den Lippen und ging wieder hinaus – ging vorbei an den vergoldeten Stühlen, an dem mächtigen Spiegel, an der Kopie der badenden Phryne, an dem Flügel, einem großen, schweigsamen Flügel, der dicke Glasschuhe trug und über den eine Brokatdecke gebreitet war.

Kapitel 3

Erst im April, in den Osterferien, kam für Lushin der unvermeidliche Tag, an dem die ganze Welt ringsum verlosch, als hätte jemand an einem Schalter gedreht, und inmitten der Finsternis blieb nur eines hellerleuchtet, das neugeborene Wunder, ein funkelnde Inselchen, auf das sich nun sein ganzes Leben konzentrieren sollte. Das Glück, an das er sich fortan klammerte, war beständig; dieser Apriltag erstarrte zur Ewigkeit, während weit weg das Kommen und Gehen der Jahreszeiten, der Frühling in der Stadt und der Sommer auf dem Land auf einer anderen Ebene ihren Fortgang nahmen – verworrene Ströme, die ihn kaum berührten.

Es begann ganz harmlos. Am Todestag seines Schwiegervaters veranstaltete Lushin senior bei sich im Hause einen Musikabend. Selber verstand er nur wenig von Musik, hegte aber eine heimliche, verschämte Leidenschaft für *La Traviata*, und bei Konzerten pflegte er nur anfangs dem Flügel zu lauschen, betrachtete dann vielmehr, ohne hinzuhören, die Hände des Pianisten, die sich in dem schwarzen Lack widerspiegelten. Diesen Musikabend mit der Aufführung von Werken des verstorbenen Schwiegervaters mußte er gegen seinen Willen veranstalten: Zu lange schwiegen die Zeitungen

– das Vergessen war vollkommen, bleiern, hoffnungslos –, und immer wieder beteuerte die Gattin mit bebenden Lippen, daß dies alles Intrigen seien, Intrigen, Intrigen, daß man auf die Begabung ihres Vaters schon zu seinen Lebzeiten neidisch gewesen sei und jetzt seinen Ruhm totschweigen wolle. In ihrem ausgeschnittenen schwarzen Kleid, einen wunderschönen Brillantschmuck um den Hals, empfing sie die Gäste mit einem gleichbleibenden Ausdruck verschlafener Liebenswürdigkeit auf dem geschwollenen, weißen Gesicht, leise, ohne Beteuerungen, flüsterte rasch irgend etwas angenehm Klingendes; aber innerlich verging sie vor Befangenheit und suchte mit den Augen ständig ihren Gatten, dessen gestärkte Hemdbrust wie ein Panzer aus seiner Weste hervorschwoll und der mit kleinen Schritten hierhin und dorthin ging – ein leutseliger, dezenter Herr mit den ersten zaghaften Ansätzen literarischer Würde. «Wieder splitternackt», seufzte der Herausgeber einer Kunstzeitschrift und blickte beiläufig auf Phryne, die in der verstärkten Beleuchtung besonders aufdringlich hervortrat. Da geriet ihm der kleine Lushin vor die Füße und wurde ein bißchen am Kopf gestreichelt. Lushin wich zurück. «Wie groß er geworden ist», sagte die Stimme einer Dame von hinten. Er verbarg sich hinter jemandes Frackschößen. «Nein, erlauben Sie», ertönte es über seinem Kopf, «das kann man von unserer Presse wirklich nicht verlangen.» Keineswegs groß, sondern im Gegenteil für seine Jahre recht klein, lief der Junge zwischen den Gästen auf der Suche nach einem stillen Platz hin und her. Ab und zu faßte ihn jemand an der Schulter und fragte dummes Zeug.

Der Salon wirkte wegen der in Reihen aufgestellten, vergoldeten Stühle besonders voll. Vorsichtig brachte jemand ein Notenpult durch die Tür.

In unauffälligen Etappen gelangte Lushin ins Arbeitszimmer des Vaters, wo es dunkel war, und nahm auf dem Liegesofa in der Ecke Platz. Aus dem fernen Salon drang durch zwei Räume hindurch sanft das Wimmern einer Geige.

Schläfrig lauschte er, hielt die Knie umschlungen und blickte auf das Musselinfenster, in dem zwischen nicht ganz zugezogenen Stores lilaweißlich eine Gaslaterne von der Straße leuchtete. Ab und zu huschte ein flüchtiger Lichtschein in geheimnisvollen Bogen über die Decke, und auf dem Schreibtisch entstand ein glänzender Punkt – er konnte nicht ausmachen, was es war: vielleicht ein Lichtreflex auf dem Briefbeschwerer, auf diesem schweren Ei aus Bleikristall, oder etwa die Spiegelung auf dem Glas der gerahmten Tischphotographie. Er war beinahe eingeschlummert, als er plötzlich hochschreckte, weil das Telephon auf dem Tisch zu läuten begann, und mit einem Mal wurde ihm klar, daß sich dieser glänzende Punkt auf dem Telephonständer befand. Aus dem Speisezimmer kam der Butler herein, knipste im Vorbeigehen eine Lampe an, die nur den Schreibtisch beleuchtete, hielt den Hörer ans Ohr, und nachdem er vorsichtig den Hörer auf die ledergerahmte Löschpapierunterlage gelegt hatte, ging er wieder hinaus, ohne Lushin zu bemerken. Nach einer Minute kehrte er in Begleitung eines Herrn zurück, der in den Lichtkreis trat, sogleich den Hörer vom Tisch nahm und mit der anderen Hand nach der Sessellehne tastete.

Der Hausdiener schloß hinter sich die Tür, wodurch die aus der Ferne heranwehende Musik abgeschnitten wurde. «Hallo», sagte der Herr. Lushin betrachtete ihn aus der Dunkelheit heraus; er wagte sich nicht zu rühren und war verwirrt, daß sich ein wildfremder Mensch derart bequem am väterlichen Schreibtisch zurechtsetzte. «Nein, ich bin schon fertig», sagte er, den Blick nach oben gerichtet, und fuhr mit den Fingern seiner weißen, ruhelosen Hand auf dem Tisch herum. Eine Droschke klipp-klappte dumpf über das Holzpflaster. «Ich glaube, ja», sagte der Herr. Lushin sah sein Profil – die Nase aus Elfenbein, die schwarzglänzenden Haare, die buschigen Augenbrauen. «Offen gesagt weiß ich nicht, warum du mich hier anrufst», sagte er ruhig und spielte weiter mit irgendeinem Gegenstand auf dem Tisch. «Wenn du dich nur vergewissern wolltest... Dummerchen», lachte er und begann, mit dem Lackschuh gleichmäßig hin und her zu wippen. Dann klemmte er sehr geschickt den Hörer zwischen Ohr und Schulter, antwortete ab und zu «Ja», «Nein», «Vielleicht» und nahm dabei das Stück, mit dem er auf dem Tisch herumspielte, in beide Hände. Es war ein kleines, glattes Kästchen, das der Vater erst vor wenigen Tagen geschenkt bekommen hatte. Lushin junior war noch nicht dazu gekommen nachzuschauen, was sich darin befand, und verfolgte nun neugierig die Hände des Herrn. Dieser öffnete das Kästchen aber nicht gleich. «Ich dich auch», sagte er. «Vielmals, vielmals. Gute Nacht, Mädchen.» Er legte den Hörer auf, seufzte und öffnete das Kästchen. Dabei drehte er sich aber so weit um, daß Lushin hinter seiner schwarzen Schulter nichts sehen konnte. Vorsichtig rückte er etwas näher, aber ein Kissen rutschte plötzlich zu Boden, und der Herr schaute sich rasch um. «Was machst du denn hier?» fragte er, als er in der dunklen Ecke Lushin erblickte. «Ei, ei, das ist aber nicht schön, zu lauschen!» Lushin verharrte in Schweigen. «Wie heißt du denn?» fragte der Herr leutselig. Lushin rutschte vom Sofa herunter und kam näher. In dem Kästchen lagen eng beieinander geschnitzte Figuren. «Ein wunderbares Schachspiel», sagte der Herr. «Spielt der Papa?» – «Ich weiß nicht», sagte Lushin. «Und du, kannst du Schach spielen?» Lushin schüttelte den Kopf. «Das ist aber schade. Du mußt es lernen. Mit zehn Jahren konnte ich schon recht gut spielen. Wie alt bist du?»

Vorsichtig öffnete sich die Tür. Auf Zehenspitzen kam Lushin senior herein. Er rechnete damit, daß der Geiger immer noch telephoniere, und wollte ihm sehr taktvoll zuflüstern: «Lassen Sie sich nicht stören, lassen Sie sich nicht stören, aber wenn Sie fertig sind, läßt Sie das Publikum recht herzlich bitten, noch etwas zu spielen.» – «Lassen Sie sich nicht stören, lassen Sie sich nicht stören», sagte er mechanisch und hielt plötzlich inne, als er seinen Sohn erblickte. «Nein, nein, ich bin schon fertig», antwortete der Geiger und stand auf. «Wunderbare Schachfiguren. Spielen Sie?» – «Nicht der Rede wert», sagte Lushin senior («Was tust du denn hier? Geh und höre dir lieber die Musik an ...»). «Welch ein Spiel, welch ein Spiel», sagte der Geiger und schloß das Kästchen behutsam wieder. «Kombinationen sind wie Melodien. Verstehen Sie, ich höre einfach die Züge.» – «Meiner Meinung nach gehört zum Schachspielen große mathematische Begabung», sagte Lushin senior. «Und in der Beziehung bin ich... Man wartet auf Sie, Maestro.» – «Ich würde lieber ein Spielchen machen», lachte der Geiger auf dem Weg zur Tür. «Ein Spiel für Götter. Unbegrenzte Möglichkeiten.» – «Eine sehr alte Erfindung», sagte Lushin senior und schaute sich nach seinem Sohn um: «Was hast du denn? Komm schon!» Aber Lushin verstand es so einzurichten, daß er, noch ehe sie den Salon erreichten, im Speisezimmer verschwand, wo der Tisch mit Imbißplatten gedeckt war. Er räumte einen Teller mit Sandwiches weg und nahm ihn mit auf sein Zimmer. Er aß beim Ausziehen und aß dann im Bett weiter. Als er schon das Licht gelöscht hatte, schaute die Mutter zu ihm herein und beugte sich mit ihrem im Halbdunkel glitzernden Brillanthalsband über ihn. Er stellte sich schlafend. Sie ging wieder hinaus und brauchte – um ja kein Geräusch zu machen – eine lange Zeit, die Tür zu schließen.

Am nächsten Tag erwachte er mit unerklärlicher Erregung. Der Aprilmorgen war hell und windig; das Pflaster schillerte in violettem Glanz; am Schloßbogen blähte sich elastisch eine gewaltige rot-blau-weiße Fahne im Wind, durch die in drei verschiedenen Farbtönen hindurchleuchtete: bläulichviolett, indigo und weißlichblau. Wie immer an Feiertagen ging er mit dem Vater spazieren, doch waren es nicht mehr die kindlichen Spaziergänge von einst; der Kanonenschuß in der Mittagsstunde schreckte ihn nicht mehr, und das Gespräch des Vaters war unerträglich. Dieser nämlich nahm den gestrigen Abend zum Anlaß, darauf anzuspielen, daß es eine gute Idee wäre, mit dem Musikunterricht zu beginnen. Zu Mittag gab es den letzten Rest des Ostersahnekuchens (jetzt eine flache Pyramide mit dem Anflug eines grauen Schimmers auf der runden Oberseite) und einen noch nicht angeschnittenen Osterstollen. Die Tante, dieselbe liebe, rothaarige Tante, eine Cousine dritten Grades mütterlicherseits, war ungemein lustig, warf mit Kuchenkrümeln und erzählte, daß sie für fünfundzwanzig Rubel mit Latham in dessen Eindecker ‹Antoinette› mitfliegen dürfe, der übrigens schon seit fünf Tagen nicht aufsteigen könne, während Voisin noch und noch Kreise um den Aerodrom ziehe und dabei so tief fliege, daß man selbst die Watte in seinen Ohren erkennen könne, wenn er sich über den Tribünen auf die Seite lege. Dieser Morgen, dieses Mittagessen blieb Lushin ungewöhnlich deutlich in Erinnerung, so, wie man sich an den Tag vor einer großen Reise erinnert. Der Vater meinte, es wäre eine gute Idee, nach dem Mittagessen zu den Inseln hinüberzufahren, am anderen Ufer der Newa, wo die Lichtungen mit Anemonen übersät seien, und während er sprach, traf ihn die jugendliche Tante mit einem Krümel direkt in den Mund. Die Mutter schwieg. Nach dem zweiten Gang erhob sie sich plötzlich, krampfhaft bemüht, ihr unter Tränen zuckendes Gesicht zu verbergen, wiederholte mehrmals im Flüsterton: «Es ist nichts, es ist ganz und gar nichts, es ist gleich vorbei», und verließ hastig das Speisezimmer. Der Vater warf die Serviette auf den Tisch und folgte ihr. Lushin erfuhr nie, was eigentlich vorgefallen war, doch als er mit der Tante den Korridor entlangging, hörte er aus dem Schlafzimmer der Mutter leises Schluchzen und die gut zuredende Stimme des Vaters, der ein paarmal laut das Wort «Hirngespinst» wiederholte.

«Laß uns gehen, irgendwohin», flüsterte die Tante verwirrt und nervös, und sie betraten das Arbeitszimmer, wo ein Strahlenbündel mit tanzenden Sonnenstäubchen auf einen überladenen Ledersessel gerichtet war. Sie zündete sich eine Zigarette an, und bald wogten in den Sonnenstrahlen weich und durchsichtig die sich übereinanderschiebenden Rauchschwaden. Sie war der einzige Mensch, in dessen Gegenwart er sich nicht gehemmt fühlte, und im Augenblick war das besonders angenehm: dieses seltsame Schweigen im Haus und das Warten auf irgend etwas. «Komm, wir spielen was», sagte die Tante hastig und faßte ihn von hinten um den Hals. «Was hast du nur für ein dünnes Hälschen, man kann es ja mit einer Hand umspannen...» – «Kannst du Schach spielen?» fragte Lushin verstohlen, befreite seinen Kopf und rieb seine Wange wohlig an ihrem kornblumenblauen Seidenärmel. «Laß uns lieber Schnipp-Schnapp spielen», sagte sie zerstreut. Irgendwo knallte eine Tür. Sie zuckte zusammen, wandte das Gesicht dorthin, woher das Geräusch kam, und lauschte. «Nein, ich will Schach spielen», sagte Lushin. «Das ist knifflig, Liebling, mit einem Mal lernst du das nicht.» Er trat an den Schreibtisch und suchte das Kästchen hinter dem Photo. Die Tante stand auf, um sich einen Aschenbecher zu holen, und sang, in Gedanken versunken, das Ergebnis irgendwelcher Überlegungen vor sich hin: «Das wäre fürchterlich, das wäre fürchterlich...» – «Hier», sagte Lushin und setzte das Kästchen auf das niedrige, mit Intarsien verzierte türkische Tischchen. «Wir brauchen noch das Brett», sagte sie. «Weißt du, ich werde dir lieber Dame zeigen, das ist einfacher.» – «Nein, Schach», sagte Lushin und rollte das Brett aus Wachstuch auseinander.

«Erst einmal müssen wir die Figuren richtig aufstellen», begann die Tante mit einem Seufzer. «Hierhin die weißen, dorthin die schwarzen. König und Königin hübsch nebeneinander. Das hier sind die Offiziere. Dies sind die Pferde. Und das da an den Ecken sind die Kanonen. Und jetzt...» Plötzlich erstarrte sie und blickte zur Tür, eine Figur in der erhobenen Hand. «Warte», sagte sie unruhig. «Ich glaube, ich habe mein Taschentuch im Speisezimmer vergessen. Ich bin gleich wieder da.» Sie öffnete die Tür, kam aber sofort zurück. «Ach, nicht so wichtig», sagte sie und setzte sich wieder. «Nein, nicht ohne mich aufbauen, sonst machst du es falsch. Diesen hier nennt man Bauer. Und jetzt paß auf, wie sie alle ziehen. Das Pferd galoppiert natürlich.» Lushin hockte auf dem Teppich, seine Schulter an ihrem Knie, und blickte auf ihre Hand mit dem schmalen Platinarmband, die Figuren hochhob und wieder hinstellte. «Die Königin ist am beweglichsten», sagte er befriedigt und schob sie mit dem Finger zurecht, weil sie nicht genau in der Mitte ihres Feldes stand. «Und so frißt eine Figur die andere», sprach die Tante. «Sie wirft sie sozusagen hinaus und nimmt ihren Platz ein. Die Bauern machen es schräg. Wenn man im nächsten Zug den König nehmen könnte, aber der aus dem Weg gehen kann, so heißt das Schach; und wenn er sich nirgendhin mehr retten kann, dann ist er matt. Dein Ziel ist es also, meinen König zu schlagen, und ich muß deinen schlagen. Du siehst, wie lange man braucht, das alles zu erklären. Vielleicht spielen wir lieber ein andermal, ja?» – «Nein, gleich», sagte Lushin und küßte plötzlich ihre Hand. «Das war lieb von dir», sprach die Tante leise, «solche Zärtlichkeit habe ich nicht erwartet... Du bist doch ein guter Junge.» – «Bitte, laß uns spielen», sagte Lushin und rutschte mit den Knien auf dem Teppich entlang bis vor das Tischchen. Sie erhob sich aber so plötzlich, so unvermittelt von ihrem Platz, daß ihr Rock das Brett streifte und einige Figuren herunterwirbelte. In der Tür stand sein Vater.

«Geh auf dein Zimmer», sagte er mit kurzem Blick auf den Sohn. Lushin, den man zum ersten Mal im Leben aus dem Zimmer wies, blieb vor Verwunderung in seiner knienden Stellung. «Hast du gehört?» sagte der Vater. Lushin lief rot an und begann auf dem Teppich nach den heruntergefallenen Figuren zu suchen. «Aber schnell», donnerte der Vater mit einer Stimme, die er noch nie von ihm gehört hatte. Die Tante machte sich daran, die Figuren, wie sie gerade kamen, in das Kästchen zu legen. Ihre Hände zitterten. Ein Bauer wollte absolut nicht mehr hinein. «Hier, nimm», sagte sie, «so nimm doch!» Langsam rollte er die Wachsdecke zusammen und nahm tief gekränkt mit finsterem Gesicht das Kästchen. Da er beide Hände voll hatte, konnte er die Tür nicht hinter sich schließen. Der Vater trat rasch hinzu und knallte so heftig mit der Tür, daß Lushin seine Wachsdecke fallen ließ, die sich sofort entrollte; er mußte das Kästchen auf den Fußboden setzen und sie wieder zusammenrollen. Hinter der Tür im Arbeitszimmer herrschte zunächst Schweigen, dann hörte man einen Sessel unter dem Gewicht seines Vaters knarren und dann das atemlose fragende Geflüster der Tante. Lushin dachte mit Widerwillen, daß heute alle im Hause den Verstand verloren hätten, und ging in sein Zimmer. Dort baute er sofort die Figuren auf, wie es ihm die Tante gezeigt hatte, und starrte sie in Überlegungen versunken lange an; schließlich legte er sie peinlich genau in das Kästchen. Von diesem Tage an blieb das Schachspiel in seinem Besitz, und der Vater vermißte es lange nicht. Von diesem Tage an gab es in seinem Zimmer ein verlockendes und geheimnisvolles Spielzeug, mit dem er noch nicht umgehen konnte. Von diesem Tage an kam die Tante nie mehr zu Besuch.

Etwa eine Woche danach fiel zwischen der ersten und der dritten Stunde der Unterricht aus: Der Geographielehrer hatte sich erkältet. Als nach dem Klingeln fünf Minuten vergangen waren und immer noch niemand hereinkam, griff eine so unbändige Vorfreude um sich, daß das Herz es nicht verwunden hätte, wenn sich die Glastür plötzlich doch noch geöffnet hätte und der Geographielehrer wie gewöhnlich fast im Laufschritt in die Klasse gestürmt wäre. Allein Lushin war alles gleichgültig. Tief über seine Bank gebeugt, spitzte er einen Bleistift an und bemühte sich, ihm die Schärfe einer Nadel zu geben. Der um ihn herum anschwellende Lärm wurde immer größer. Unser Glück mußte einfach in Erfüllung gehen. Doch manchmal hatte es schon niederschmetternde Enttäuschungen gegeben: An Stelle des erkrankten Lehrers war dann der kleine, raubtierhafte Mathematikmensch hereingeschlichen, hatte geräuschlos die Tür hinter sich geschlossen und mit schadenfrohem Lächeln ein paar Stücke Kreide aus der Rille unter der schwarzen Tafel herausgesucht. Diesmal aber vergingen zehn Minuten, und niemand erschien. Der Lärm schwoll weiter an. Im Überschwang des Glücks klapperte jemand mit dem Pultdeckel. Plötzlich tauchte von irgendwoher der Klassenlehrer auf. «Ruhe!» sagte er. «Ich bitte mir völlige Ruhe aus! Walentin Iwanowitsch ist krank. Beschäftigt euch! Aber ich bitte mir völlige Ruhe aus!» Er verschwand wieder. Hinter dem Fenster leuchteten große, lockere Wolken; irgend etwas rauschte und tropfte; Spatzen tschilpten. Glückselige Stunde, zauberhafte Stunde. Lushin machte sich gleichgültig daran, noch einen Bleistift anzuspitzen. Gromow erzählte etwas mit heiserer Stimme und bildete genießerisch seltsame unanständige Wörter. Petrischtschew beschwor alle, ihm zu erklären, woher wir wüßten, daß sie gleich zwei rechtwinkligen sei. Und plötzlich hörte Lushin hinter seinem Rücken deutlich das charakteristische Geräusch, hölzern und klickend, bei dem ihm heiß wurde und wovon sein Herz unregelmäßig zu schlagen begann. Vorsichtig drehte er sich um. Krebs und der einzige Schüchterne in der Klasse stellten rasch die kleinen, leichten Figuren auf ein drei Werschok breites Schachbrett. Das Brett lag zwischen ihnen auf der Bank. Sie saßen höchst unbequem Seite an Seite. Lushin vergaß, seinen Bleistift zu Ende zu spitzen, und rückte näher. Die Spieler nahmen keine Notiz von ihm. Als der Schüchterne sich viele Jahre später auf seinen Klassenkameraden zu besinnen suchte, konnte er sich überhaupt nicht mehr an diese lockere Schachpartie in der Freistunde erinnern. Er brachte die Daten durcheinander und glaubte sich dunkel daran zu erinnern, daß Lushin einmal in der Schule gegen jemanden gewonnen habe, etwas juckte ihm im Gedächtnis, aber er kam nicht heran.

«Der Turm ist futsch», sagte Krebs. Lushin verfolgte jede Handbewegung, und plötzlich kam ihm mit panischem Schrecken die Befürchtung, daß die Tante ihm nicht die Namen aller Figuren genannt hatte. Doch der «Turm» stellte sich als ein Synonym für die «Kanone» heraus. «Ich habe glatt übersehen, daß du ihn schlagen kannst», sagte der andere. «Meinetwegen nimm den Zug zurück», sagte Krebs.

Mit nagendem Neid und ärgerlicher Unzufriedenheit sah Lushin dem Spiel zu, bemüht, die harmonische Melodie wahrzunehmen, von der der Musiker gesprochen hatte, und mit dem unbestimmten Gefühl, daß er das Spiel irgendwie besser verstünde als diese beiden, obwohl er noch keine Ahnung hatte, was es dabei zu tun und zu lassen gab, warum dies richtig und jenes falsch war und wie man es anstellen mußte, um ohne Nachteil in die feindliche Königsstellung einzudringen. Und eine Art von Zug kam vor, die es ihm wegen ihrer heiteren Eleganz sehr angetan hatte: Krebs' König zog neben die Figur, die er als Turm bezeichnet hatte, und dieser sprang über den König hinweg. Dann sah er, wie der andere König hinter seinen Bauern hervorkam (von denen schon einer wie ein Zahn ausgeschlagen war) und verzweifelt hierhin und dorthin zog. «Schach», rief Krebs, «Schach» (und der angegriffene König sprang zur Seite); «du kannst hier nicht hin, und da kannst du auch nicht hin. Schach, die Königin ist verloren, Schach.» Da verlor er selber eine Figur und verlangte nun seinerseits, den letzten Zug zurücknehmen zu dürfen. Der Klassenrowdy puffte Lushin auf den Hinterkopf und wischte mit der anderen Hand gleichzeitig das Brett zu Boden. Zum zweiten Mal erlebte Lushin, was für eine unstabile Sache das Schachspiel war.

Am nächsten Morgen faßte er noch im Bett einen unerhörten Entschluß. Gewöhnlich fuhr er mit einer Droschke zur Schule, und eifrig prägte er sich jedesmal ihre Nummer ein, indem er sie auf eine besondere Weise teilte, um sie auf diese Weise besser im Gedächtnis zu behalten und dort bei Bedarf wieder heil hervorzuholen. Heute jedoch fuhr er nicht zur Schule, und auch die Nummer merkte er sich vor Aufregung nicht; vielmehr stieg er in der Karawannaja-Straße aus, blickte ängstlich um sich und gelangte auf Umwegen, unter Vermeidung des Schulbezirks, in die Sergjewskaja-Straße. Auf dem Wege dorthin begegnete er ausgerechnet dem Geographielehrer, der unter Schneuzen und Spucken mit Riesenschritten, die Aktentasche unter dem Arm, zur Schule eilte. Lushin wandte sich so plötzlich ab, daß ein geheimnisvoller Gegenstand in seinem Ranzen klapperte. Erst als der Lehrer, einem blinden Windstoß gleich, vorbeigefegt war, bemerkte Lushin, daß er vor der Auslage eines Friseurs stand und ihn die Lockenköpfe dreier wächserner Damen mit rosigen Nasenflügeln anstarrten. Er holte tief Luft und ging rasch auf dem nassen Trottoir weiter, unbewußt bemüht, so zu laufen, daß sein Absatz bei jedem Schritt auf die Kante einer Steinplatte trat. Diese Steinplatten waren aber alle verschieden groß, und das behinderte seinen Gang. Schließlich wich er auf den Fahrdamm aus, um der Versuchung zu entgehen, und ging hart am Kantstein im Schmutz weiter. Endlich lag das gesuchte Haus vor ihm, pflaumenblau, mit Buntglasscheiben in der Haustür und nackten Statuen, die angestrengt einen Balkon trugen. Er lenkte seine Schritte an den von Tauben weißbekleckten Prellsteinen vorbei durch die Toreinfahrt, huschte über den Hof, wo zwei Männer mit aufgekrempelten Ärmeln eine prächtige Kutsche wuschen, stieg die Treppe hinauf und läutete. «Sie schläft noch», sagte das Stubenmädchen und musterte ihn erstaunt. «Warten Sie doch hier ein bißchen. Ich werde Sie der Gnädigen nachher gleich melden.» Mit gewohntem Handgriff ließ Lushin seinen Ranzen von der Schulter gleiten und legte ihn vor sich auf den Tisch; dort lag er neben einem Tintenfaß aus Porzellan, einer perlenbestickten Löschunterlage und einer unbekannten Photographie seines Vaters (in der einen Hand ein Buch, einen Finger der anderen an der Schläfe), und da er nichts anderes zu tun hatte, begann er die Farben des Teppichmusters zu zählen. Er war bisher nur einmal in diesem Zimmer gewesen, letzte Weihnacht – als er auf Geheiß des Vaters der Tante eine große Schachtel Konfekt gebracht hatte, von der er die Hälfte aufgegessen und den Rest so zurechtgerückt hatte, daß es nicht zu sehen war. Noch vor kurzem war die Tante täglich bei ihnen zu Besuch gewesen, aber jetzt kam sie überhaupt nicht mehr, und es lag etwas in der Luft, irgendein ungreifbares Verbot, das es unmöglich machte, zu

Hause danach zu fragen. Er zählte neun Farbtöne und wandte sich dann einem Seidenschirm zu, der mit Teichbinsen und Störchen bestickt war. Er hatte gerade begonnen, sich zu fragen, ob auf der anderen Seite ebensolche Störche wären, als endlich seine Tante hereinkam – noch unfrisiert und angetan mit einer Art buntem Kimono mit Flügelärmeln. «Wo kommst du denn her?» rief sie aus. «Und die Schule? Was bist du doch für ein komischer Junge...»

Zwei Stunden später trat er wieder auf die Straße hinaus. Sein Ranzen war jetzt leer und so leicht, daß er auf den Schultern hüpfte. Irgendwie mußte er die Zeit bis zu seiner gewöhnlichen Heimkehr verbringen. Er schlenderte in den Taurischen Garten, und allmählich ärgerte ihn die Leere des Ranzens. Einmal konnte das, was er aus Vorsicht bei der Tante gelassen hatte, bis zum nächsten Mal abhanden kommen; zum anderen hätte er es abends zu Hause gut gebrauchen können. Er beschloß, es künftig anders zu machen.

«Familienangelegenheiten», gab er am nächsten Tag dem Lehrer zur Antwort, als dieser sich beiläufig erkundigte, warum er nicht in der Schule gewesen sei. Am Donnerstag verließ er den Unterricht vorzeitig und fehlte drei Tage hintereinander; dann erklärte er, er hätte Halsweh gehabt. Am Mittwoch hatte er einen Rückfall. Am Sonnabend kam er zur ersten Stunde zu spät, obwohl er früher als gewöhnlich von zu Hause weggefahren war. Am Sonntag setzte er die Mutter mit der Nachricht in Erstaunen, daß er bei einem Schulkameraden eingeladen sei – und blieb dann fünf Stunden fort. Am Mittwoch bekamen sie früher frei (es war einer jener wunderbaren, tiefblauen, staubigen Tage Ende April, wenn sich schon das Ende des Schuljahrs bemerkbar macht und man geradezu von Müßiggang überwältigt wird), aber er kam erst viel später als sonst nach Hause. Und dann fehlte er eine ganze Woche lang – eine berauschende, die Sinne betörende Woche. Der Lehrer rief zu Hause an, um sich zu erkundigen, was ihm fehle. Der Vater ging ans Telephon.

Als Lushin gegen vier nach Hause kam, war das Gesicht des Vaters grau, seine Augen standen hervor, während die Mutter nach Luft rang, als sei sie der Sprache beraubt, und dann unnatürlich und hysterisch, unter Aufheulen und Schreien, zu lachen anfing. Nach einigen Augenblicken der Verwirrung führte ihn der Vater schweigend in sein Arbeitszimmer, verschränkte die Arme über der Brust und ersuchte um eine Erklärung. Den schweren, kostbaren Ranzen unterm Arm, starrte Lushin auf den Boden und überlegte, ob die Tante eines Verrats fähig sei. «Würdest du mir das bitte erklären?» wiederholte der Vater. Sie ist zu keinem Verrat fähig, und woher sollte sie auch wissen, daß man ihn ertappt hatte? «Du willst nicht?» fragte der Vater. Überdies schien es ihr sogar zu gefallen, daß er die Schule schwänzte. «Nun paß einmal auf», sagte der Vater versöhnlich, «laß uns wie Freunde miteinander reden.» Lushin setzte sich mit einem Seufzer auf eine Sessellehne und blickte weiter zu Boden. «Wie Freunde», wiederholte der Vater noch versöhnlicher. «Also, es hat sich herausgestellt, daß du mehrmals die Schule versäumt hast. Und nun möchte ich gern wissen, wo du warst und was du gemacht hast. Ich könnte sogar verstehen, daß beispielsweise das Wetter schön ist und zum Spazierengehen verlockt.» – «Ja, mir war danach», sagte Lushin gleichgültig und mit beginnender Langeweile. Der Vater wollte wissen, wo er spazierengegangen sei und ob es ihn schon lange dränge spazierenzugehen. Dann rief er ihm in Erinnerung, daß jeder Mensch seine Pflicht zu erfüllen habe, der Bürger, der Familienvater, der Soldat und auch der Schüler. Lushin gähnte. «Geh auf dein Zimmer!» sagte der Vater ohne Hoffnung, und als Lushin gegangen war, stand er noch lange mitten in seinem Arbeitszimmer und starrte in dumpfer Verzweiflung auf die Tür. Seine Gattin, die im Nebenzimmer gelauscht hatte, kam herein, setzte sich auf den Rand des Liegesofas und brach erneut in Tränen aus. «Er betrügt», wiederholte sie immer wieder, «genau wie du betrügst. Ich bin umgeben von Betrügern.» Er zuckte nur die Achseln und dachte, wie traurig doch das Leben sei, wie schwer es falle, seine Pflicht zu tun, sich nicht mehr zu sehen, nicht anzurufen und nicht dahin zu gehen, wohin es einen doch eigentlich unwiderstehlich zieht... Und dann noch der Kummer mit dem Sohn... Dieses eigenartige Verhalten, dieser Trotz... Ein trauriger Zustand, ganz traurig...

Kapitel 4

In Großvaters früherem Arbeitszimmer, das selbst an den heißesten Tagen das feuchteste Zimmer ihres Landhauses war, wie lange man auch die Fenster öffnen mochte, die auf einen bedrückend düsteren Nadelwald hinausgingen, welcher so üppig und ineinander verschlungen war, daß es unmöglich schien zu sagen, wo eine Tanne aufhörte und die nächste anfing – in diesem unbewohnten Zimmer, wo auf dem leeren Schreibtisch ein bronzener Knabe mit einer Geige stand, befand sich ein unverschlossener Bücherschrank mit den dicken Bänden einer längst eingegangenen illustrierten Zeitschrift. Lushin blätterte rasch darin herum, bis er zu einer Seite kam, wo sich zwischen einem von einer harfenähnlichen Vignette gekrönten Gedicht von Korinfskij und dem vermischten Teil mit Meldungen über wandernde Sümpfe, schrullige Amerikaner und die Länge der menschlichen Därme auch die Abbildung eines Schachbretts befand. Kein Bild vermochte die blätternde Hand Lushins aufzuhalten, weder der berühmte Niagarafall noch die hungernden indischen Kinder (diese trommelbäuchigen kleinen Skelette), noch ein Attentat auf den spanischen König. Mit eiligem Geraschel flog das Leben der Welt vorüber und kam plötzlich zum Stillstand – das Diagramm, die Endspielstudien, Eröffnungen, ganze Partien.

Zu Beginn der Sommerferien hatte er die Tante und den alten Herrn mit dem Blumenstrauß sehr vermißt – besonders diesen duftenden Alten, der je nach den Blumen, die er Lushins Tante brachte, nach Veilchen oder Maiglöckchen roch. Er war in der Regel im günstigsten Augenblick gekommen – ein paar Minuten, nachdem Lushins Tante nach einem Blick auf die Uhr das Haus verlassen hatte. «Nun, dann warten wir mal ein Weilchen», sagte der Alte und wickelte den Blumenstrauß aus dem feuchten Papier, und Lushin rückte ihm einen Sessel an den Tisch, auf dem die Schachfiguren schon bereitstanden. Das Auftauchen des alten Herrn mit den Blumen hatte ihm einen Ausweg aus einer recht peinlichen Lage geboten. Nach drei oder vier geschwänzten Schultagen hatte sich nämlich herausgestellt, daß die Tante von Schach eigentlich kaum etwas verstand. Im Laufe des Spiels ballten sich ihre Figuren zu einem sinnlosen Haufen, aus dem dann überraschend der König hervorsprang und sich hilflos exponierte. Der alte Herr dagegen spielte himmlisch. Das erste Mal, als die Tante ihre Handschuhe übergestreift und hastig gesagt hatte: «Leider muß ich gehen, aber bleiben Sie nur und spielen Sie mit meinem Neffen Schach, vielen Dank auch für die herrlichen Maiglöckchen» – das erste Mal, als sich der Alte hingesetzt und mit einem Seufzer gesagt hatte: «Lange schon habe ich so etwas nicht mehr in der Hand gehabt... Also, junger Mann – links oder rechts?» – dieses erste Mal, als Lushin schon nach wenigen Zügen die Ohren glühten und er nicht mehr aus noch ein wußte, da kam es ihm vor, als spiele er ein ganz anderes Spiel als das, was ihm die Tante beigebracht hatte. Wohlgeruch umwehte das Schachbrett. Der Alte nannte den Offizier Läufer und die Kanone Turm; wenn er einen Zug machte, der die Partie entschieden hätte, so nahm er ihn sofort zurück, und als enthülle er die verborgenen Feinheiten eines Mechanismus, zeigte er, wie der Gegner hätte spielen müssen, um eine Katastrophe abzuwenden. Die ersten fünfzehn Partien gewann er mühelos, ohne auch nur einen Augenblick über einen Zug nachzudenken, bei der sechzehnten Partie geriet er auf einmal ins Grübeln und gewann nur mit Anstrengung, und am letzten Tag schließlich, an jenem Tag, als er mit einem ganzen Fliederstrauch gekommen war, den man nirgends hinstellen konnte, als die Tante auf Zehenspitzen in ihrem Schlafzimmer hin und her lief und dann vermutlich durch die Hintertür das Haus verließ – an diesem letzten Tag, als ein langer, aufregender Kampf entbrannte, bei dem der Alte sogar Fähigkeiten im Schnaufen entwickelte, ging Lushin ein Licht auf, irgend etwas wurde in ihm freigesetzt, etwas klarte auf, und es schwand die geistige Kurzsichtigkeit, die seinen Schachblick quälend getrübt hatte. «Je nun, remis», sagte der Alte. Er zog seine Dame ein paarmal hin und her, wie man den Hebel einer beschädigten Maschine hin und her bewegt, und wiederholte: «Remis. Dauerschach.» Lushin versuchte es nun seinerseits mit dem Hebel, zog, zog, saß dann ganz still da und starrte unverwandt auf das Brett. «Sie werden es weit bringen», sagte der Alte. «Sie werden es weit bringen, wenn Sie so weitermachen. Gewaltige Fortschritte! So etwas habe ich noch nie erlebt... Doch, Sie werden es weit, sehr weit bringen...»

Er hatte ihm dann noch das einfache System der Schachnotation erklärt, und als Lushin nun die Schachpartien aus der Zeitschrift nachspielte, entdeckte er an sich selbst bald eine Eigenschaft, auf die er einst neidisch gewesen war, wenn sein Vater bei Tisch zu jemandem sagte, er begreife nicht, wie sein Schwiegervater stundenlang in einer Partitur lesen könne und beim Überfliegen der Noten alle Bewegungen der Musik höre, bald lächelte, bald die Stirn runzelte und manchmal zurückblätterte wie ein Leser, der sich in einem Roman einer Einzelheit vergewissert – eines Namens, einer Jahreszeit. «Es muß ein großer Genuß sein», hatte der Vater gesagt, «die Musik in ihrem Urzustand in sich aufzunehmen.» Einen ähnlichen Genuß begann Lushin jetzt zu empfinden, wenn er die Buchstaben und Ziffern überflog, mit denen die Züge bezeichnet waren. Zunächst lernte er Partien nachzuspielen, die unsterblichen Partien früherer Turniere – mit raschem Blick überflog er die Schachnotationen und führte lautlos die Züge auf dem Brett aus. Es kam vor, daß hinter diesem oder jenem Zug, der mit einem Ausrufe- oder Fragezeichen versehen war (um hervorragendes oder miserables Spiel zu kennzeichnen), mehrere Zugfolgen in Klammern standen, so daß sich an dieser Stelle die Partie wie ein Flußlauf verzweigte und man zunächst jeden einzelnen Flußarm verfolgen mußte, ehe man zur Hauptfahrrinne zurückgelangte. Diese potentiellen Fortsetzungen, die das Wesen des Patzers oder der Voraussicht erklärten, führte Lushin allmählich nicht mehr auf dem Brett aus; vielmehr erschloß er ihre Melodie aus der Reihenfolge der Zeichen und Symbole. Desgleichen vermochte er bald eine ganze Partie ohne Brett, allein durch Lesen, nachzuspielen; und das war um so angenehmer, als er so nicht länger mit Schachfiguren herumzuhantieren und nicht alle Augenblicke aufzuhorchen brauchte, ob jemand käme; die Tür war zwar immer abgeschlossen, und er öffnete sie widerwillig erst, wenn man die Messingklinke schon mehrmals heruntergedrückt hatte – und Lushin senior, der nachsehen wollte, was sein Sohn in dem feuchten, unbewohnten Zimmer trieb, fand ihn dann unruhig und mürrisch mit roten Ohren vor; auf dem Tisch lagen die Bände der Zeitschrift, und Lushin senior faßte den Verdacht, sein Sohn suche nach Bildern von nackten Frauen. «Warum schließt du dich ein?» fragte er (und der kleine Lushin zog den Kopf ein und malte sich in fürchterlicher Deutlichkeit aus, wie der Vater gleich unter dem Sofa nachschauen und das Schachspiel entdecken würde). «Hier ist doch geradezu eisige Luft. Und was gibt es schon Interessantes in diesen alten Zeitschriften? Komm, schauen wir einmal nach, ob nicht unter den Tannen Rötlinge stehen.»

Es gab tatsächlich Rötlinge, diese eßbaren, roten Röhrenpilze. Grüne Tannennadeln klebten an ihren feuchten, ziegelfarbenen Hüten, und hin und wieder ließ ein Grashälmchen eine lange, feine Spur darauf zurück. Die untere Seite war zuweilen löchrig und von gelbem Schleim überzogen. Lushin senior säuberte mit seinem Taschenmesser den dicken, graugefleckten Stiel von Moos und Erde, bevor er einen Pilz in den Korb legte. Sein Sohn folgte ihm in wenigen Schritt Entfernung, die Hände wie ein alter Mann auf dem Rücken, und dachte gar nicht daran, Pilze zu suchen, ja er weigerte sich sogar, jene zu bewundern, die sein Vater mit zufriedenem Grunzen ausgrub. Manchmal tauchte am Ende der Allee, rundlich und blaß in dem traurigen, weißen Kleid, das ihr so gar nicht stand, die Mutter auf und eilte ihnen, bald in Sonne, bald in Schatten getaucht, entgegen, und das dürre Laub, das aus den nördlichen Wäldern nie ganz verschwindet, raschelte unter ihren weißen Pantoffeln mit den hohen, etwas schiefen Absätzen. Es war im Juli, als sie auf der Verandatreppe ausglitt und sich den Fuß verstauchte, und lange Zeit lag sie dann im halbdunklen Schlafzimmer oder auf der Veranda, in ihrem rosa Morgenmantel, das Gesicht voller Puder und neben sich auf einem kleinen Tisch ein silbernes Schälchen mit Gummibonbons. Der Fuß war zwar bald wiederhergestellt, aber sie blieb weiter liegen, davon überzeugt, daß dies ihr Schicksal sei, daß es das Leben so für sie bestimmt habe. Der Sommer war ungewöhnlich heiß, die Mücken gaben keine Ruhe, und vom Fluß war tagaus, tagein das Kreischen badender Mädchen zu hören, und an solch einem bedrückenden und wollüstigen Tag, in aller Frühe, als die Bremsen das mit einer schwarzen, stark riechenden Salbe beschmierte Pferd noch nicht plagten, bestieg Lushin senior die Kutsche und fuhr zum Bahnhof, um den Tag in der Stadt zu verbringen. «Nun begreife doch endlich. Ich muß unbedingt Silwestrow sprechen», hatte er am Abend vorher gesagt, als er in seinem mausgrauen Morgenrock im Schlafzimmer auf und ab ging. «Also wirklich, du bist sonderbar. Begreife doch, es ist wichtig. Wenn es nach mir ginge, würde ich lieber hierbleiben.» Aber seine Frau blieb liegen, das Gesicht in ein Kissen vergraben, und ihr fetter, hilfloser Rücken bebte vom Weinen. Dennoch fuhr er am Morgen weg – und der Sohn stand im Garten und sah, wie über der gezackten Hecke aus kleinen Tannen, die den Garten von der Straße trennte, der Kopf des Kutschers und der Hut des Vaters vorbeiglitten.

An diesem Tag überkam ihn wieder Unlust. Alle Partien in der alten Zeitschrift waren durchstudiert, alle Aufgaben gelöst, und es blieb ihm nichts weiter übrig, als gegen sich selbst zu spielen, doch das führte stets zu hoffnungslosem Abtausch aller Figuren und zu einem faden Remis. Auch war es unerträglich heiß. Die Veranda warf ihren dunklen, dreieckigen Schatten auf den blendend hellen Kies. Die Allee war mit Flecken aus Sonnenlicht gepflastert, und wenn man die Augen zusammenkniff, nahmen sie die Form gleich großer heller und dunkler Quadrate an. Unter einer Gartenbank wurde der Schatten zu einem sich scharf abhebenden Gitter. Die Urnen auf den Steinsockeln an den vier Ecken der Terrasse bedrohten sich auf den Diagonalen. Schwalben schossen hin und her: Ihr Flug ließ an Scheren denken, die geschwind ein Muster ausschneiden. Da er nicht wußte, was er mit sich anfangen sollte, schlenderte er den Pfad am Fluß entlang, und vom anderen Ufer her drang ekstatisches Geschrei, schimmerten nackte Körper. Er stellte sich hinter einen Baum und blickte verstohlen mit pochendem Herzen auf dieses weiße Geflimmer. In den Zweigen schwirrte ein Vogel auf, er erschrak und lief rasch davon, weg von dem Fluß. Mittag aß er allein mit der Haushälterin, einer schweigsamen Alten mit gelbem Gesicht, von der stets ein leichter Kaffeegeruch ausging. Im Wohnzimmer wälzte er sich dann auf dem Diwan und nahm schläfrig jedes noch so feine Geräusch wahr, den Ruf einer Goldamsel, das Brummen einer Hummel, die durchs Fenster geflogen kam, das leise Klirren von Geschirr auf dem Tablett, das aus dem Schlafzimmer der Mutter getragen wurde – und alle diese zusammenhanglosen Geräusche wurden im Halbschlaf seltsam verwandelt und bildeten verworrene, helle Ornamente auf dunklem Grund; und über dem Versuch, sie zu entwirren, schlief er ein. Geweckt wurde er von den Schritten des Stubenmädchens, das seine Mutter geschickt hatte... Im Schlafzimmer war es dämmrig und trostlos; die Mutter wollte ihn an sich ziehen, aber er sträubte sich und wendete sich so hartnäckig ab, daß sie ihn loslassen mußte. «Na, erzähle mir etwas», sagte sie leise. Er zuckte die Achseln und kratzte mit dem Finger auf seinem Knie herum. «Willst du mir denn gar nichts erzählen?» fragte sie noch leiser. Er schaute auf den Nachttisch, steckte einen Gummibonbon in den Mund und begann zu lutschen – nahm einen zweiten, einen dritten und immer noch einen, bis sein Mund mit den süßen, stumpf aneinanderstoßenden Kügelchen vollgestopft war. «Nimm, nimm, soviel du willst», flüsterte sie, machte ihre Hand frei und versuchte, ihn zu berühren, zu streicheln. «Du bist in diesem Sommer gar nicht braun gebrannt», sagte sie nach einer Weile. «Es kann aber auch sein, daß ich es nur nicht recht sehe, hier ist so ein totes Licht, alles wirkt bläulich. Zieh bitte die Jalousien hoch. Oder nein, warte, bleibe hier. Später.» Als er seine Gummibonbons aufgelutscht hatte, fragte er, ob er gehen könne. Sie fragte, was er vorhabe, ob er nicht zum Bahnhof fahren wolle, um den Vater vom Sieben-Uhr-Zug abzuholen. «Laß mich gehen», sagte er, «es riecht hier so nach Medizin.»

Er versuchte die Treppe hinunterzurutschen, so wie man es in der Schule machte – und wie er es dort niemals getan hatte; doch die Stufen waren zu hoch. Unter der Treppe suchte er in dem Schrank, den er noch nicht vollständig erforscht hatte, nach alten Zeitschriften. Schließlich wurde er fündig und stieß auf eine Damespielecke, auf Diagramme dummer, schwerfälliger runder Klötze auf ihren Brettern, aber kein Schach. Immer wieder fiel ihm beim Kramen ein lästiges Herbarium mit getrocknetem Edelweiß, purpurroten Blättern und Aufschriften in einer zarten, blaßlila Kinderhandschrift in die Hand, die mit der heutigen Schrift der Mutter gar keine Ähnlichkeit hatte: «Davos, 1885»; «Gattschina, 1886». Wütend riß er Blätter und Blüten heraus, mußte aber dann von dem feinen Staub niesen, als er zwischen den herumgeworfenen Büchern hockte. Schließlich wurde es unter der Treppe so dunkel, daß beim nochmaligen Durchblättern die Seiten der Zeitschrift zu einem trüben Grau verschmolzen, und hin und wieder kam ihm in der Dunkelheit ein kleines Bild wie eine Schachaufgabe vor. Irgendwie stopfte er die Bücher wieder in die Fächer und schlenderte ins Wohnzimmer; träge dachte er daran, daß es sicher schon nach sieben war, weil der Hausdiener die Petroleumlampen anzündete. Auf ihren Stock gestützt, eine Hand am Geländer, kam die Mutter in ihrem fliederfarbenen Pudermantel schwerfällig die Treppe herunter; sie machte ein verängstigtes Gesicht. «Ich verstehe nicht, warum dein Vater noch nicht da ist», sagte sie, schleppte sich mühsam auf die Veranda und spähte hinaus auf den Weg zwischen den Tannenstämmen, die die untergehende Sonne mit hellem Kupfer beringt hatte.

Der Vater kam erst um zehn, sagte, er habe den Zug verpaßt, es sei sehr viel zu tun gewesen, er habe mit seinem Verleger gegessen – nein, keine Suppe, danke. Er lachte, sprach sehr laut, aß geräuschvoll, und Lushin merkte plötzlich, daß ihn der Vater die ganze Zeit über anblickte, als wäre er über seine Anwesenheit verblüfft. Dem Essen folgte ohne Übergang der Abendtee. Die Mutter stützte sich mit den Ellbogen auf den Tisch, blinzelte wortlos auf ihren Teller mit Himbeeren hinab, und je lustiger der Vater erzählte, desto mehr verengten sich ihre Augen. Dann stand sie auf, ging leise hinaus, und Lushin kam es vor, als wäre das alles schon einmal dagewesen. Er blieb mit dem Vater allein auf der Veranda und traute sich nicht, den Kopf zu heben, da er die ganze Zeit über diesen hartnäckigen, seltsamen Blick auf sich ruhen fühlte.

«Wie haben Sie sich die Zeit vertrieben?» fragte Lushin senior plötzlich. «Was haben Sie gemacht?» – «Nichts», antwortete Lushin. «Und was haben Sie vor?» fragte Lushin senior im gleichen Ton übertriebener Scherzhaftigkeit, indem er die Sie-Anrede des Sohnes nachahmte. «Wollen Sie schlafen gehen, oder möchten Sie noch ein Weilchen hier mit mir sitzen?»

Lushin schlug eine Mücke tot und blickte den Vater sehr vorsichtig schräg von unten an. Der Vater hatte einen Krümel im Bart, und seine Augen blitzten unangenehm spöttisch. «Weißt du was?» sagte der Vater, und der Krümel fiel herunter. «Weißt du was? Wir wollen etwas spielen. Vielleicht soll ich dir Schach beibringen?»

Er sah, wie sein Sohn langsam rot wurde, und da er ihm leid tat, setzte er rasch hinzu: «Oder Sechsundsechzig – dort in der Tischschublade sind die Karten.» – «Aber kein Schachspiel, wir haben kein Schachspiel», sagte Lushin heiser und schaute wieder sehr vorsichtig den Vater an. «Das gute ist in St. Petersburg», sagte der Vater ruhig, «es kann aber sein, daß noch ein paar alte auf dem Boden sind. Wir können ja mal nachsehen gehen.»

Tatsächlich fand Lushin beim Schein der Lampe, die sein Vater hochhielt, in einer Kiste unter allerlei Gerümpel ein Schachbrett und hatte dabei wieder das Gefühl, als wäre auch das alles schon einmal dagewesen – die offene Kiste mit dem an der Seite vorstehenden Nagel, die verstaubten Bücher, das hölzerne Schachbrett mit dem Sprung in der Mitte. Es fand sich auch ein Kästchen mit einem Schiebedeckel, das altersschwache Schachfiguren enthielt. Und die ganze Zeit über, während er suchte und dann das Schachspiel hinunter auf die Veranda trug, bemühte sich Lushin herauszubekommen, ob der Vater nur zufällig vom Schachspielen angefangen oder etwas bemerkt hatte – nur auf die einfachste Erklärung kam er nicht, wie man beim Lösen einer Schachaufgabe manchmal auch nicht auf den Lösungszug kommt, der ausgeschlossen erscheint, unmöglich, selbstverständlich überhaupt nicht in Erwägung zu ziehen.

Als jetzt das Brett auf den erleuchteten Tisch zwischen die Lampe und die Himbeeren gelegt und der Staub auf den Feldern mit einem Stückchen Zeitung abgewischt war, hatte der Vater keinen spöttischen Ausdruck mehr im Gesicht, und Lushin vergaß seine Angst, vergaß sein Geheimnis, fühlte auf einmal stolze Erregung bei dem Gedanken, daß er, wenn er nur wollte, nun seine Kunst vorführen könne. Der Vater stellte die Figuren auf. Ein Bauer wurde durch ein häßliches, violettes Klötzchen ersetzt, das wie eine kleine Flasche aussah; als einer der Türme diente ein Damestein; die Springer hatten keine Köpfe, und der Pferdekopf, der zusammen mit einem kleinen Würfel und einer roten Spielmarke aus dem umgestülpten Kästchen zum Vorschein kam, paßte auf keinen von ihnen. Als alles stand, faßte sich Lushin plötzlich ein Herz und murmelte: «Ich kann schon etwas spielen.» – «Bei wem hast du es denn gelernt?» fragte der Vater, ohne aufzublicken. «In der Schule», erwiderte Lushin. «Einige Jungs konnten es.» – «Oh! Ausgezeichnet», sagte der Vater und fügte hinzu (Puschkins schicksalhaften Duellgegner zitierend): «Nun denn, fangen wir an, wenn's beliebt.»

Er hatte von Jugend an Schach gespielt, aber nur selten und oberflächlich und mit zufälligen Partnern – an einem heiteren Abend auf einem Wolga-Dampfer, in dem ausländischen Sanatorium, wo sein Bruder vor Jahren gestorben war, oder auf dem Lande mit dem

Dorfarzt, einem ungeselligen Menschen, der den Verkehr von Zeit zu Zeit abbrach – und alle diese zufälligen Partien, voller Versehen und fruchtlosem Nachdenken, waren für ihn kaum mehr als eine sorglose Entspannung oder einfach eine Möglichkeit gewesen, auf anständige Art und Weise in Gesellschaft eines Menschen zu schweigen, mit dem eine Unterhaltung nicht in Gang kommen wollte – kurze, unkomplizierte Partien, die sich weder durch Ehrgeiz noch durch Eingebung auszeichneten, die er stets auf ein und dieselbe Weise begann, ohne den Zügen seines Gegners viel Aufmerksamkeit zu schenken. Verluste trug er mit Gleichmut, doch war er insgeheim davon überzeugt, daß er gar kein schlechter Spieler sei und wenn, dann nur aus Zerstreutheit verliere, aus Gutmütigkeit oder aus dem Wunsch heraus, das Spiel durch riskante Vorstöße munterer zu gestalten, und er war der Meinung, daß man sich nur etwas bemühen mußte, um jedes beliebige Gambit aus dem Lehrbuch auch ohne theoretisches Wissen über den Haufen zu werfen. Die Schachleidenschaft seines Sohnes hatte ihn so betroffen gemacht, sie kam so unerwartet – und schien gleichzeitig so schicksalhaft und unausweichlich –, so seltsam und unheimlich mutete es an, in der schwarzen Sommernacht auf der hellen Veranda diesem Knaben gegenüberzusitzen, dessen angespannte Stirn sich förmlich zu vergrößern und anzuschwellen schien, sobald er sich über die Figuren beugte – so seltsam und unheimlich wirkte das alles, daß Lushin senior sich nicht auf die Schachpartie konzentrieren konnte, und während er so tat, als ob er überlege, wanderte seine Aufmerksamkeit von seinem verbotenen Tag in St. Petersburg, der ein Gefühl von Scham zurückgelassen hatte, über welches man besser nicht weiter nachdachte, zu den lockeren, leichten Handbewegungen, mit denen sein Sohn diese oder jene Figur setzte. Schon nach ein paar Minuten sagte sein Sohn: «Wenn du diesen Zug machst, bist du matt, wenn du aber so ziehst, bist du deine Dame los», und verwirrt nahm er den Zug zurück und fing an, wirklich nachzudenken, neigte den Kopf bald nach links, bald nach rechts, streckte die Finger nach seiner Dame aus, zog sie aber rasch wieder zurück, als hätte er sich verbrannt, während sein Sohn in der Zwischenzeit ruhig und mit einer bei ihm sonst unbekannten Sorgfalt die geschlagenen Figuren in das Kästchen räumte. Schließlich machte Lushin senior seinen Zug, woraufhin seine Stellung schnell zusammenbrach, und dann lachte er unnatürlich auf und kippte zum Zeichen der Kapitulation seinen König um. So verlor er dreimal und fand, er könne ebensogut noch zehn Partien spielen, ohne daß das Resultat ein anderes wäre, und dennoch brachte er es nicht fertig aufzuhören. Gleich zu Beginn der vierten Partie nahm Lushin einen Zug seines Vaters zurück und sagte kopfschüttelnd mit überzeugter, unkindlicher Stimme: «Die schlechteste Antwort. Tschigorin empfiehlt, den Bauern zu nehmen.» Unbegreiflich schnell und ohne Hoffnung verlor Lushin senior auch diese Partie, lachte auf wie vorhin und goß sich mit zitternder Hand Milch in ein Kristallglas, auf dessen Boden ein Himbeerstengelchen gelegen hatte, das nun an der weißen Oberfläche schwamm, herumkreiselte und sich nur widerwillig herausfischen ließ. Der Sohn räumte Brett und Kästchen weg, stellte alles auf ein Rohrtischchen in der Ecke, brummte ein phlegmatisches «Gute Nacht» und zog leise die Tür hinter sich zu.

«Nun wenn schon, das war ja zu erwarten», sagte Lushin senior und rieb sich mit dem Taschentuch die Fingerspitzen ab. «Für ihn ist das Schachspiel keine Unterhaltung, er macht eine heilige Handlung daraus.»

Ein haariger, dickbäuchiger Nachtfalter mit glühenden Augenpunkten flog gegen die Lampe und fiel auf den Tisch. Sanft rauschte der Wind durch den Garten. Im Wohnzimmer begann die Uhr zierlich zwölf zu schlagen.

«Unsinn», sagte er, «törichte Einbildung. Es gibt viele Jungen, die vorzüglich Schach spielen. Da ist gar nichts Besonderes dabei. Die ganze Geschichte hat einfach meinen Nerven zugesetzt. Nicht richtig von ihr – sie hätte ihn nicht ermuntern sollen. Nun, einerlei.»

Mißmutig dachte er daran, daß er jetzt lügen, protestieren, trösten müsse, und es war schon Mitternacht...

«Ich will schlafen», sagte er, blieb aber im Sessel sitzen.

Früh am nächsten Morgen vergrub der kleine Lushin des Vaters kostbares Kästchen mit den Schachfiguren in der dunkelsten, moosbewachsenen Ecke des Unterholzes hinter dem Garten; so, meinte er, ginge er allen eventuellen Schwierigkeiten am besten aus dem Wege, denn jetzt waren ja andere Figuren da, die er offen benutzen konnte. Sein Vater hielt es unterdessen vor Neugier nicht mehr aus und machte sich auf den Weg zu dem griesgrämigen Doktor, der weit besser Schach spielte als er, und nach dem Abendessen ließ er beide an dem Rohrtischchen auf der Veranda Platz nehmen, lachte und rieb sich die Hände, versuchte sich mit aller Kraft darüber hinwegzutäuschen, daß er etwas Unrechtes tue – aber ohne zu wissen, warum eigentlich –, stellte selber die Figuren auf, entschuldigte sich wegen des violetten Klötzchens, setzte sich dazu und verfolgte begierig das Spiel. Der Doktor dachte lange über jeden Zug nach, zuckte dabei mit den buschigen Augenbrauen, bearbeitete seine fleischige Nase mit der großen, behaarten Faust, lehnte sich hin und wieder zurück, als könne er aus der Entfernung die Sache besser beurteilen, machte große Augen und beugte sich dann wieder gewichtig vor, die Hände auf die Knie gestemmt. Er verlor – und stöhnte so laut, daß der Rohrsessel als Antwort darauf knarrte. «Aber nicht doch, nicht doch», rief Lushin senior. «Sie müssen so ziehen, und alles ist gerettet – Sie haben sogar die bessere Stellung.» – «Sehen Sie nicht, daß ich im Schach stehe?» grummelte der Doktor in seinem Baß und stellte die Figuren wieder auf. Und als ihn Lushin senior später in den dunklen Garten auf den von Glühwürmchen gesäumten Pfad hinausgeleitete, der zur Brücke hinabführte, hörte er endlich die Worte, nach denen ihn so verlangt hatte, doch jetzt bedrückten sie ihn – lieber hätte er sie nie vernommen.

Der Doktor kam nun jeden Abend, und da er tatsächlich ein erstklassiger Spieler war, bereiteten ihm seine ständigen Niederlagen ungemeines Vergnügen. Er brachte Lushin ein Schachlehrbuch mit, empfahl aber, sich nicht zu sehr darein zu vertiefen, sich nicht zu ermüden und möglichst an der frischen Luft zu lesen. Er erzählte von den Großmeistern, die er hatte spielen sehen, von einem kürzlich beendeten Turnier, aber auch von der Geschichte des Schachs, von einem etwas zweifelhaften Radscha und dem großen Philidor, der außerdem noch ein versierter Musiker gewesen war. Manchmal brachte er mit düsterem Lächeln «einen kleinen Bonbon» mit, wie er es nannte – ein kniffliges Schachproblem, das er aus einer Zeitschrift ausgeschnitten hatte. Lushin brütete eine Weile darüber, fand schließlich die Lösung und stammelte mit einem ungewöhnlichen Ausdruck im Gesicht und strahlendem Glück in den Augen: «Wie herrlich! Wie herrlich!» Selber Probleme zu komponieren, verlockte ihn jedoch nicht. Unklar fühlte er, daß es eine Vergeudung jener kämpferischen, vorwärtsdrängenden, brillanten Kraft wäre, die er jedes Mal in sich spürte, wenn der Doktor seinen König mit den behaarten Fingern weiter und weiter zurückzog, schließlich ganz still dasaß und kopfnickend auf das Brett schaute, während Lushin senior, der immer dabeisaß, immer ein Wunder herbeisehnte – die Niederlage seines Sohnes – und doch immer wieder erschreckt und erfreut war, wenn der Sohn gewann (und der unter diesem Widerstreit seiner Gefühle litt), mitunter selbst nach einem Springer oder Turm langte, rief, daß noch nicht alles verloren sei, und eine aussichtslose Partie manchmal selber zu Ende spielte.

Und so nahm es seinen Anfang. Es war fast so, als sei zwischen den Abenden auf der Veranda und dem Tag, als Lushins Bild in einer St. Petersburger Zeitschrift erschien, gar nichts geschehen, kein Herbst auf dem Lande, der auf die Astern herabnieselte, keine Heimkehr in die Stadt, keine Rückkehr in die Schule. Das Photo erschien an einem Oktobertag kurz nach seinem ersten, unvergeßlichen Auftreten in einem Schachclub. Und alles andere, was zwischen der Rückkehr nach Petersburg und dem Photo geschah – zwei Monate schließlich –, war so wirr und verschwommen, daß Lushin später nicht mehr genau sagen konnte, wann zum Beispiel das Schulfest stattgefunden hatte, auf dem er still und von seinen Kameraden fast unbeachtet in einer Ecke den Geographielehrer, einen bekannten Schachamateur, besiegt hatte – oder wann auf Einladung des Vaters ein grauhaariger Jude zu ihnen zum Essen gekommen war, ein seniles Schachgenie, das in allen Städten der Welt gesiegt hatte, aber jetzt in Armut und Nichtstun dahinlebte, halbblind, herzkrank, Feuer, Kunst und Glück für immer dahin ... Nur an eins erinnerte sich Lushin noch ganz deutlich – an die Angst, die er in der Schule empfand, die Angst, daß man von seiner Begabung erfahren und ihn auslachen könnte – und aus dieser untrüglichen Erinnerung schloß er, daß er nach jener auf dem Fest gespielten Partie gar nicht mehr zur Schule gegangen sei, denn wenn er an all die Schauder seiner Kindheit dachte, konnte er sich die gräßliche Empfindung nicht vorstellen, die ihm am nächsten Morgen beim Betreten der Klasse unter den fragenden, allwissenden Augen gewiß zuteil geworden wäre. Sehr wohl aber konnte er sich auf seine Weigerung besinnen, nach Erscheinen der Photographie weiter zur Schule zu gehen, und in seiner Erinnerung war es nicht möglich, den Knoten zu entwirren, in den sich jenes Schulfest und das Erscheinen der Photographie verschlungen hatten, zu sagen, was früher und was später gewesen war. Der Vater brachte ihm die Zeitschrift, und das Photo war im letzten Sommer auf dem Lande gemacht worden: ein Baum im Garten und er daneben, ein Blattwerkmuster auf der Stirn, einen mürrischen Ausdruck auf dem fast unmerklich geneigten Gesicht und angetan mit den engen weißen Shorts, die vorn immer aufgingen. Statt Freude zu zeigen, wie der Vater erwartet hatte, blieb er ungerührt – war im geheimen aber doch froh: Jetzt konnte er der Schule entrinnen. Eine Woche lang versuchten sie, ihn umzustimmen. Die Mutter weinte natürlich. Der Vater drohte, ihm das neue Schachspiel mit den gewaltigen Figuren auf einem Saffianlederbrett wegzunehmen. Und plötzlich entschied sich alles ganz von selbst. Er lief im Herbstmantel von zu Hause weg, da man seinen Wintermantel, nach einem mißglückten Versuch auszureißen, versteckt hatte, und da er nicht wußte wohin (stechende Eiskristalle fielen, setzten sich auf die Gesimse, und der Wind wirbelte sie hoch und führte solchermaßen einen endlosen Miniaturschneesturm auf), machte er sich schließlich auf den Weg zur Tante, die er seit dem Frühjahr nicht gesehen hatte. Er traf sie, als sie gerade ausgehen wollte. Sie hatte einen schwarzen Hut auf, trug in Papier gewickelte Blumen im Arm und wollte zu einer Beerdigung. «Dein alter Partner ist gestorben», sagte sie, «komm mit.» Verärgert darüber, daß er sich nicht aufwärmen durfte, daß es schneite und daß unter dem Schleier der Tante sentimentale Tränen glänzten, machte er schroff kehrt, trieb sich noch eine Stunde lang herum und ging dann nach Hause. An die Heimkehr konnte er sich nicht mehr erinnern und war sich, noch seltsamer, nie sicher, ob sich womöglich alles ganz anders abgespielt hatte; vielleicht hatte seine Erinnerung später vieles aus seinen Fieberträumen hinzugefügt – denn er phantasierte eine ganze Woche lang, und da er äußerst zart und nervös war, glaubten seine Ärzte, daß er nicht durchkommen würde. Er war nicht zum ersten Mal krank, und wenn er sich später die Empfindungen während dieser Krankheit vergegenwärtigte, tauchten unwillkürlich die anderen Krankheiten auf, an denen seine Kindheit reich gewesen war: Besonders lebhaft hatte er in Erinnerung, wie er sich als kleiner Junge einmal in die Tigerdecke gewickelt hatte und ganz für sich allein König gewesen war – König zu sein war am angenehmsten, da der Herrschermantel ihn vor dem Schüttelfrost bewahrte, und so lange wie möglich wollte er den unvermeidlichen Augenblick hinausschieben, da man seine Stirn befühlen, Fieber messen und ihn dann schleunigst ins Bett stecken würde. Aber nichts kam dieser von Schach durchdrungenen Krankheit im Oktober gleich. Der grauhaarige Jude, der Tschigorin besiegt hatte; der mit Blumen zugedeckte Leichnam des Alten, der seine Tante bewundert hatte; der Vater, der mit lustig-verschmitztem Gesicht die Zeitschrift brachte; der Geographielehrer, der über das plötzliche Matt erstarrte; der verqualmte Raum im Schachclub, wo ihn eine Schar von Studenten umringte; und dann das glattrasierte Gesicht des Musikers, der aus irgendeinem Grund den Telephonhörer wie eine Geige zwischen Kinn und Schulter geklemmt hatte – alles das drang in seine Fieberphantasien ein und nahm den Anschein eines ungeheuerlichen Spiels auf einem gespenstischen, wankenden, endlos zerfließenden Brett an.

Nach seiner Genesung nahm man ihn, aufgeschossen und abgemagert, mit ins Ausland, zunächst an die Adriaküste, wo er auf der Gartenterrasse in der Sonne lag und dabei im Kopf Schachpartien spielte, die ihm niemand verbieten konnte, später in einen deutschen Kurort, wo ihn sein Vater auf Wegen spazieren führte, die von Geländern aus krummen Buchenästen gesäumt waren. Als er sechzehn Jahre später diesen Kurort nochmals besuchte, erkannte er zwischen den mit buntem Kies umrandeten Blumenbeeten die tönernen, bärtigen Gartenzwerge und die Gartenwege aus buntem Kies vor dem Hotel wieder, das inzwischen größer und hübscher geworden war, und desgleichen den dunklen, feuchten Wald auf dem Hügel und die verschiedenen Markierungen mit Ölfarbe (jede Farbe bezeichnete die Richtung eines bestimmten Spazierweges), die an Abzweigungen auf einen Buchenstamm oder einen Felsblock gemalt waren, damit sich der Wanderer ja nicht verirre. In den Läden bei der Quelle wurden immer noch die gleichen Briefbeschwerer mit den smaragdgrün-blauen, perlmuttverzierten Ansichten unter gewölbtem Glas verkauft, und zweifellos spielte immer noch das gleiche Orchester im Musikpavillon Opernpotpourris, und die gleichen Ahornbäume warfen immer noch ihren lebendigen Schatten auf die Tischchen, an denen Leute Kaffee tranken und sich keilförmige Stücke Apfeltorte mit Schlagsahne schmecken ließen.

«Sehen Sie die Fenster da drüben?» fragte er und zeigte mit dem Spazierstock auf den Seitenflügel des Hotels. «Dort fand damals unser nettes kleines Turnier statt. Einige der stärksten Spieler Deutschlands nahmen daran teil. Ich war vierzehn. Dritter Preis, jawohl, dritter Preis.»

Mit jener traurigen, etwas greisenhaften Bewegung, die ihm jetzt eigen war, legte er die Hände wieder auf seinen dicken Spazierstock und neigte den Kopf vor, als ob er den Klängen ferner Musik lausche.

«Wie? Ich soll den Hut aufsetzen? Die Sonne brennt, sagen Sie? Nein, ich glaube nicht. Nein, lassen Sie nur, wozu auch? Wir sitzen ja im Schatten.»

Dennoch nahm er den Strohhut, der ihm über das Tischchen gereicht wurde, trommelte im Hutboden herum, wo sich auf dem Firmennamen ein verwischter, dunkler Fleck abzeichnete, und setzte ihn dann mit einem schiefen Lächeln auf – im Wortsinn schief: Seine rechte Wange und der rechte Mundwinkel schoben sich ein wenig hoch und entblößten schlechte, rauchverfärbte Zähne; ein anderes Lächeln hatte er nicht. Und man hätte nicht geglaubt, daß er erst sein viertes Lebensjahrzehnt begonnen hatte: Von den Nasenflügeln zogen sich zwei tiefe, schlaffe Falten hinunter, die Schultern waren gebeugt, und in seinem ganzen Körper lag eine ungesunde Schwere; und als er einmal ganz plötzlich aufstand, um mit dem Ellbogen eine Wespe abzuwehren, konnte man sehen, daß er recht füllig war – nichts an dem kleinen Lushin hätte auf eine derart träge, ungesunde Korpulenz hingedeutet. «Warum piesackt die mich!» rief er mit dünner, weinerlicher

Stimme, hielt den Ellbogen weiter hoch und machte Anstrengungen, mit der anderen Hand sein Taschentuch zu erreichen. Die Wespe zog noch einen letzten Kreis und flog davon, und er blickte ihr lange nach und schüttelte dabei mechanisch das Taschentuch aus; endlich stellte er seinen eisernen Gartenstuhl auf dem Kiesboden fester zurecht, hob den heruntergefallenen Spazierstock auf und setzte sich schwer atmend wieder hin.

«Warum lachen Sie? Wespen sind äußerst unangenehme Insekten.» Er runzelte die Stirn und blickte auf den Tisch. Neben seinem Zigarettenetui lag ein halbrundes Damentäschchen aus schwarzer Seide. Zerstreut nahm er es in die Hand und begann mit dem Schloß zu knipsen.

«Schließt schlecht», sagte er, ohne aufzublicken. «Eines schönen Tages wird Ihnen noch alles herausfallen.»

Er seufzte, schob das Täschchen beiseite und fuhr mit gleicher Stimme fort: «Ja, die stärksten deutschen Spieler. Und ein Österreicher. Mein verstorbener Vater hatte wirklich Pech. Er glaubte, hier interessiere man sich nicht groß für Schach, und dann platzten wir geradewegs in ein Turnier.»

Man hatte umgebaut und alles durcheinandergebracht, der Seitenflügel des Hauses sah jetzt anders aus. Sie hatten damals dort oben im zweiten Stock gewohnt. Es war beschlossen worden, bis zum Herbst hierzubleiben und dann nach Rußland zurückzukehren – und das Gespenst der Schule, das der Vater nicht zu erwähnen wagte, kam wieder in Sicht. Die Mutter war viel früher, schon zu Beginn des Sommers heimgereist. Sie sagte, daß sie sich «wahnsinnig» nach dem russischen Landleben sehne, und dieses langgedehnte *«besúmno»* mit der klagenden, schmerzlichen Mittelsilbe war fast der einzige Ton von ihr, den der Sohn im Gedächtnis behielt. Sie war trotzdem nur ungern abgefahren, da sie nicht wirklich wußte, ob sie abreisen oder bleiben sollte. Schon lange zeichnete sich eine seltsame Entfremdung zwischen ihr und dem Sohn ab, so als wäre er weit fort von ihr, als wäre der, den sie liebte, nicht dieser erwachsene Junge, nicht das Schachwunderkind, über das die Zeitungen berichteten, sondern der kleine, körperwarme, unausstehliche Hosenmatz, der sich bei der geringsten Kleinigkeit auf den Fußboden warf, schrie und mit den Füßen strampelte. Und überhaupt war alles so traurig und so überflüssig – dieser dünne, ganz unrussische Flieder in dem Garten am Bahnhof, die tulpenförmigen Lämpchen im Schlafwagen des Nordexpress und diese Beklemmungen in der Brust, dieses Gefühl, keine Luft zu bekommen, vielleicht Angina pectoris oder einfach, wie ihr Mann immer sagte, die Nerven. Sie reiste ab und schrieb nicht; der Vater wurde fröhlicher und bezog ein kleineres Zimmer; und einige Zeit darauf, im Juli, als der kleine Lushin gerade aus einem anderen Hotel zurückkam – wo einer dieser mürrischen Herren wohnte, die seine Spielpartner waren –, sah er zufällig auf der zu beiden Seiten abfallenden Anhöhe an dem hölzernen Geländer in der glänzenden Abendsonne den Vater stehen. Bei seinem Vater befand sich eine Dame, und da diese Dame ohne jeden Zweifel seine rothaarige Tante aus St. Petersburg war, wunderte er sich sehr, schämte sich dann aus irgendeinem

Grund und sagte dem Vater nichts davon. Einige Tage darauf hörte er am frühen Morgen, wie sein Vater sich den Korridor entlang rasch und anscheinend laut lachend seinem Zimmer näherte. Die Tür wurde aufgerissen, der Vater stürzte herein und hielt in der ausgestreckten Hand, als stieße er es von sich, ein Stück Papier. Tränen strömten ihm über die Wangen und liefen die Nase entlang, als hätte er sein Gesicht mit Wasser bespritzt, und schluchzend und nach Luft ringend wiederholte er: «Was soll das heißen? Was soll das heißen? Das ist doch ein Irrtum, das kann doch nicht stimmen» – und hielt das Telegramm immer noch von sich gestreckt.

Kapitel 5

Er spielte in St. Petersburg, in Moskau, in Nishnij Nowgorod, in Kiew, in Odessa. Ein gewisser Walentinow trat in Erscheinung, ein Mittelding zwischen Tutor und Impresario. Lushin senior trug ein schwarzes Band am Ärmel – Trauer um seine Frau – und erzählte den Journalisten in der Provinz, daß er sich in seiner Heimat niemals so gründlich umgesehen hätte, wenn sein Sohn nicht ein Wunderkind wäre.

Er kämpfte auf Turnieren mit den besten russischen Spielern. Oft nahm er es gleichzeitig mit zwanzig Amateuren auf. Manchmal spielte er auch blind. Viele Jahre später, als Lushin senior jedes seiner Feuilletons in einer Emigrantenzeitung wie ein Schwanengesang vorkam – Gott weiß, wie viele solcher Schwanengesänge es waren, voller Lyrik und Druckfehler –, trug er sich mit dem Plan einer Erzählung, deren Held genau solch ein schachspielender Knabe sein sollte, den sein Vater (Pflegevater in der Erzählung) von Stadt zu Stadt schleppte. Er begann sie 1928 – gleich nach der Heimkehr von einer Versammlung des Exilschriftstellerverbandes, zu der er als einziger erschienen war. Die Idee zu dem Buch stand unerwartet und anschaulich vor ihm, als er dort im Clubzimmer eines Berliner Cafés saß und wartete. Er war wie immer sehr pünktlich gekommen und wunderte sich, daß die Tische noch nicht zusammengerückt waren, trug dem Kellner auf, es sofort zu besorgen, und bestellte Tee und ein Glas Cognac. Der Raum war sauber und hell; an der Wand hing ein Stilleben mit rundlichen Pfirsichen rings um eine Wassermelone minus einen Keil. Eine saubere Tischdecke blähte sich sacht und senkte sich auf die inzwischen zusammengerückten Tische. Er tat ein Stückchen Zucker in den Tee, wärmte seine blutlosen, immer frierenden Hände an dem Glas und beobachtete die darin aufsteigenden Bläschen. Nebenan in der Bar spielten Geige und Klavier etwas aus *La Traviata* – und von der lieblichen Musik, dem Cognac und der Weiße des Tischtuchs wurde dem alten Lushin ganz wehmütig zumute, und diese Wehmut war so wohltuend, daß er sich nur ungern rührte: So saß er nur da, den Ellbogen aufgestützt, einen Finger an die Schläfe gepreßt – ein hagerer alter Mann mit geröteten Augen und einer Strickweste unter dem dunkelbraunen Jackett. Die Musik spielte, das leere Zimmer war von Licht durchflutet, die Wunde der Melone glühte scharlachrot – und niemand schien zur Versammlung zu kommen. Mehrmals schaute er auf die Uhr, doch dann wurde ihm von der Musik und dem Tee so wohlig benebelt, daß er die Zeit vergaß. Er saß ruhig da und dachte an dies und das – an eine Schreibmaschine, die er gebraucht gekauft hatte, an das Marientheater, an den Sohn, der so selten nach Berlin kam. Plötzlich bemerkte er, daß er schon eine Stunde dasaß und das Tischtuch immer noch leer und weiß war ... Und in dieser hellen, ihm fast mystisch vorkommenden Leere hinter dem Tisch, der für eine nicht stattfindende Versammlung bestimmt war, kam er zu dem Schluß, daß seine lange ausgebliebene schriftstellerische Eingebung wiedergekehrt sei.

Es wird Zeit, gewissermaßen Bilanz zu ziehen, dachte er und sah sich in dem leeren Zimmer um – Tischtuch, dunkelblaue Tapete, Stilleben –, wie man das Geburtszimmer eines berühmten Mannes betrachtet. Und der alte Lushin lud seinen künftigen Biographen (der ihm mit wachsendem Alter paradoxerweise immer unwirklicher und ferner erschien) im Geiste ein, sich diesen zufälligen Raum, in dem die Idee zur Erzählung *Gambit* entstanden war, ganz genau anzusehen. Mit einem Zug goß er den Rest Tee hinunter, nahm Hut und Mantel, hörte vom Kellner, daß heute Dienstag und nicht Mittwoch sei, lächelte nicht ohne ein gewisses Wohlwollen über seine Zerstreutheit, und kaum nach Hause zurückgekehrt, nahm er den schwarzen Metalldeckel von seiner Schreibmaschine.

Am klarsten stand ihm folgende (von schriftstellerischer Einbildungskraft leicht retuschierte) Erinnerung vor Augen: ein heller Saal, zwei Tischreihen, auf den Tischen Schachbretter. Hinter jedem Tisch sitzt jemand, im Rücken eine Traube von Zuschauern mit gereckten Hälsen. Und schon eilt ein kleiner Junge mit Blick für niemanden den Gang zwischen den Tischen entlang – wie der Zarewitsch in schmuckem weißem Matrosenanzug. Der Reihe nach bleibt er an jedem Brett stehen und macht rasch einen Zug oder denkt, den goldbraunen Kopf gesenkt, einen Augenblick nach. Ein Zuschauer, der nichts über Simultanschach weiß, stünde beim Anblick dieser gesetzten Herren in Schwarz vor einem Rätsel, die hinter mit sonderbar gedrechselten Püppchen vollgestellten Brettern finster brüten, während ein kleiner, modisch gekleideter Knabe, dessen Anwesenheit hier unerklärlich scheint, durch die seltsame, spannungsgeladene Stille federleicht von Tisch zu Tisch schreitet und sich unter diesen versteinerten Menschen als einziger bewegt...

Wie sehr seine Erinnerungen stilisiert waren, bemerkte der Schriftsteller Lushin gar nicht. Auch entging ihm, daß er seinem Sohn eher die Züge eines Wunderkindes in der Musik als im Schach verliehen und ihn sowohl kränklich als auch engelgleich gemacht hatte: eigenartig umflorte Augen, lockige Haare, durchsichtige Blässe. Doch stand er nun vor gewissen Schwierigkeiten: Das von allen Zutaten gereinigte, zu äußerster Zartheit emporgeläuterte Bild seines Sohnes mußte mit irgendeinem Habitus versehen werden. Eines stand für ihn fest: Er würde diesen Knaben nicht heranwachsen, ihn nicht zu jenem mürrischen Menschen werden lassen, der ihn ab und zu in Berlin besuchte, nur einsilbige Antworten gab, mit halbgeschlossenen Augen dasaß und beim Fortgehen ein Kuvert mit Geld auf dem Fensterbrett zurückließ.

«Er wird jung sterben», sagte er laut und wanderte ruhelos im Zimmer und um die offen dastehende Schreibmaschine herum, deren Tasten ihn mit ihren Pupillen aus Lichtreflexen zu beobachten schienen. «Ja, er wird jung sterben, sein Tod wird unabwendbar und sehr ergreifend sein. Er wird im Bett sterben, während er seine letzte Partie spielt.» Dieser Gedanke gefiel ihm so sehr, daß er bedauerte, das Buch nicht von der Schlußszene aus rückwärts schreiben zu können. Warum war das eigentlich nicht möglich? Man könnte es ja einmal versuchen... Er begann seine Gedanken rückwärts zu lenken – von dem herzergreifenden, ihm deutlich vor Augen stehenden Tod seines Helden bis zu dessen in nebelhafter Ferne liegender Geburt, doch plötzlich setzte er sich entschlossen an den Tisch und begann, das Problem nochmals zu durchdenken.

Die Begabung seines Sohnes hatte sich erst nach dem Kriege richtig entfaltet, als das Wunderkind zu einem Meister wurde. 1914, noch am Vorabend des Krieges, der seine Erinnerungen daran hinderte, sich einem properen literarischen Sujet zu widmen, war er mit dem Sohn nochmals ins Ausland gereist, und Walentinow war mitgekommen. Es lagen Einladungen vor, in Wien, in Budapest und in Rom zu spielen. Der Ruhm des kleinen Russen, der schon einen oder zwei Spieler besiegt hatte, deren Namen in Schachlehrbüchern standen, wuchs dermaßen schnell, daß sein eigener, bescheidener Schriftstellerruhm in ausländischen Zeitungen ebenfalls beiläufig erwähnt wurde. Sie befanden sich zu dritt in der Schweiz, als der österreichische Erzherzog ermordet wurde. Aus rein zufälligen Erwägungen (der Überzeugung, daß seinem Sohn Höhenluft gut täte... Walentinows Bemerkung, daß Rußland jetzt keine Zeit für Schach habe, während sein Sohn nur vom Schach lebe... der Überlegung, daß der Krieg nicht lange dauern würde) war er allein nach St. Petersburg heimgekehrt. Nach einigen Monaten hielt er es nicht mehr aus und rief seinen Sohn zurück. In einem seltsamen Brief voller gewundener Rhetorik, die in gewisser Weise zu den Umwegen paßte, die er hinter sich hatte, teilte ihm Walentinow mit, daß der Sohn nicht heimkehren wolle. Lushin schrieb abermals, doch die genauso gewundene und höfliche Antwort kam nicht mehr aus Tarasp, sondern aus Neapel. Er begann, Walentinow zu hassen. Es gab Tage voll ungewohnter Schwermut. Es gab absurde Schwierigkeiten bei den Geldüberweisungen. Jedoch machte Walentinow in seinem nächsten Brief den Vorschlag, alle Ausgaben für den Unterhalt des Sohnes zu übernehmen – abrechnen könnten sie später. Die Zeit verstrich. In der unerwarteten Rolle eines Kriegskorrespondenten fand er sich im Kaukasus wieder. Auf Tage voller Schwermut und schäumender Wut über Walentinow (der im übrigen fleißig schrieb) folgten Tage der inneren Ruhe, die aus dem Gefühl herrührte, daß sein Sohn es im Ausland gut habe – besser als in Rußland (was genauso auch Walentinow behauptete).

Jetzt, anderthalb Jahrzehnte später, stellten diese Kriegsjahre ein lästiges Hindernis dar; sie schienen die Schaffensfreiheit einzuschränken, denn in jedem Buch über die allmähliche Entwicklung einer bestimmten Persönlichkeit mußte irgendwie vom Krieg die Rede sein, und selbst wenn man den Helden in jungen Jahren sterben ließ, kam man nicht drum herum. Es gruppierten sich Menschen und Ereignisse um die Gestalt des Sohnes, die leider nur vor dem Hintergrund des Krieges denkbar waren und ohne einen derartigen Hintergrund nicht existiert hätten. Mit der Revolution war es noch schlimmer. Nach allgemeiner Ansicht hatte sie den Lebensweg eines jeden Russen beeinflußt; ein

Autor konnte seinen Helden nicht durch die Revolution gehen lassen, ohne daß der von ihr versengt wurde, und sie zu umgehen, war unmöglich. Das aber kam geradezu einer Vergewaltigung seiner literarischen Absichten gleich. Jedoch wie sollte die Revolution seinen Sohn denn berühren? An einem langersehnten Herbsttag des Jahres neunzehnhundertsiebzehn tauchte Walentinow plötzlich auf, vergnügt, laut und elegant gekleidet, hinter sich einen etwas aufgeschwemmten jungen Mann mit Schnurrbärtchen. Einen Augenblick lang herrschten Wehmut und Verlegenheit sowie eine eigenartige Enttäuschung. Der Sohn sagte kaum ein Wort und blickte ständig zum Fenster («er hat Angst vor einer möglichen Schießerei», erklärte Walentinow halblaut). Das alles mutete zunächst wie ein Alptraum an – aber man gewöhnt sich an alles. Walentinow versicherte immer wieder, daß man es später «unter Freunden» regeln könne, wenn man ihm etwas schulden sollte. Es stellte sich heraus, daß er an großen geheimen Geschäften beteiligt war und Geld auf allen Banken des alliierten Europa liegen hatte. Der junge Lushin fing an, einen überaus ruhigen Schachclub zu besuchen, der gerade zur Zeit der Bürgerkriegswirren zuversichtlich aufgeblüht war, und im Frühjahr verschwand er mit Walentinow – wieder ins Ausland. Dann kamen rein persönliche, ungebetene Erinnerungen, ihm zu nichts nütze – Hunger, Verhaftung und so weiter, und dann plötzlich das ganz legale Exil, die willkommene Ausweisung, das saubere gelbe Schiffsdeck, Ostseewind und der Streit mit Professor Wassilenko über die Unsterblichkeit der Seele.

Aus diesem groben Durcheinander, das an der Feder

klebte und aus jedem Winkel des Gedächtnisses purzelte, jede Erinnerung entwürdigte und freien Gedanken den Weg versperrte, aus alledem mußte er nun – vorsichtig und Stück für Stück – die Gestalt Walentinows hervorholen und heil in das Buch überführen. Ein zweifellos fähiger Mensch – so nannten ihn alle, die etwas Abfälliges über ihn sagen wollten; ein Original, in allen Sätteln gerecht, unersetzlich bei der Veranstaltung von Amateuraufführungen, Ingenieur, vorzüglicher Mathematiker, Schach- und Dameenthusiast und der ‹amüsanteste Herr›, wie er sich selber mitunter empfahl. Er hatte wundervolle kastanienbraune Augen und eine überaus gewinnende Art zu lachen. Am Zeigefinger trug er einen Ring mit Totenkopf und ließ durchblicken, daß er Duelle bestanden habe. Eine Zeitlang hatte er in der Schule, die der kleine Lushin besuchte, Turnunterricht gegeben, und Schüler wie Lehrer waren tief beeindruckt gewesen, daß er immer wieder von einer geheimnisvollen Dame in einer Limousine abgeholt wurde. Er hatte en passant ein wunderbares Metallpflaster erfunden, das in Petersburg auf dem Newskij-Prospekt in der Nähe der Kasaner Kathedrale ausprobiert wurde. Er hatte mehrere spitzfindige Schachaufgaben komponiert und war der erste Vertreter des sogenannten «Russischen Themas». Er war bei Kriegsausbruch achtundzwanzig und litt an keiner Krankheit. Das anämische Wort ‹Deserteur› wollte auf diesen vergnügten, kräftigen und gewandten Menschen nicht recht passen; ein anderes findet sich aber nicht. Was er während des Krieges im Ausland trieb, blieb unbekannt.

Und so beschloß Lushin der Schriftsteller, von dieser

Gestalt vollen Gebrauch zu machen; dank ihrer Anwesenheit konnte jede Geschichte äußerst lebendig wirken, einen Beigeschmack von Abenteuer gewinnen. Die Hauptsache blieb indessen noch zu erfinden. Was er bisher hatte, waren Farben – warme und lebendige zwar, aber doch nur Flecke ohne Zusammenhang; es kam darauf an, einen bestimmten Grundriß, eine klare Linie zu finden. Zum ersten Mal hatte der Schriftsteller Lushin mit den Farben angefangen.

Und je leuchtender diese Farben in seiner Vorstellung wurden, desto schwerer fiel es ihm, sich an die Schreibmaschine zu setzen. Ein Monat verging und noch einer, der Sommer kam, und er war immer noch damit beschäftigt, das weiterhin unsichtbare Thema in den prunkvollsten Farben auszuschmücken. Manchmal kam es ihm vor, als sei das Buch bereits geschrieben, und deutlich sah er den Bleisatz vor sich, erblickte die Druckfahnen mit den roten Hieroglyphen am Rand und dann das frische, knisternde Vorausexemplar; und jenseits war ein wunderbarer Nebel, ein süßer Lohn für sämtliche Fehlschläge, für all die Unbeständigkeit des Ruhms. Er besuchte seine zahlreichen Bekannten und sprach ausführlich, mit großer Verve von seinem kommenden Buch. In einer Emigrantenzeitung erschien eine Meldung, derzufolge er nach langem Schweigen an einer neuen Erzählung arbeite. Und diese von ihm selber verfaßte und eingesandte Meldung las er tiefbewegt dreimal hintereinander, schnitt sie aus und verwahrte sie in seiner Brieftasche. Häufiger zeigte er sich jetzt auf literarischen Abenden und nahm an, daß ihn alle voller Neugier und Ehrfurcht betrachteten. Bei trügerischem

Sommerwetter fuhr er eines Tages in einen Wald in der Umgebung, wurde auf der vergeblichen Suche nach Steinpilzen von einem plötzlichen Wolkenbruch durchnäßt und mußte am nächsten Tag das Bett hüten. Einsam und kurz war sein Krankenlager, und friedlich war sein Ende nicht. Der Vorstand des Exilschriftstellerverbandes ehrte sein Andenken mit einer Schweigeminute.

Kapitel 6

«Ganz bestimmt fällt Ihnen noch alles heraus», sagte Lushin und nahm die Handtasche wieder an sich.

Rasch streckte sie die Hand aus und legte die Handtasche mit Nachdruck etwas weiter weg auf den Tisch, als wolle sie so das Verbot unterstreichen. «Immer müssen Sie mit irgend etwas herumspielen», bemerkte sie freundlich.

Lushin betrachtete seine Hand, spreizte die Finger, um sie gleich wieder zu schließen. Sie waren gelblich vom Nikotin und voller grober Niednägel; an den Gelenken hatten sie fette Falten, und weiter unten zeigten sich ein paar Haare. Er legte seine Hand auf den Tisch neben ihre, die daneben milchig weiß und weich wirkte und deren Nägel kurzgeschnitten und gepflegt waren.

«Es tut mir leid, daß ich Ihren Vater nicht gekannt habe», sagte sie nach einer Weile. «Er muß sehr gut und sehr ernst gewesen sein und Sie sehr geliebt haben.»

Lushin schwieg.

«Erzählen Sie mir noch etwas. Wie haben Sie damals hier gelebt? Waren Sie wirklich einmal ein kleiner Junge und sind herumgerannt und herumgetollt?»

Er legte wieder beide Hände auf den Spazierstock, und daraus, daß er schläfrig die schweren Lider senkte und den Mund ein wenig öffnete, so daß es aussah, als wolle er gähnen, schloß sie, daß er sich langweilte und das Erinnern leid war. Ohnehin hatte er sich ohne Gemütsbewegung erinnert; sie hatte sich gewundert, wie er nur einen Monat nach dem Verlust des Vaters ohne Tränen das Haus betrachten konnte, in dem er als Kind mit ihm gewohnt hatte. Doch selbst in dieser Gleichgültigkeit, in seinen unbeholfenen Worten und seinen schwerfälligen Seelenregungen, die sich schlaftrunken herumzuwälzen schienen, um dann wieder fest einzuschlafen, lag für sie etwas Rührendes, ein schwer zu bestimmender Reiz, den sie vom ersten Tage an empfunden hatte. Und wie geheimnisvoll, daß er trotz der offenbar nur lauen Beziehung zu seinem Vater gerade diesen Kurort gewählt hatte, gerade dieses Hotel, als erwarte er von ihm schon bekannten Gegenständen und Landschaften die Erschütterung, die ihm ohne solche Hilfe von außen versagt bleiben mußte. Sehr wunderlich war er angekommen, an einem graugrünen Tag bei sprühendem Regen mit einem unmöglichen schwarzen Flauschhut und gewaltigen Galoschen; und als sie aus dem Fenster verfolgte, wie er umständlich aus dem Hotelbus herauskroch, hatte sie sofort das Gefühl gehabt, daß dieser unbekannte Ankömmling etwas Besonderes sei, etwas ganz anderes als die übrigen Kurgäste. Am selben Abend erfuhr sie, wer er war. Im Speisesaal blickten alle auf den massigen, finster dreinblickenden Menschen, der gierig und unmanierlich aß und in Gedanken versunken ab und zu mit einem Finger das Tischtuch streichelte. Sie spielte nicht Schach, hatte sich nie für Schachturniere interessiert, doch sein

Name kam ihr irgendwie bekannt vor, hatte sich unbewußt ihrem Gedächtnis eingeprägt, auch wenn sie sich nicht entsinnen konnte, wann sie ihn das erste Mal gehört hatte. Ein deutscher Fabrikant, der unter chronischer Verstopfung litt und gern darüber sprach, ein beschränkter, aber gutmütiger und angenehmer, nicht ohne Geschmack gekleideter Mensch, vergaß plötzlich seine Verstopfung und berichtete ihr in der Wandelhalle, wo sie Brunnenwasser tranken, einige erstaunliche Dinge über den mürrischen Herrn, der seinen zottig-weichen Filzhut inzwischen mit einer alten Kreissäge vertauscht hatte und gerade vor einer in eine der Säulen eingelassenen kleinen Vitrine stand und die zum Verkauf bestimmten kunsthandwerklichen Nippsachen betrachtete. «Ihr Landsmann», sagte der Fabrikant und deutete mit einem Zucken der Augenbrauen auf ihn, «ist ein berühmter Schachspieler. Er ist aus Paris zu dem Turnier gekommen, das in zwei Monaten in Berlin stattfindet. Wenn er gewinnt, wird er den Weltmeister herausfordern. Sein Vater ist vor kurzem gestorben. Hier in der Zeitung steht es.»

Sie hatte Lust, seine Bekanntschaft zu machen, mit ihm russisch zu plaudern, so anziehend erschien er ihr mit seiner Unbeholfenheit, seinem Mißmut und dem niedrigen Umlegekragen, der ihn wie einen Musiker aussehen ließ – und es gefiel ihr, daß er keine Notiz von ihr nahm und anders als die übrigen unverheiraten Herren im Hotel keinen Vorwand suchte, um mit ihr ins Gespräch zu kommen. Sie war nicht besonders hübsch, irgend etwas fehlte ihren zierlichen, ebenmäßigen Zügen, so als hätte ihnen die Natur einen letzten, entscheidenden – ihr Gesicht zwar unverändert lassenden, aber ihm eine gewisse Bedeutung verleihenden – Stups vorenthalten, der sie zur Schönheit gemacht hätte. Aber sie war fünfundzwanzig, ihr modischer Bubikopf war adrett und reizend, und sie hatte eine Kopfbewegung, die eine Andeutung von Harmonie erkennen ließ, eine Verheißung echter Schönheit, der im letzten Augenblick dann aber etwas fehlte. Ihre Kleider, die betont schlicht waren und vorzüglich saßen, ließen Hals und Arme frei, als kokettiere sie ein wenig mit ihrer zarten Frische. Sie war reich – ihr Vater hatte in Rußland ein Vermögen verloren und in Deutschland wieder eins erworben. Ihre Mutter sollte bald in diesen Kurort nachkommen, doch seitdem Lushin aufgetaucht war, erschien ihr die Aussicht auf die mit ihrem Kommen verbundene Krittelei unangenehm.

Am dritten Tag nach seiner Ankunft wurden sie miteinander bekannt, so wie man sich in alten Romanen oder im Film kennenlernt: Sie läßt ein Taschentuch fallen, und er hebt es auf – nur mit dem Unterschied, daß bei ihnen die Rollen vertauscht waren. Lushin ging auf einem Wanderweg vor ihr her und ließ nacheinander fallen: ein großes, kariertes, ungewöhnlich dreckiges Schnupftuch, an dem noch Schmutzkrümel aus den Taschenecken klebten; eine kaputte, zerdrückte Zigarette, aus der der Tabak zur Hälfte herausgekrümelt war; eine Nuß; und einen französischen Franc. Sie hob nur Schnupftuch und Geldstück auf, holte ihn langsam ein und wartete neugierig auf weitere Fundsachen. Mit dem Spazierstock in der rechten Hand tippte Lushin im Vorbeigehen jeden Baum und jede Bank an, während seine Linke ständig in der Hosentasche herumkramte, bis er endlich stehenblieb, die Jackentasche nach außen stülpte, eine weitere Münze verlor und sich das große Loch im Futter besah. «Ganz durch», sagte er auf deutsch und nahm aus ihrer Hand das Tuch entgegen. «Hier ist noch eins», sagte sie auf russisch. «Schlechtes Material», fuhr er fort, ohne den Kopf zu heben, zum Russischen überzugehen oder sich zu wundern, als wäre es ganz natürlich, daß er seine Sachen zurückbekam. «Stecken Sie da lieber nichts mehr hinein», sagte sie und lachte plötzlich aus vollem Halse. Erst jetzt hob er den Kopf und blickte sie verdrießlich an. Sein verschwollenes, griesgraues Gesicht mit den schlecht rasierten, von der Klinge gezeichneten Wangen nahm einen eigenartigen Ausdruck der Verwirrung an. Er hatte wunderbare Augen: schmal, sogar ein wenig schräg und unter den hängenden Lidern wie bestaubt; durch diesen flaumigen Staub drang ein feuchtes bläuliches Glänzen, in dem etwas Wahnsinniges und zugleich Anziehendes lag. «Verlieren Sie sie nicht noch einmal», sagte sie und ging weiter, seinen Blick im Rükken spürend. Als sie am Abend den Speisesaal betrat, lächelte sie ihm unwillkürlich von weitem zu, und er antwortete mit dem gleichen mißmutigen, schiefen, halben Lächeln, mit dem er manchmal die Hotelkatze bedachte, die lautlos von Tisch zu Tisch schlich. Und am nächsten Tag kam er im Hotelpark mit seinen Grotten, Springbrunnen und tönernen Zwergen auf sie zu und bedankte sich mit seiner tiefen, schwermütigen Stimme für Tuch und Geldstück (und dunkel und beinahe unbewußt paßte er von jenem Zeitpunkt an ständig auf, ob nicht auch sie etwas verliere – als wolle er so eine geheime Symmetrie wiederherstellen). «Keine Ursache, keine Ursache», versicherte sie und fügte dann noch viele ähnliche Worte hinzu – die armen Verwandten richtiger Worte –, von denen es so viele gibt, die sich, klein und abgegriffen, wie sie sind, so schnell dahinsprechen und die Leere doch zeitweise ausfüllen. Mit derartigen Worten und im Gefühl ihrer Schalheit fragte sie, ob ihm der Kurort gefalle, ob er länger hierbleibe, ob er Brunnenwasser trinke. Er gab zur Antwort, es gefalle ihm, er werde längere Zeit bleiben und trinke Brunnenwasser. Dann fragte sie, ob er schon lange Schach spiele, und war sich dabei bewußt, wie töricht ihre Frage war, vermochte aber nicht, sie zu unterdrükken. Er gab keine Antwort und wandte sich ab, und sie wurde so verlegen, daß sie rasch hintereinander alle Anzeichen für das Wetter von gestern, heute und morgen aufzuzählen begann. Er schwieg weiter, und sie verstummte ebenfalls, kramte dann in ihrer Handtasche und schien darin verzweifelt nach einem Gesprächsthema zu suchen, fand aber nur einen zerbrochenen Kamm. Plötzlich kehrte er ihr sein Gesicht zu und sagte: «Achtzehn Jahre, drei Monate und vier Tage.» Für sie war das eine gewaltige Erleichterung, und überdies schmeichelte ihr die gesuchte Umständlichkeit seiner Antwort. Dennoch ärgerte sie sich später ein wenig darüber, daß er ihr seinerseits niemals Fragen stellte und sie gewissermaßen für gegeben nahm.

«Ein Künstler, ein großer Künstler», dachte sie häufig, wenn sie sein schweres Profil, seinen massigen, gebeugten Körper oder die dunkle Haarlocke betrachtete, die ihm an der immer feuchten Stirn klebte. Und vielleicht eben darum, weil sie überhaupt nichts von Schach verstand, war das Spiel für sie kein bloßer häuslicher Spaß oder angenehmer Zeitvertreib, sondern eine geheimnisvolle Kunst, die hinter keiner der anderen, anerkannten Künste zurückstand. Nie hatte sie Berührung mit solchen Menschen gehabt – mit niemandem ließ er sich vergleichen als mit den genialen Sonderlingen, Musikern und Dichtern, deren Bild man genauso deutlich und vage vor Augen hat wie das eines römischen Kaisers, eines Inquisitors oder eines Geizhalses aus der Komödie. In ihrer Erinnerung gab es eine bescheidene, trübe beleuchtete Galerie all der Menschen, die irgendwie ihre Phantasie angeregt hatten. Hierher gehörten ihre Schulerinnerungen – das Lyzeum in St. Petersburg, dessen Fassade eine ungewöhnliche Spur von Efeu aufwies und an einem kurzen, staubigen Weg ohne Straßenbahn lag, und der Geographielehrer, der auch an einer Knabenschule unterrichtete, ein Mann mit großen Augen, einer sehr weißen Stirn und zerzausten Haaren, der – so hieß es – Tuberkulose habe, einst – so hieß es – Gast des Dalai Lama gewesen sei und – so hieß es – verliebt in eine Schülerin aus einer der Oberklassen, eine Nichte der weißhaarigen, blauäugigen Schuldirektorin, deren sauberes Amtszimmer mit den dunkelblauen Tapeten und dem weißen holländischen Ofen so gemütlich wirkte. Und eben vor einem blauen Hintergrund, von blauer Luft umgeben, war ihr der Geographielehrer im Gedächtnis geblieben: In seiner impulsiven Art war er geräuschvoll in die Klasse gestürmt und hatte sich dann aufgelöst und war verschwunden, um jemandem Platz zu machen, der ihr wiederum völlig verschieden von den anderen vorkam. Ehe dieser Mensch auftauchte, hatte die Direktorin sie lang und breit ermahnt, ja nicht zu lachen, unter gar keinen Umständen. Das war im ersten Jahr der Sowjetherrschaft gewesen; von den vierzig Schülerinnen waren nur noch siebzehn da, und jeden Tag fragten sie die Lehrer: «Haben wir heute Unterricht?», und die Antwort lautete unweigerlich: «Wir haben noch keine endgültigen Anweisungen bekommen.» Die Direktorin hatte jegliches Kichern verboten, wenn der Mann aus dem Kommissariat für Volksbildung käme, was auch immer er sagen und wie auch immer er sich aufführen würde. Und dann kam er und war ihr als ein ungemein spaßiger Mensch in Erinnerung geblieben, ein Besucher aus einer anderen, absurden Welt. Er lahmte, war aber sehr lebhaft und quecksilbrig, und seine Augen waren flink und huschten hin und her. Die Mädchen drängten sich in der verstummten Aula zusammen, und er humpelte rasch vor ihnen auf und ab und drehte sich jedesmal mit affenartiger Gewandtheit um. Während er so vor ihnen hin und her hinkte, das Bein mit dem doppelten Absatz flink nachzog und mit der rechten Hand die Luft in gleichmäßige Stücke zerschnitt oder aber sie wie ein Tuch glättete, sprach er schnell und weitschweifig über die soziologischen Vorlesungen, die er halten würde, und über eine bevorstehende Zusammenlegung mit der Knabenschule – und die Kinnbacken schmerzten von dem unterdrückten Lachreiz, und in der Kehle krampfte sich etwas zusammen. Später in Finnland, das in ihrem

Herzen als etwas fortlebte, was russischer war als Rußland – vielleicht, weil das Holzhaus, die Tannen und das weiße Boot auf dem vom Spiegelbild der Nadelbäume schwarzen See besonders russisch, besonders kostbar wirkten, als gäbe es so etwas auf der anderen Seite der Grenze nun nicht mehr –, in diesem Finnland, das immer noch Ferienland war, immer noch Teil des St. Petersburger Lebens, hatte sie manchmal aus der Ferne einen berühmten Schriftsteller beobachten können, einen sehr bleichen Mann mit einem sehr auffälligen Spitzbart, der ständig zum Himmel hinaufschaute, wo neuerdings feindliche Flugzeuge kreisten. Er blieb auf seltsame Weise mit dem russischen Offizier verbunden, der später im Bürgerkrieg auf der Krim einen Arm verlor – einem äußerst schüchternen und zurückhaltenden Jungen, mit dem sie im Sommer Tennis gespielt hatte und im Winter Ski gelaufen war –, und bei dieser schneeigen Erinnerung tauchte vor dem Hintergrund der Nacht nochmals das Haus des berühmten Schriftstellers auf, in dem er später auch gestorben war, der freigeschaufelte Weg, die elektrisch angestrahlten Schneewehen, gespenstische Streifen auf dem dunklen Schnee. Auf diese Menschen mit ihren verschiedenen Berufen, von denen jeder ihre Erinnerung auf eine bestimmte Weise einfärbte (der blaue Geographielehrer, der khakifarbene Kommissar, der Schriftsteller in schwarzem Mantel und ein Jüngling ganz in Weiß, der gerade mit dem Tennisschläger einen Tannenzapfen aus der Luft schlug), folgten glitzernde und auseinanderfließende Bilder: das Emigrantenleben in Berlin, Wohltätigkeitsbälle, Monarchistentreffen, eine Menge gleichartiger Gesichter – alles das jedoch war noch so nah, daß ihr Gedächtnis es nicht scharf stellen, daß es Kostbares nicht von Müll trennen konnte, und außerdem war zum Sortieren jetzt auch gar keine Zeit, zuviel Platz nahm inzwischen dieser wortkarge, unglaubliche, rätselhafte Mann ein, der anziehendste von allen, denen sie bisher begegnet war. Seine Kunst und alle ihre Ausdrucksformen und Zeichen waren ein Geheimnis. Sie erfuhr bald, daß er nach dem Abendessen bis in die tiefe Nacht hinein arbeite. Allein, diese Arbeit vermochte sie sich nicht vorzustellen, da sie sich an nichts halten konnte, an keine Staffelei und keinen Flügel, und eben nach einem solchen Requisit der Kunst verlangte es sie. Sein Zimmer lag im ersten Stock, und Spaziergänger, die in der Dunkelheit mit einer Zigarre im Garten promenierten, sahen zuweilen seine Lampe und seinen gesenkten Kopf. Schließlich berichtete ihr jemand, daß er vor einem leeren Schachbrett sitze. Sie wollte das selber sehen und steuerte daher einige Tage nach ihrem ersten Gespräch den Pfad zwischen den Oleanderbüschen entlang auf sein Fenster zu. Doch plötzlich war ihr das peinlich, und sie ging vorüber, ohne hinzublicken, und kam auf die Allee, wo die Musik aus dem Kursaal zu hören war, aber dann konnte sie ihre Neugier doch nicht bezwingen und ging an das Fenster zurück und trat dabei diesmal absichtlich so auf, daß der Kies knirschte, als wolle sie sich selber davon überzeugen, daß sie ihm nicht nachspionierte. Sein Fenster stand offen, das Rouleau war nicht heruntergelassen, und sie konnte sehen, wie er in der hellen Öffnung seine Jacke auszog, die Halsmuskeln anspannte und gähnte. Und in der langsamen, schwerfälligen Bewegung seiner Schulter, die sich vor ihren Augen weiter hob und senkte und drehte, als sie durch die Dunkelheit auf den erleuchteten Hotelvorplatz zueilte, schien ihr eine gewaltige Müdigkeit nach unbekannten, doch gewiß bewunderungswürdigen Anstrengungen zu liegen.

Lushin war tatsächlich müde. In letzter Zeit hatte er zuviel und zu wahllos durcheinander gespielt; besonders das Blindspielen strengte ihn an, eine recht gut honorierte Vorführung, die er gerne gab. Er fand darin einen tiefen Genuß: Man brauchte sich nicht mit den sichtbaren, hörbaren, greifbaren Figuren abzugeben, deren gekünsteltes Schnitzwerk und hölzerne Gegenständlichkeit ihn immer störten und ihm stets als eine grobe irdische Verkörperung der sublimen, unsichtbaren Kräfte erschienen, die dem Schach innewohnten. Beim Blindspiel empfand er diese Kräfte in ihrer ursprünglichen Reinheit. Er sah dann weder die geschnitzte Mähne des Springers noch die blanken Köpfe der Bauern – vielmehr spürte er deutlich, daß dieses oder jenes imaginäre Feld von einer bestimmten konzentrierten Kraft besetzt war, so daß er sich die Bewegung einer Figur als eine Entladung, einen Stromschlag, einen Blitz vorstellte – das ganze Schachbrett zitterte vor Spannung, und er gebot darüber, akkumulierte hier elektrische Energie, setzte sie dort frei. So spielte er gegen fünfzehn, zwanzig, dreißig Partner, und natürlich machte sich die bloße Zahl der Bretter bemerkbar – da von ihr die Spieldauer abhing –, doch diese physische Anstrengung war nichts im Vergleich zu der geistigen Ermüdung – der Preis für die Anspannung und Seligkeit des Spieles selbst, das er in einer überirdischen Dimension auskämpfte, wo seine Werkzeuge körperlose Größen waren. Überdies fand er im Blindspiel und in den Erfolgen, die es ihm bescherte, einen gewissen Trost, denn in den letzten Jahren hatte er kein rechtes Glück mehr auf Turnieren gehabt; eine unsichtbare Schranke war niedergegangen, die ihn daran hinderte, erster zu werden. Walentinow hatte das schon vor Jahren prophezeit, kurz bevor sie sich trennten. «Glänze, solange du kannst», hatte er nach jenem unvergeßlichen Londoner Turnier gesagt, dem ersten nach dem Kriege, bei dem der zwanzigjährige russische Spieler Sieger geworden war. «Solange du kannst», hatte Walentinow hinterhältig wiederholt, «denn du wirst nicht mehr lange ein Wunderkind sein.» Für Walentinow war das von großer Wichtigkeit gewesen. Lushin war für ihn nur so lange von Interesse, wie dieser eine Monstrosität, ein Phänomen war, etwas mißgestalt, aber reizend, wie die krummen Beine eines Dackels. Solange er mit Lushin zusammenlebte, hatte er dessen Begabung unausgesetzt ermutigt und weiterentwickelt, ohne sich dabei auch nur einen Augenblick um den Menschen Lushin zu kümmern, den nicht nur Walentinow, sondern offenbar auch das Leben selbst übersehen hatte. Wie ein belustigendes Monstrum führte er ihn reichen Leuten vor, verschaffte sich dadurch nützliche Bekanntschaften, veranstaltete zahllose Turniere, und erst als er den Eindruck gewann, daß sich das Wunderkind einfach in einen jungen Schachspieler verwandelte, brachte er ihn zu dessen Vater nach Rußland zurück, nahm ihn später aber wie eine Kostbarkeit wieder mit, als er meinte, daß er vielleicht einen Fehler gemacht habe und sich mit diesem Monstrum noch ein, zwei, Jahre etwas anfangen ließ. Als auch diese Frist abgelaufen war, gab er Lushin etwas Geld wie einer Geliebten, deren man überdrüssig geworden ist, und suchte das Weite. Was ihm dann wieder Spaß machte, war der Filmbetrieb, dieser geheimnisvolle, astrologische Betrieb, wo Skripte gelesen und Sterne gesucht werden. Entronnen in die Sphäre dieser flotten, schnell sprechenden, wichtigtuerischen Hochstapler, die sich über die Philosophie der Leinwand, den Geschmack der Masse oder die Intimität der Filmkamera verbreiten und dabei gar nicht übel verdienen, verschwand er aus Lushins Welt, was für Lushin eine Erleichterung bedeutete, eine jener eigentümlichen Erleichterungen, die sich einstellen, wenn man eine unglückliche Liebesaffaire beendet. Zu Walentinow hatte er sofort Zuneigung gefaßt – schon in den Jahren der Schachreisen durch Rußland –, und später verhielt er sich ihm gegenüber wie ein Sohn zu einem frivolen, unzugänglichen, kühlen Vater, dem man nie gestehen kann, wie sehr man ihn liebt. Walentinow interessierte sich nur für den Schachspieler. Manchmal hatte er etwas von einem Trainer an sich, der sich an einen Athleten heftet und ihm mit unbarmherziger Strenge eine bestimmte Lebensweise verordnet. So behauptete Walentinow, daß ein Schachspieler ruhig rauchen könne (da Schach wie Rauchen etwas Orientalisches an sich hätte), aber auf keinen Fall trinken dürfe, und solange sie zusammen waren, bestellte er in den Speisesälen der großen Hotels, diesen riesigen, in den Kriegsjahren fast leeren

Hotels, in den Restaurants, in die sie der Zufall führte, in Schweizer Wirtshäusern und italienischen Trattorien für den jungen Lushin stets Mineralwasser. Die Kost, die er für ihn bestimmte, war so leicht, daß sich Lushins Gedanken unbeschwert entfalten konnten, aber aus irgendeinem Grund (vielleicht ebenfalls in nebelhafter Verbindung mit dem Orient) bestärkte er ihn in seiner Vorliebe für Süßigkeiten. Schließlich hatte er noch eine ganz eigene Theorie, derzufolge die Entwicklung der Schachbegabung bei Lushin mit der Entwicklung des Sexualtriebs zusammenhing, Schach bei ihm eine spezielle Perversion dieses Triebs darstellte, und aus Furcht davor, daß Lushin seine kostbare Kraft verausgaben könnte, indem er die nutzbringende Spannung auf natürliche Art auslebte, hielt er ihn vom weiblichen Geschlecht fern und frohlockte über seine keusche Ungeselligkeit. In alledem lag etwas Erniedrigendes; wenn Lushin an diese Zeit zurückdachte, mußte er mit Verwunderung feststellen, daß zwischen ihm und Walentinow nie ein wohlwollendes menschliches Wort gefallen war. Als aber drei Jahre nach ihrer endgültigen Abreise aus dem inzwischen so unerfreulich gewordenen Rußland Walentinow aus seinem Leben verschwunden war, empfand er trotz allem eine gewisse Leere, das Fehlen eines Helfers, doch dann sah er die Unvermeidlichkeit der Trennung ein, seufzte, drehte sich um und versank wieder in Nachdenken über dem Schachbrett. Nach dem Kriege fanden wieder häufiger Turniere statt. Er spielte in Manchester, wo der altersschwache englische Champion nach zweitägigem Kampf ein Remis erzwang; in Amsterdam, wo er die entscheidende Partie durch Zeitüberschreitung verlor und der Gegner mit aufgeregtem Grunzen auf Lushins Schachuhr hieb; in Rom, wo Turati seine berühmte Eröffnung siegreich anwendete; und in vielen anderen Städten, die für ihn alle gleich waren – Hotels, Taxis, der Spielsaal in einem Café oder Club. Diese Städte, diese schnurgeraden, verschwommenen Laternenreihen, die vorbeihuschten, dann plötzlich auseinanderschwenkten, um auf einem Platz irgendein steinernes Roß zu umringen, bildeten für ihn eine ebenso gewohnte wie überflüssige Kulisse, genau wie die hölzernen Figuren und das schwarzweiße Brett, und er nahm dieses äußere Leben als etwas Unvermeidliches, wenn auch vollkommen Nichtssagendes hin. Ebenso folgte er bei der Wahl seiner Kleidung, in der Behandlung alltäglicher Fragen nur sehr unklaren Antrieben, dachte über nichts nach, wechselte selten die Wäsche, zog abends mechanisch seine Uhr auf, rasierte sich mit ein und derselben Klinge, bis sich damit kein Haar mehr abschaben ließ, und nahm seine einfachen Mahlzeiten ein, wie der Zufall es fügte. Aus einer Art melancholischer Trägheit heraus bestellte er zum Essen immer jenes Mineralwasser, das leicht in der Nase prickelte und, wie Tränen um den entschwundenen Walentinow, ein Kitzeln in den Augenwinkeln hervorrief. Er bemerkte nur selten, daß er überhaupt existierte, etwa dann, wenn ihn seine Atemnot – die Rache seines schweren Körpers – dazu zwang, mit offenem Mund auf der Treppe stehenzubleiben, oder wenn er Zahnschmerzen hatte, oder wenn in vorgerückter Stunde der Schachgrübeleien die ausgestreckte Hand eine Streichholzschachtel schüttelte, ohne ihr das leise Klappern der Zündhölzer entlocken zu können, und die Zigarette, die ihm jemand anders unbemerkt in den Mund gesteckt zu haben schien, plötzlich anfing zu wachsen, solide, seelenlos und statisch ihr Recht verlangte und sein ganzes Leben nur auf den einen Wunsch konzentriert war, zu rauchen, obgleich er vorher gedankenlos schon wer weiß wie viele Zigaretten verqualmt hatte. Das Leben um ihn herum war im allgemeinen so undurchsichtig und forderte so wenig Anstrengung von ihm, daß es ihm manchmal vorkam, als fahre jemand – ein geheimnisvoller, unsichtbarer Impresario – noch immer mit ihm von Turnier zu Turnier; doch kamen mitunter auch seltsame Stunden, ringsum alles so still, und wenn man auf den Korridor hinausschaute: Schuhe, Schuhe und nochmals Schuhe vor allen Türen und in den Ohren das Rauschen der Einsamkeit. Als sein Vater noch lebte, dachte Lushin mit bangem Herzen an seinen nächsten Aufenthalt in Berlin, daran, daß er ihn aufsuchen, ihm helfen, mit ihm sprechen müsse – und dieser vergnügt aussehende alte Mann in der Strickweste, der ihm unbeholfen auf die Schulter klopfte, war ihm so unerträglich wie eine beschämende Erinnerung, die man mit gerunzelter Stirn und zusammengebissenen Zähnen abschütteln möchte. Zur Beerdigung des Vaters war er nicht aus Paris gekommen, weil er vor Leichen, Särgen, Kränzen und der mit alledem verbundenen Verantwortung Angst hatte – doch kam er einige Zeit später, fuhr hinaus zum Friedhof, stapfte im Regen mit seinen im Schlamm immer schwerer werdenden Galoschen zwischen den Grabhügeln umher, fand das Grab seines Vaters nicht, erblickte hinter den Bäumen einen Menschen, wahrscheinlich den Friedhofswärter, doch eine sonderbare Trägheit und Scheu hielten ihn davon ab zu fragen; er schlug seinen Kragen hoch und schleppte sich über ein Stück Ödland zu dem wartenden Taxi zurück. Der Tod des Vaters hatte seine Arbeit nicht unterbrochen. Er bereitete sich auf das Berliner Turnier mit dem bestimmten Ziel vor, die beste Verteidigung gegen die komplizierte Eröffnung des Italieners Turati zu finden, des bedrohlichsten Konkurrenten auf dem bevorstehenden Turnier. Dieser Spieler, ein Vertreter der letzten Mode im Schach, begann die Partie mit einer Entwicklung der Flanken und verzichtete darauf, das Zentrum mit eigenen Bauern zu besetzen, das er dann von den Seiten her äußerst gefährlich unter Kontrolle hielt. Er verachtete die gemütliche Sicherheit der Rochade und bemühte sich, seine Figuren in die überraschendsten und wunderlichsten Stellungen zueinander zu bringen. Lushin war schon einmal mit ihm zusammengetroffen und hatte verloren, und diese Niederlage wurmte ihn besonders, weil Turati seinem Temperament nach, in seiner Art zu spielen und in seiner Vorliebe für phantastische Einfälle bei der Verteilung der Figuren auf dem Brett ein ihm wesensverwandter Spieler war, der nur weitergegangen war. Lushins Spiel, das in seiner früheren Jugend die Kenner durch seine unerhörte Kühnheit und die Verachtung der scheinbar grundlegenden Schachgesetze so verblüfft hatte, wirkte vor Turatis glanzvollem Extremismus jetzt fast schon ein wenig altmodisch. Lushins Dilemma war das eines Schriftstellers oder Komponisten, der zu Beginn seiner aktiven Laufbahn das Neueste auf dem Gebiet der Kunst in sich aufgenommen hat und die Welt zeitweilig durch die Originalität seiner Ideen in Erstaunen setzt, dann aber auf einmal feststellen muß, daß sich um ihn herum unbemerkt ein Wandel vollzogen hat, daß andere, die weiß Gott woher gekommen sind, ihn gerade dort weit hinter sich gelassen haben, wo er noch vor kurzem den Ton angegeben hatte, und der sich dann bestohlen fühlt, in den kühnen Künstlern, die ihn überholt haben, nur undankbare Plagiatoren sieht und selten begreift, daß er selber die Schuld trägt, wenn er in seiner Kunst, die einmal etwas Neues dargestellt hatte, keine Fortschritte mehr gemacht hat.

Wenn Lushin auf die reichlich achtzehn Jahre seiner Schachlaufbahn zurückblickte, so stand am Anfang in dichter Folge ein Sieg nach dem anderen, dann kam eine seltsame Flaute – vereinzelt aufflackernde Erfolge, im allgemeinen aber ärgerliche und hoffnungslose Remis, die ihm unmerklich den Ruf eines vorsichtigen, unergründlichen, trockenen Spielers einbrachten. Und das war seltsam. Je kühner seine Phantasie, je lebhafter seine Erfindungsgabe bei der geheimen Arbeit zwischen den Turnieren, desto bedrückender empfand er seine Ohnmacht, wenn der Kampf begann, und desto schüchterner und umsichtiger spielte er dann. Schon lange zählte er zu den besten internationalen Großmeistern, war allgemein bekannt, wurde in allen Schachlehrbüchern zitiert und galt unter fünf, sechs anderen als Kandidat auf den Weltmeistertitel, verdankte diesen schmeichelhaften Ruf indessen ganz seinen früheren Erfolgen, die ihn mit einem unbestimmten Glanz umgaben, der Aura des Erwählten, dem Nimbus des Ruhms. Der Tod des Vaters kam ihm wie ein Markstein vor, an dem er seinen bisherigen Weg ermessen konnte. Und wenn er zurückschaute, bemerkte er nicht ohne einen Schauder, wie langsam er in letzter Zeit vorangekommen war, und vertiefte sich daraufhin mit finsterer Leidenschaft in neue Berechnungen, dachte nach und ahnte nun schon dunkel das organische Ineinandergreifen der notwendigen Züge, die er brauchte: eine blendende Verteidigung. In der Nacht nach seiner Fahrt zum Friedhof war ihm in seinem Berliner Hotel übel geworden: Sein Herz stolperte, seltsame Gedanken kamen ihm, und er hatte das Gefühl, sein Gehirn sei betäubt und mit Lack überzogen. Der Arzt, den er am nächsten Morgen aufsuchte, gab ihm den Rat, auszuspannen, an einen stillen Ort zu verreisen, «ins Grüne», wie er sich ausdrückte. Und Lushin ließ die vorgesehene Veranstaltung, bei der er blind spielen sollte, ausfallen und reiste in den sich anbietenden Ort, der ihm sofort eingefallen war, als der Arzt vom «Grünen» sprach; er war seinem willfährigen Gedächtnis sogar irgendwie dankbar, daß es ihm auf Anhieb den passenden Kurort nannte, ihm alle weiteren Sorgen abnahm und für ihn in einem bestimmten, aufnahmebereiten Hotel Quartier machte.

Er fühlte sich in der Tat wohler in dieser grünen Landschaft, die auf maßvolle Weise schön war und Ruhe und Geborgenheit ausstrahlte. Und wie in einer Schaubude, wenn der bemalte Papiervorhang sternförmig zerreißt und ein lächelndes Gesicht zum Vorschein kommt, war plötzlich wer weiß woher ein Mensch aufgetaucht, der so unerwartet und doch so vertraut war und mit einer Stimme sprach, die offenbar schon das ganze Leben lang *con sordino* mitgeklungen hatte, aber erst jetzt durch den dämpfenden, gewohnten Schleier hindurchdrang. In dem Bemühen, sich diesen Eindruck von etwas sehr Bekanntem zu erklären, erinnerte er sich ganz unangebracht, doch mit beängstigender Deutlichkeit an das Gesicht einer jungen Prostituierten mit nackten Schultern und schwarzen Strümpfen, die in einer finsteren Seitengasse einer namenlosen Stadt in einem hell erleuchteten Hauseingang gestanden hatte. Und in geradezu lächerlicher Weise kam es ihm vor, als sei dies sie, als sei sie jetzt gekommen, anständig gekleidet, nur etwas weniger hübsch, als hätte sie ihr betörendes Make-up abgewaschen und sei dadurch zugänglicher geworden. Das war sein erster Eindruck, als er sie erblickte, als er mit Verwunderung feststellte, daß er tatsächlich mit ihr sprach. Ein wenig verdroß es ihn, daß sie nicht ganz so hübsch war, wie sie nach den sonderbaren, traumartigen Zeichen hätte sein können, die in seiner Vergangenheit verstreut waren. Doch fand er sich damit ab und begann nach und nach die verschwommenen Vorbilder zu vergessen, während es ihn beruhigte und mit Stolz erfüllte, daß hier ein richtiger, lebendiger Mensch mit ihm sprach, sich mit ihm beschäftigte und ihm zulächelte. Und an jenem Tag, als sie auf der Gartenterrasse saßen und sich leuchtend gelbe Wespen auf den eisernen Tischen niederließen und mit ihren gesenkten Fühlern herumsuchten, als er zu erzählen begann, wie er als kleiner Junge einmal in diesem Hotel gewohnt hatte, leitete Lushin mit stillen

Zügen, deren Sinn er selber nur undeutlich ahnte, seine eigentümliche Liebeserklärung ein. «Sprechen Sie weiter, erzählen Sie mir mehr», wiederholte sie, obgleich sie sehr wohl bemerkte, wie mürrisch und gelangweilt er wieder in Schweigen versunken war.

Auf seinen Stock gestützt, saß er da und überlegte, daß diese Linde auf dem sonnigen Hang mit einem Springerzug jene Telegraphenstange dort drüben schlagen könnte, und gleichzeitig versuchte er sich darauf zu besinnen, wovon er eben gesprochen hatte. Ein Kellner eilte mit einem Dutzend leerer Bierseidel an den gekrümmten Fingern den Gebäudeflügel entlang, und erleichtert fiel Lushin wieder ein, daß von dem Turnier die Rede gewesen war, welches damals eben dort stattgefunden hatte. Erregung bemächtigte sich seiner, ihm wurde heiß, der Hutrand drückte auf die Schläfen, und seine Erregung war noch nicht ganz verständlich. «Kommen Sie», sagte er. «Ich werde es Ihnen zeigen. Es müßte dort jetzt ganz leer sein. Und kühl.» Schwer trat er auf, zog seinen Stock hinter sich her, der über den Kies scharrte und an die Schwelle stieß, und ging als erster durch die Tür. «Wie ungeschliffen er ist», dachte sie und ertappte sich dabei, wie sie den Kopf schüttelte und sich dann vorwarf, etwas verkannt zu haben – denn sein Benehmen hatte nichts zu tun mit schlechten Manieren. «Hier muß es sein», sagte Lushin und stieß eine Seitentür auf. Ein Feuer brannte, ein dicker Mensch in Weiß schrie etwas, und ein Tellerturm lief auf Menschenbeinen an ihnen vorüber. «Nein, weiter», sagte Lushin und hastete den Korridor entlang. Er öffnete eine andere Tür und wäre beinahe gefallen: Stufen führten hinunter, und unten sah man Büsche, einen Müllhaufen und ein ängstliches Huhn, das mit ruckhaften Bewegungen davonlief. «Ich habe mich geirrt», sagte Lushin, «wahrscheinlich ist es hier rechts.» Er nahm den Hut ab, da er fühlte, wie sich heiße Schweißtropfen auf seiner Stirn sammelten. Ach, wie deutlich stand das Bild des kühlen, leeren und weiten Saales vor ihm, und wie schwer war es doch, ihn zu finden! «Versuchen wir mal diese Tür», sagte er. Sie war abgeschlossen. Er drückte ein paarmal auf die Klinke. «Wer ist da?» fragte plötzlich eine heisere Stimme, und ein Bett knarrte. «Ein Irrtum, ein Irrtum», murmelte Lushin und ging weiter, blickte sich dann um und blieb stehen: Er war allein. «Wo ist sie denn?» sagte er laut, trat von einem Bein aufs andere und hielt nach allen Seiten Ausschau. Korridor. Fenster zum Garten. An der Wand Apparat mit numerierten Kästchen. Irgendwo klingelte es. In einem der Fensterchen schnellte schräg eine Nummer hoch. Er wurde unruhig, der Kopf schwirrte ihm, als habe er sich in einem Alptraum verlaufen – und rasch machte er kehrt und wiederholte mit halblauter Stimme: «Komische Scherze, komische Scherze.» Unerwartet geriet er in den Garten, und dort saßen zwei Leute auf einer Bank und schauten ihn neugierig an. Plötzlich hörte er von oben ein Lachen und hob den Kopf. Sie stand auf dem kleinen Balkon ihres Zimmers, die Ellbogen auf das Geländer gestützt, die Handflächen an die Wangen gepreßt, lachte und schüttelte vorwurfsvoll-verschmitzt den Kopf. Sie betrachtete sein großes Gesicht, den nach hinten geschobenen Hut und wartete ab, was er jetzt wohl tun würde. «Ich konnte mit Ihnen nicht Schritt halten», rief sie sich aufrichtend und breitete die Arme zu einer Art erklärender Gebärde aus. Lushin senkte den Kopf und ging ins Haus. Sie nahm an, er werde gleich bei ihr anklopfen, und hatte vor, ihn nicht einzulassen; sie wollte sagen, ihr Zimmer sei nicht aufgeräumt. Aber er klopfte nicht. Als sie zum Abendessen hinunterkam, fehlte er im Speisesaal. Er ist beleidigt, entschied sie und ging früher als sonst zu Bett. Am nächsten Morgen hielt sie beim Spazierengehen Ausschau, ob er nicht wie immer auf einer Bank im Garten mit seiner Zeitung auf sie warte. Er war nicht im Garten, er war nicht in der Wandelhalle, und sie machte ihren Spaziergang ohne ihn. Als er auch zum Essen nicht erschien und sich an seinem Tisch ein hochbetagtes Ehepaar einfand, das schon lange ein Auge auf diesen Platz geworfen hatte, fragte sie im Büro nach, ob Herr Lushin krank sei. «Herr Lushin ist heute früh nach Berlin abgereist», lautete die Auskunft des Fräuleins.

Eine Stunde kehrte sein Gepäck ins Hotel zurück. Mit nüchternem Gleichmut schafften Portier und Page die Koffer, die sie am Morgen hinausgetragen hatten, wieder hinein. Lushin kehrte zu Fuß vom Bahnhof zurück – ein beleibter, niedergeschlagener Herr, von der Hitze gebeugt und in Schuhen, die weiß vom Staub waren. Er verschnaufte auf jeder Bank, riß ein-, zweimal eine Brombeere ab und verzog von ihrem sauren Geschmack sein Gesicht. Als er die Chaussee entlangging, merkte er, daß ein blonder kleiner Junge mit einer leeren Bierflasche in der Hand ihm ganz langsam folgte und absichtlich nicht überholte, sondern ihn mit der unerträglichen Aufmerksamkeit eines Kindes anstarrte. Lushin blieb stehen. Der Junge ebenfalls. Lushin setzte sich wieder in Bewegung, der Junge auch. Da wurde er wütend, drehte sich um und drohte mit dem Spazierstock. Sein Gegenüber erstarrte und fing schließlich an, verwundert und belustigt zu lächeln. «Ich schlage...», sagte Lushin mit rauher Stimme, schritt auf ihn zu und hob den Stock. Der Junge sprang zur Seite und lief davon. Unter Brummen und Schnaufen setzte Lushin seinen Weg fort. Auf einmal traf ihn ein geschickt geworfenes Steinchen am linken Schulterblatt. Er stieß einen Schrei aus und wandte sich um. Niemand – die leere Straße, Wald, Heidekraut. «Ich schlage ihn tot», sagte er laut auf deutsch und beschleunigte seine Schritte, ständig bemüht, im Zickzack zu laufen wie jemand, der einen Schuß in den Rücken fürchtet (er hatte irgendwo davon gelesen), und wiederholte dabei seine ohnmächtige Drohung. Er atmete schwer, die Kräfte verließen ihn, und er war den Tränen nahe, als er endlich im Hotel anlangte. «Ich habe es mir anders überlegt», sagte er im Vorbeigehen in Richtung auf das vergitterte Bürofensterchen, «ich bleibe noch, ich habe es mir anders überlegt.»

«Sicher ist sie auf ihrem Zimmer», murmelte er auf der Treppe. Er platzte bei ihr herein, als habe er die Tür mit dem Kopf aufgestoßen, sah sie undeutlich in ihrem rosa Kleid auf einer Couch ausgestreckt, sagte hastig: «Tag, Tag», und begann im ganzen Zimmer herumzumarschieren, überzeugt, daß sein Erscheinen ungezwungen, witzig und charmant wirken mußte, und gleichzeitig vor Aufregung ganz außer Atem. «Um übrigens auf das zuletzt Gesagte zurückzukommen, habe ich Ihnen mitzuteilen, daß Sie meine Frau werden, ich beschwöre Sie einzuwilligen, es war mir absolut unmöglich abzureisen, jetzt wird aber alles anders und wundervoll», und damit setzte er sich auf einen Stuhl am Heizkörper, verbarg sein Gesicht in den Händen und brach in Tränen aus; dann machte er Anstrengungen, die Finger einer Hand so zu spreizen, daß sie sein Gesicht bedeckte, während er mit der anderen sein Taschentuch suchte, und durch die zitternden nassen Spalten zwischen seinen Fingern sah er ein doppeltes rosa Kleid raschelnd auf sich zukommen.

«Nun, genug, genug», wiederholte sie beruhigend. «Ein erwachsener Mann und so zu weinen.» Er faßte sie am Ellbogen und küßte etwas Kaltes und Hartes – ihre Armbanduhr. Sie nahm ihm den Strohhut ab und strich über seine Stirn, wich aber rasch wieder zurück, um sich seinen ungeschickten Grapschbewegungen zu entziehen. Lushin trompetete einmal, dann noch einmal laut und herzhaft in sein Taschentuch; wischte sich dann Augen, Wangen und Mund, atmete erleichtert auf, stützte sich auf den Heizkörper und blickte mit hellen, feuchten Augen vor sich hin. In diesem Augenblick wurde ihr klar, daß es unmöglich wäre, diesen Menschen, ob man ihn nun mochte oder nicht, aus dem eigenen Leben hinauszuwerfen, daß er darin offenbar einen festen, unverrückbaren, dauerhaften Platz eingenommen hatte. Gleichzeitig fragte sie sich, wie sie diesen Mann ihrem Vater, ihrer Mutter vorführen, wie man ihn sich bei ihnen im Wohnzimmer vorstellen sollte – einen Menschen von anderem Zuschnitt, mit besonderem Habitus und eigener Färbung, der zu niemandem und zu nichts passen wollte.

Anfangs versuchte sie ihn auf die eine oder andere Art in den Kreis ihrer Verwandten einzupassen, in ihre Umgebung, ja sogar in ihre Wohnungseinrichtung: Sie malte sich aus, wie Lushin ins Zimmer kommen, mit ihrer Mutter sprechen, die hausgemachten Pasteten kosten und wie sich sein Bild in dem prächtigen, im Ausland erstandenen Samowar spiegeln würde – und diese imaginären Besuche endeten allesamt mit einer ungeheuren Katastrophe, Lushin warf mit einer ungeschickten Schulterbewegung das ganze Haus um wie eine wankende Kulisse, die einen Staubseufzer ausstieß. Sie hatten eine teure und gediegen eingerichtete Wohnung in der Beletage eines riesigen Berliner Mietshauses. Ihre wieder zu Reichtum gekommenen Eltern hatten beschlossen, in streng russischem Stil zu leben, und irgendwie setzten sie den mit ornamentalen altslawischen Handschriften gleich, mit Postkarten von traurig dreinblickenden Bojarentöchtern, mit Lackschatullen mit farbenfrohen Brandbildern von Troikas oder Feuervögeln und mit den längst eingegangenen, hervorragend gedruckten Kunstzeitschriften mit wunderbaren Photographien von alten russischen Gutshäusern und Porzellan. Der Vater pflegte zu seinen Freunden zu sagen, daß es für ihn ein Genuß sei, sich nach Arbeitsgesprächen und Verhandlungen mit Leuten zweifelhafter Herkunft in echt russische Behaglichkeit zu versenken und echt russische Gerichte zu speisen. Eine Zeitlang bediente bei ihnen ein richtiger Offiziersbursche, den er aus einem Emigrantenheim in der Nähe von Berlin geholt hatte, doch als der aus unerfindlichen Gründen außerordentlich grob wurde, wurde er durch eine junge Deutsch-Polin ersetzt. Die Mutter, eine stattliche Dame mit vollen Armen, sprach (aufgrund dunkler und entstellter Erinnerungen an *Krieg und Frieden*) von sich selber als von einem ‹*enfant terrible*› oder einer ‹Kosakin›; sie spielte die russische Hausfrau vorzüglich, hatte einen Hang zur Theosophie und lehnte das Radio als eine jüdische Erfindung ab. Sie war sehr gutmütig und sehr taktlos, liebte dieses hingekleckste, künstliche Rußland aufrichtig, das sie um sich herum aufgebaut hatte, wurde aber manchmal von unerträglicher Langeweile heimgesucht, ohne recht zu wissen, was ihr fehle, denn wie sie immer wieder beteuerte, hatte sie ihr Rußland ja mitgebracht. Der Tochter war sie völlig gleichgültig, diese Talmiwelt, die sich so gar nicht mit ihrem stillen Petersburger Haus vergleichen ließ, wo die Möbel, wo alle Gegenstände eine Seele hatten, wo der Heiligenschrein ein unvergeßliches granatrotes Leuchten und geheimnisvolle Orangenblüten barg, wo der Seidenbezug auf der Sessellehne mit einer dicken, klugen Katze bestickt war und wo es tausend Kleinigkeiten, Gerüche und Schattierungen gab, die zusammen etwas Hinreißendes, Herzzerreißendes und ganz und gar Unersetzliches darstellten.

Die jungen Russen, die bei ihnen in Berlin verkehrten, hielten sie für ein nettes, aber nicht sehr interessantes junges Mädchen, während die Mutter (mit tiefer, ein wenig spöttischer Stimme) von ihr sagte, sie vertrete in der Familie «Intelligenzija und Avantgardeliteratur» – ob deshalb, weil die Tochter einige wenige, im *Lesebuch der Poesie* gefundene Gedichte des «Symbolisten» Balmont auswendig konnte, oder aus einem anderen Grund, blieb unerfindlich. Dem Vater gefielen ihre Selbständigkeit, ihre Ruhe und ihre besondere Art, die Augen beim Lächeln niederzuschlagen. Doch das, was an ihr wirklich einnehmend war, hatte bisher noch niemand zu ergründen vermocht: Es bestand in einer geheimnisvollen Fähigkeit, in ihrem Herzen nur für das im Leben empfänglich zu sein, was sie schon in ihrer Kindheit angezogen und gequält hatte, zu einer Zeit, wenn der Instinkt der Seele noch untrüglich ist; Ergötzliches und Ergreifendes aufzuspüren; Geschöpfen, die ein hilfloses und unglückliches Leben führen, ein für sie selber unerträgliches zärtliches Mitleid entgegenzubringen; auf tausend Kilometer Entfernung zu fühlen, wie irgendwo in Sizilien ein dünnbeiniges Eselchen mit struppigem Fell roh geprügelt wurde. Begegnete sie einem Geschöpf, dem weh getan wurde, dann brach um sie jene biblische Finsternis herein, bei der es Nacht wird, ein Aschenregen niedergeht und Blut aus den Wänden sickert, und es kam ihr vor, als hielte ihr Herz es nicht aus, als müßte sie sterben, wenn sie nicht auf der Stelle helfen, nicht sofort der fremden Qual ein Ende machen konnte (deren Vorhandensein sich in dieser, dem Glück vorherbestimmten Welt einfach nicht erklären ließ). Sie lebte deshalb in ständiger heimlicher Erregung, jederzeit in Erwartung einer neuen Freude oder eines neuen Mitleids, und man sagte ihr nach, daß sie Hunde abgöttisch liebe und stets bereit sei, Geld zu verleihen – und wenn ihr solche trivialen Gerüchte zu Ohren kamen, fühlte sie sich in ihre Kindheit zurückversetzt, in jenes Spiel, bei dem man das Zimmer verläßt und die anderen über einen reden und man dann raten muß, wer wohl was gesagt hat. Und im Kreis der Mitspieler, den sie nach ihrem Aufenthalt im Nebenzimmer dann wieder betreten durfte (da saß man und wartete auf das Zeichen zum Hereinkommen, summte mit Bedacht ein Lied vor sich hin, um nicht zu horchen, oder schlug ein Buch auf, das zufällig dalag und aus dem einem wie ein Kastenteufel das Bruchstück eines Romans, das Ende eines unverständlichen Gesprächs entgegensprang), in diesem Kreis von Mitspielern, deren Gedanken man erraten mußte, befand sich jetzt ein recht schweigsamer Mensch, der schwer zu etwas zu bewegen war und bei dem sie absolut nicht wußte, was er von ihr dachte. Sie hegte den Verdacht, daß er überhaupt keine Meinung habe, daß er sich ihre Umgebung, ihre Lebensumstände gar nicht vorstellen und deshalb mit etwas Schrecklichem herausplatzen könnte.

Sie fand, daß sie lange genug weggeblieben war, fuhr sich mit der Hand leicht über den Hinterkopf, um ihr Haar glattzustreichen, und trat dann lächelnd in die Halle. Lushin und ihre Mutter, die sie vorhin miteinander bekannt gemacht hatte, saßen in Korbsesseln unter einer Topfpalmette, Lushin betrachtete mit gerunzelter Stirn den schandbaren Strohhut, den er auf den Knien hielt, und der Gedanke daran, mit welchen Worten Lushin wohl von ihr sprach (wenn er überhaupt etwas sagte), schien ihr in diesem Augenblick genauso schrecklich wie die Überlegung, welchen Eindruck Lushin auf ihre Mutter machen würde. Am Abend vorher, gleich nach Ankunft der Mutter, nach ihren Klagen darüber, daß das Fenster nach Norden hinausgehe und die Nachttischlampe nicht funktioniere, hatte sie ihr erzählt, daß sie sich mit dem berühmten Schachspieler Lushin angefreundet habe, und sich dabei alle Mühe gegeben, ihren Tonfall nicht zu verändern. «Sicher ein Pseudonym», sagte die Mutter und kramte in ihrem Necessaire. «Sein richtiger Name ist bestimmt Rubinstein oder Abramson.» – «Sehr, sehr berühmt», fuhr die Tochter fort, «und sehr nett.» – «Hilf mir lieber die Seife suchen», sagte die Mutter. Und jetzt, da sie sie miteinander bekannt gemacht und dann unter dem Vorwand, Limonade zu bestellen, allein gelassen hatte, empfand sie bei der Rückkehr in die Halle eine solche Angst, eine solche Ohnmacht angesichts etwaiger bereits eingetretener Katastrophen, daß sie schon von weitem laut zu sprechen anfing, über die Teppichkante stolperte und lachend mit den Armen herumbalancierte. Die sinnlose Spielerei mit dem Strohhut, das Schweigen, die erstaunten, funkelnden Augen der Mutter und die unwillkürliche Erinnerung daran, wie er vor ein paar Tagen geweint und die Dampfheizung umarmt hatte – alles das war schwer zu ertragen. Doch plötzlich hob Lushin den Kopf, sein Mund verzog sich zu dem vertrauten, mißmutigen Lächeln – und mit einem Mal war ihre Angst verschwunden, und das denkbare Malheur erschien ihr nur noch höchst komisch, machte aber nichts mehr. Als hätte er nur auf ihr Kommen gewartet, um sich zurückzuziehen, erhob sich Lushin ächzend, nickte eigenartig mit dem Kopf («rüpelhaft», dachte sie belustigt, als sie sich dieses Nicken in die Sprache ihrer Mutter übersetzte) und wandte sich zur Treppe. Auf dem Wege dorthin begegnete er dem Kellner, der ein Tablett mit drei Glas Limonade trug. Er stoppte ihn, nahm eines der Gläser, hielt es vorsichtig vor seine Brust und ahmte mit den Brauen das Schwanken der Flüssigkeit nach, als er langsam die Treppe hinaufzusteigen begann. Kaum war er um die Biegung verschwunden, als sie sich mit übertriebener Sorgfalt daranmachte, die dünne Papierhülle von ihrem Strohhalm zu streifen. «Was für ein Rüpel!» sagte die Mutter laut, und die Tochter fühlte jene Befriedigung, die einen überkommt, wenn man im Wörterbuch genau jene Bedeutung eines fremdsprachigen Ausdrucks findet, die man schon richtig erraten hat. «Das ist überhaupt kein richtiger Mensch», fuhr die Mutter verdutzt und verärgert fort. «Was ist das nur für ein Mensch? Ein richtiger Mensch jedenfalls nicht. Er hat mich mit Gnädige angeredet, einfach mit Gnädige wie ein Dienstbote. Das ist Gott weiß was für einer. Bestimmt hat er einen sowjetischen Paß. Ein Bolschewik, einfach ein Bolschewik. Ich habe dagesessen wie eine dumme Gans. Und das Geschwätz...! Übrigens sind seine Manschetten ganz schmutzig. Hast du gesehen? Schmutzig und ausgefranst.»

«Worüber hat er denn geschwätzt?» fragte sie mit verstohlenem Lächeln.

«‹Ja Gnädige, nein Gnädige ... Hier ist eine angenehme Atmosphäre.› Eine Atmosphäre, hörst du? Auch so ein Wort. Um wenigstens etwas zu sagen, habe ich ihn gefragt, ob er schon lange aus Rußland fort sei. Doch er blieb einfach stumm. Dann sagte er von dir, daß du erfrischende Getränke magst. Erfrischende Getränke! Und eine Visage hat er, eine Visage! Nein, nein, mit solchen Leuten wollen wir uns nicht einlassen...»

Sie eilte zu Lushin, um das Spiel der Meinungen fortzusetzen. Nach seiner verunglückten Abreise hatte man sein Zimmer anderweitig vergeben, und er war jetzt weiter oben untergebracht. Die Ellbogen auf den Tisch gestützt, saß er da wie von Kummer gebeugt, und im Aschbecher mühte sich ein nicht ganz ausgedrückter Zigarettenstummel, Rauch aufsteigen zu lassen. Auf Tisch und Fußboden waren mit Bleistift beschriebene Zettel verstreut. Auf den ersten Blick kamen sie ihr wie Rechnungen vor, und sie wunderte sich, daß es so viele waren. Ein Luftzug kam durch das offene Fenster herein, als sie die Tür öffnete, und aus seiner Versunkenheit aufwachend, sammelte Lushin die Zettel vom Boden auf, faltete sie sorgfältig zusammen und lächelte sie unter Blinzeln an. «Nun, wie steht's?» fragte sie. «Das wird sich beim Spiel herausstellen», sagte Lushin. «Ich habe einfach ein paar Möglichkeiten notiert.» Es kam ihr vor, als hätte sie sich in der Tür geirrt und wäre nicht dorthin gelangt, wohin sie wollte, aber es war schön in dieser unerwarteten Welt, und sie hatte keine Lust mehr, in die andere hinüberzuwechseln, wo das Spiel der Meinungen stattfand. Anstatt aber weiter vom Schach zu reden, ritt Lushin auf seinem Stuhl an sie heran, faßte sie mit vor Zärtlichkeit bebenden Händen um die Taille, und da er nicht wußte, was er machen sollte, versuchte er, sie auf seine Knie zu setzen. Sie stemmte die Hände gegen seine Schultern und wandte ihr Gesicht ab, als wollte sie die Zettel betrachten. «Was ist das?» fragte sie. «Ach, nichts, nichts», sagte Lushin,

«Aufzeichnungen von verschiedenen Partien.» – «Lassen Sie mich los», forderte sie mit schriller Stimme. «Aufzeichnungen von verschiedenen Partien, Aufzeichnungen...», wiederholte Lushin, drückte sie an sich und sah mit zusammengekniffenen Augen hinauf zu ihrem Hals. Plötzlich verzerrte sich sein Gesicht, die Augen wurden für einen Moment völlig ausdruckslos; dann entspannten sich seine Züge seltsam, die Hände lösten sich wie von selbst, und sie trat zurück, ärgerlich, ohne eigentlich zu wissen, worüber, und verwundert, daß er sie freigab. Lushin räusperte die Kehle, steckte sich gierig eine Zigarette an und betrachtete sie mit unbegreiflicher Verschmitztheit. «Es tut mir leid, daß ich gekommen bin», sagte sie. «Erstens habe ich Sie bei der Arbeit gestört...» – «Ganz und gar nicht», erwiderte Lushin mit unerwarteter Fröhlichkeit und schlug sich auf die Knie.

«Zweitens wollte ich Sie nach Ihren Eindrücken fragen.»

«Eine Dame von Welt», sagte Lushin, «das sieht man gleich.»

«Hören Sie», rief sie und war immer noch ärgerlich, «haben Sie eigentlich eine Erziehung? Wo sind Sie zur Schule gegangen? Sind Sie überhaupt schon irgendwann einmal mit Menschen zusammengekommen, haben Sie mit Menschen gesprochen?»

«Ich bin viel herumgereist», sagte Lushin. «Hier und dort. Überall ein bißchen.»

«Wo bin ich? Wer ist das? Was soll nun weiter werden?» fragte sie sich im stillen und sah sich in dem Zimmer um: der Tisch von Papier bedeckt, das Bett zerwühlt, der Waschtisch – auf dem eine rostige Rasierklinge liegengeblieben war –, eine halbaufgezogene Schublade, aus der wie eine Schlange ein grüner Schlips mit roten Punkten herauskroch. Und in diesem trostlosen Durcheinander hockte der unergründlichste aller Menschen, ein Mann, der sich mit einer geisterhaften Kunst befaßte, und sie versuchte innezuhalten, sich alle seine Fehler, seine Eigenarten vor Augen zu führen und sich ein für allemal klarzumachen, daß ein solcher Mann für sie nicht der richtige sei – und im gleichen Augenblick machte sie sich lebhafte Sorgen, wie er sich in der Kirche benehmen, wie er im Frack aussehen würde.

Kapitel 7

Natürlich sahen sie sich auch weiterhin. Die arme Dame mußte zu ihrem Schrecken feststellen, daß ihre Tochter und der verdächtige Herr Lushin unzertrennlich waren – sie führten Gespräche, wechselten Blicke, es entstand zwischen ihnen ein gewisses Fluidum, aus dem sie nicht klug wurde; das alles erschien ihr so gefährlich, daß sie ihre Abneigung überwand und Lushin soviel wie möglich in ihrer Nähe zu halten suchte, einmal um ihm so besser auf den Zahn zu fühlen, vor allem aber, damit ihre Tochter nicht so häufig entschwand. Lushins Beruf war trivial, absurd... Die Existenz derartiger Berufe ließ sich überhaupt nur mit dieser unseligen Gegenwart, mit dieser modernen Sucht nach sinnlosen Rekorden erklären (Flugzeuge, die bis zur Sonne fliegen wollen, Marathonläufe, die Olympischen Spiele...). In früheren Zeiten, so meinte sie, in dem Rußland ihrer Jugend, wäre ein Mensch, der sich ausschließlich mit Schachspielen beschäftigt hätte, undenkbar gewesen. Auch heutzutage wirkte ein solcher Mensch noch dermaßen sonderbar, daß in ihr ein unbestimmter Verdacht aufstieg, das Schachspiel sei letzten Endes vielleicht nur ein Deckmantel, ein Täuschungsmanöver und Lushins Beschäftigung eine ganz andere –

und ihr wurde ganz blümerant zumute, wenn sie an diese finstere, verbrecherische – womöglich gar freimaurerische – Tätigkeit dachte, die dieser verschlagene Nichtsnutz hinter der Leidenschaft für einen unschuldigen Zeitvertreib verbarg. Nach und nach jedoch zerstreute sich der Verdacht. Wie konnte man einem solchen Tölpel Listen und Ränke zutrauen? Außerdem war er tatsächlich berühmt. Sie war überrascht und sogar etwas ärgerlich, daß vielen ein Name bekannt war, den sie selber noch nie gehört hatte (außer früher einmal, wenn bei einem entfernten Verwandten von einem Bekannten die Rede gewesen war, einem gewissen Lushin, Landbesitzer aus St. Petersburg). Die deutschen Gäste im Kurhotel sprachen den Namen unter heroischer Überwindung der Schwierigkeiten, die ihnen der fremdartige Zischlaut bereitete, voller Hochachtung aus. Die Tochter zeigte ihr die letzte Nummer einer Berliner Illustrierten, wo auf der Seite mit Denksportaufgaben und Kreuzworträtseln eine aus irgendwelchen Gründen bemerkenswerte Partie stand, die Lushin kürzlich gewonnen hatte. «Kann man denn wirklich an solchen Nichtigkeiten hängen?» rief sie aus und blickte verständnislos auf ihre Tochter. «Das ganze Leben mit solchen Nichtigkeiten vertun?... Schau, ein Onkel von dir war auch ein guter Spieler – Schach, Karten, Billard –, aber er hatte wenigstens noch seinen Dienst, seine Karriere und alles das.» – «Er hat auch seine Karriere», antwortete die Tochter, «und er ist wirklich sehr bekannt. Es kann schließlich niemand dafür, daß du dich nie für Schach interessiert hast.» – «Zauberkünstler können auch bekannt sein», bemerkte sie mißgelaunt, kam aber nach einigem Überlegen zu dem Schluß, daß Lushins Berühmtheit seine Existenz zum Teil rechtfertige. Ihr jedoch war seine Existenz lästig. Besonders ärgerte es sie, daß er es immer einzurichten verstand, ihr den Rücken zuzukehren. «Er spricht sogar mit dem Rücken», klagte sie ihrer Tochter. «Mit dem Rücken. Wie ein Mensch unterhält der sich nicht. Glaub mir, da ist irgendwas regelrecht unnormal.» Kein einziges Mal richtete Lushin eine Frage an sie, kein einziges Mal unternahm er auch nur den Versuch, eine einstürzende Unterhaltung aufrechtzuerhalten. Sie machten unvergeßliche Spaziergänge auf den von der Sonne gemusterten Wanderwegen, an denen im angenehmen Schatten ein fürsorglicher Geist ab und zu Bänke aufgestellt hatte – unvergeßliche Spaziergänge, auf denen ihr jeder Schritt Lushins wie eine Beleidigung vorkam. Trotz Fülle und Atemnot legte er plötzlich ein ungewöhnliches Tempo vor, ließ seine Begleiterinnen hinter sich zurück, die Mutter preßte die Lippen zusammen, blickte zur Tochter hin und schwor in pfeifendem Flüsterton, daß sie auf der Stelle – «hörst du, auf der Stelle» – umkehren würde, wenn dieser Rekordlauf weiterginge. «Lushin», rief die Tochter dann, «Lushin! Gehen Sie nicht so schnell, sonst werden Sie noch müde.» (Und daß ihn die Tochter einfach beim Nachnamen nannte, war ebenfalls unangenehm – doch auf ihre Vorhaltungen hatte sie lachend erwidert: «Bei Turgenjew tun das die jungen Mädchen auch. Bin ich etwa weniger wert?») Lushin drehte sich plötzlich um, lächelte schief und ließ sich auf eine Bank fallen. Daneben stand ein Drahtkorb. Unweigerlich wühlte er in seinen Taschen, fand irgendeinen Zettel, riß ihn sorgfältig in kleine Stücke und warf ihn in den Papierkorb, um dann holprig aufzulachen. Ein treffliches Beispiel für seine Späßchen.

Trotz dieser gemeinsamen Spaziergänge fanden ihre Tochter und Lushin Zeit zum Alleinsein, und nach solchen Stunden fragte die verärgerte Dame ihre Tochter jedesmal: «Na, habt ihr euch geküßt? Geküßt? Ich bin sicher, daß ihr euch küßt.» Die andere seufzte dann und erwiderte mit gespielter Langeweile: «Ach, Mama, wie kannst du nur so etwas sagen...» – «Sie knutschen miteinander», entschied sie und schrieb ihrem Mann, sie sei unglücklich und besorgt, daß die Tochter einen unmöglichen Flirt habe – mit einem finsteren und gefährlichen Gesellen. Der Gatte riet, nach Berlin zurückzukehren oder in einen anderen Kurort zu fahren. «Er begreift auch rein gar nichts», dachte sie. «Nun, einerlei. Das alles hat bald ein Ende. Unser Freund reist ja ab.»

Und unvermittelt ereignete sich drei Tage vor Lushins Abreise ein kleiner Zwischenfall, der zwar ihr Verhältnis zu ihm nicht gerade änderte, sie auf unbestimmte Weise aber dennoch berührte. Sie machten zu dritt einen Spaziergang. Es war ein stiller Augustabend mit einem großartigen Sonnenuntergang wie eine restlos ausgepreßte, völlig zerfleischte Blutorange. «Mir ist ein bißchen kalt», sagte sie. «Hol mir doch etwas!» Und die Tochter nickte, machte «hm, hm», ohne den Grashalm aus dem Mund zu nehmen, an dem sie saugte, und ging, leicht mit den Armen schlenkernd, rasch ins Hotel zurück.

«Eine hübsche Tochter habe ich, nicht wahr? Gut gewachsene Beine.»

Lushin verneigte sich.

«Also, am Montag reisen Sie ab? Und nach Ihrem Spiel geht es dann nach Paris zurück?»

Lushin verneigte sich nochmals.

«Aber in Paris bleiben Sie auch nicht lange? Sie werden bald wieder eingeladen, woanders zu spielen?»

Da geschah es. Lushin schaute sich um und zeigte mit dem Spazierstock geradeaus.

«Dieser Weg», sagte er, «sehen Sie, dieser Weg hier. Hier bin ich lang gegangen. Und stellen Sie sich vor, wem ich begegnet bin. Wem bin ich wohl begegnet? Aus dem Mythos. Amor. Aber nicht mit dem Pfeil, sondern mit einem Steinchen. Ich bin getroffen worden.»

«Wie meinen Sie das?» fragte sie beunruhigt.

«Nein, erlauben Sie, erlauben Sie», rief Lushin und hob den Zeigefinger. «Sie müssen mir eine Audienz gewähren.»

Er trat dicht an sie heran und öffnete wunderlich ein wenig den Mund, so daß der ungewöhnliche Ausdruck einer fast märtyrerhaften Zartheit auf seinem Gesicht erschien.

«Sie sind eine gütige, verständnisvolle Frau», sagte Lushin gedehnt. «Ich habe die Ehre, die Ehre, Sie um die Hand Ihrer Tochter zu bitten.»

Er wandte sich ab, als habe er einen Bühnenmonolog zu Ende gesprochen, und begann ein kleines Muster im Sand mit dem Stock nachzumessen.

«Hier ist dein Schal», sagte hinter ihr außer Atem die Tochter, und ein Schal legte sich um ihre Schultern.

«Aber nein, mir ist ganz warm, es ist nicht nötig, was soll ich denn mit dem Schal...»

Der Spaziergang verlief an diesem Abend besonders schweigsam. Ihr gingen all die Worte, die sie Lushin sagen mußte, durch den Kopf; man mußte auf die finanzielle Seite zu sprechen kommen – offenbar war er nicht vermögend, er hatte das billigste Zimmer im Hotel. Und ein sehr ernsthaftes Gespräch mit ihrer Tochter. Eine Heirat, völlig undenkbar, ein ganz und gar hirnrissiges Abenteuer. Doch trotz alledem hatte es ihr geschmeichelt, daß Lushin sich so ernst und altmodisch zunächst an sie gewandt hatte.

«Da haben wir die Bescherung. Ich gratuliere», sagte sie am gleichen Abend zu ihrer Tochter. «Mach nur nicht so ein unschuldiges Gesicht. Du verstehst mich ganz gut. Unser Freund will heiraten.»

«Tut mir leid, daß er mit dir darüber gesprochen hat», antwortete die Tochter. «Es betrifft nur ihn und mich.»

«Den erstbesten Strolch zu heiraten, der dir über den Weg läuft...», begann sie beleidigt.

«Untersteh dich», sagte die Tochter ruhig. «Es geht dich gar nichts an.»

Und was wie ein undenkbares Abenteuer erschienen war, begann sich mit erstaunlicher Geschwindigkeit zu entwickeln. Am Abend vor seiner Abreise stand Lushin im langen Nachthemd auf dem winzigen Balkon seines Zimmers und betrachtete den Mond, der sich zitternd aus einigem schwarzen Laubwerk löste, und während er an die überraschende Wendung dachte, die seine Verteidigung gegen Turati genommen hatte, hörte er durch seine Schachgrübeleien hindurch die Stimme, die ihm unablässig in den Ohren klang, über lange Linien durch sein ganzes Sein zog und alle entscheidenden Punkte besetzte. Es war ein Echo auf das Gespräch mit ihr von vorhin; sie hatte wieder auf seinen Knien gesessen und ihm das Versprechen gegeben, das Versprechen, in zwei, drei Tagen nach Berlin zurückzufahren, und zwar allein, wenn die Mutter unbedingt hierbleiben wollte. Und sie auf den Knien zu halten, war nichts im Vergleich zu der Gewißheit, daß sie ihm folgen, daß sie nicht verschwinden würde wie gewisse Träume, die auf einmal zerplatzen und zerfließen, weil hinter ihnen der blanke Helm des Weckers aufgetaucht ist. Eine Schulter an seine Brust gelehnt, versuchte sie mit einem vorsichtigen Finger, seine Augenlider etwas anzuheben, und durch den leichten Druck auf den Augapfel hatte ein sonderbares schwarzes Licht einen Sprung gemacht, einen Sprung wie sein schwarzer Springer, der einfach den Bauern nehmen würde, falls Turati wie bei ihrer letzten Begegnung beim siebenten Zug mit ihm herausrücken sollte. Der Springer wäre dann freilich verloren, aber dieser Verlust würde durch einen geistreichen Angriff von Schwarz wettgemacht, und bei dem hätte er alle Chancen auf seiner Seite. Zwar war der Damenflügel dann etwas geschwächt, vielmehr nicht geschwächt, sondern es schwang ein leichter Zweifel mit, ob nicht doch alles nur Phantasie, nur Blendwerk wäre und nicht standhielte, daß auch sein Herz nicht standhielte, denn vielleicht täuschte ihn die Stimme in seinen Ohren ja und würde doch nicht bei ihm bleiben. Aber der Mond kam hinter den winkligen schwarzen Ästen hervor, ein runder, schwerer Vollmond – leuchtende Bestätigung des Sieges –, und als Lushin schließlich den Balkon verließ und in sein Zimmer zurücktrat, lag dort auf dem Fußboden ein riesiges Rechteck aus Mondlicht und in diesem Licht sein eigener Schatten.

Kapitel 8

Das, was seine Braut so gleichgültig ließ, machte auf Lushin einen Eindruck, den niemand voraussehen konnte. Sofort, nachdem er seinen ersten Punkt gegen einen äußerst zähen Ungarn gewonnen hatte, suchte er die so gerühmte Wohnung auf, in der selbst die Luft mit Talmifolklore erfüllt schien; zwar war die Partie beim vierzigsten Zug abgebrochen worden, aber ihre Fortsetzung war Lushin völlig klar. Er las dem gesichtslosen Taxifahrer laut die Adresse auf der Postkarte vor («Wir sind angekommen. *Shdjom was wetscherom* – Erwarten Sie heute abend.») und hatte gar nicht gemerkt, wie die nebelhafte, zufällige Entfernung zusammenschrumpfte; vorsichtig versuchte er, den Ring aus dem Rachen des Löwen zu ziehen. Die Klingel schlug sofort an: Stürmisch flog die Tür auf. «Wie, ohne Mantel? Ich lasse Sie nicht herein...» Aber schon war er über die Schwelle, ruderte mit den Armen und schüttelte den Kopf, um seiner Atemnot Herr zu werden. «Pff, pff», pustete er und streckte voller Vorfreude auf eine wunderbare Umarmung schon die Hände aus, als er plötzlich merkte, daß seine Linke den überflüssigen Spazierstock und seine Rechte die Brieftasche hielt wie vorhin, als er das Taxi bezahlt hatte. «Schon wieder mit diesem schwarzen Monstrum von einem Hut... Nun, was stehen Sie so da? Hier geht's lang.» Der Stock tauchte glücklich in einen vasenartigen Behälter; die Brieftasche fand beim zweiten Steckversuch die richtige Tasche; der Hut ward an einen Haken gehängt. «Da bin ich», sagte Lushin, «pff, pff.» Sie war schon weit weg im hinteren Teil der Diele, schob eine Tür auf, wies mit ihrem bloßen Arm am Türpfosten vorbei und sah fröhlich zu Lushin auf. Über der Tür, gleich auf dem Sturz, zog ein großes, leuchtendes Ölgemälde die Blicke auf sich. Lushin, der dergleichen sonst nie bemerkte, betrachtete es eingehend, wohl weil es im elektrischen Licht ölig glänzend wirkte und ihn die Farben wie Sonnenpfeile trafen. Eine junge Bauersfrau mit rotem Kopftuch, das bis an die Augenbrauen reichte, aß einen Apfel, und ihr schwarzer Schatten auf dem Zaun aß einen noch größeren. «Eine russische *baba*», sagte Lushin genießerisch und lachte. «Nun, kommen Sie, kommen Sie doch herein. Stoßen Sie das Tischchen nicht um.» Er trat in den Salon, und vor Wohlgefallen wurde ihm weich ums Herz, und ergreifend erbebte unter der Samtweste, die er aus irgendeinem Grund bei Turnieren immer trug, sein Magen vor Freude. Ein Kronleuchter mit seinem durchscheinenden Kristallgehänge antwortete ihm mit seltsam vertrautem Zittern; und auf dem gelben Parkett, in dem sich die Beine der Empiresessel spiegelten, lag vor dem Flügel das Fell eines Eisbären, die Tatzen ausgebreitet, als wolle es in den glänzenden Abgrund des Fußbodens hinabfliegen. Auf zahlreichen kleinen Tischen, Regalen und Konsolen standen alle möglichen festlich aussehenden Nippsachen, in einer Vitrine schimmerte es wie von schweren Silberrubeln, und hinter einem Spiegelrahmen guckte eine Pfauenfeder hervor. Und an den Wänden hingen jede Menge Bilder – weitere Bauernmädchen mit geblümten Kopftüchern, ein goldener Recke auf weißem Schlachtroß, Blockhütten unter blauen Federbetten aus Schnee... Für Lushin verschmolz das alles zu einem einzigen, rührenden bunten Schimmer, aus dem für Augenblicke ein einzelner Gegenstand heraustrat – ein Elch aus Porzellan oder eine dunkeläugige Ikone –, und dann kräuselte es sich um seine Augen wieder fröhlich, und als er über das Polarfell stolperte, so daß der Rand umschlug, stellte sich heraus, daß es festoniertes rotes Futter hatte. Über zehn Jahre waren vergangen, seit er zuletzt in einem russischen Haus gewesen war, und jetzt, da er sich in einem befand, wo beherzt ein so glanzvolles wie geschmackloses Rußland zur Schau gestellt war, empfand er ein kindliches Hochgefühl, das Verlangen, in die Hände zu klatschen – niemals im ganzen Leben war ihm so behaglich zumute gewesen, hatte er sich so ungezwungen gefühlt. «Von Ostern übriggeblieben», sagte er überzeugt und wies mit dem Ohrfinger auf ein großes Holzei mit goldenen Arabesken (ein Tombolagewinn von einem Wohltätigkeitsball). In diesem Augenblick öffnete sich eine weiße Schiebetür, und ein sehr aufrechter Herr mit Kneifer und kurzgeschorenem Haar kam rasch herein und streckte schon im Gehen die Hand aus. «Willkommen», sagte er, «ich freue mich, Ihre Bekanntschaft zu machen.» Wie ein Zauberkünstler öffnete er sodann sein handgefertigtes Zigarettenetui mit einem Alexander-Adler auf dem Deckel.

«Mit Mundstück», sagte Lushin und schielte auf die Zigaretten. «So etwas rauche ich nicht, aber hier, diese...» Er fing an, in seinen Taschen zu kramen, und brachte ein paar dicke Zigaretten zum Vorschein, die ihm aus ihrer Papierschachtel entgegenkamen; einige fielen ihm hinunter, und gewandt hob der Hausherr sie wieder auf. «Meine Liebe», sagte er, «hol uns einen Aschenbecher. Bitte setzen Sie sich doch. Verzeihung... Hm... Wie war Ihr Vor- und Vatersname?» Ein kristallener Aschenbecher wurde zwischen sie gestellt, und als sie beide zur gleichen Zeit ihre Asche abstreiften, stießen ihre Zigarettenenden aneinander. *«J'adoube»*, sagte der Schachspieler gutmütig und bog die verkrümmte Zigarette wieder zurecht. «Nicht der Rede wert, nicht der Rede wert», beeilte sich der Hausherr zu sagen und blies zwei feine Rauchstreifen durch seine plötzlich schmaler werdende Nase. «Nun sind Sie also in unserm guten alten Berlin. Meine Tochter erzählte mir, daß Sie zu einem Wettkampf gekommen sind.» Er löste eine gestärkte Manschette, stemmte die Hand in die Seite und fuhr fort: «Es hat mich übrigens schon immer interessiert, ob es im Schachspiel irgendeinen Zug gibt, mit dem man immer gewinnen kann. Ich weiß nicht, ob Sie mich verstehen, ich meine... Verzeihen Sie, wie war doch Ihr Vor- und Vatersname?» – «Ich verstehe», sagte Lushin und dachte einen Augenblick lang gewissenhaft nach. «Es ist so, daß es stille und direkte Gewinnzüge gibt. Ein direkter Gewinnzug...» – «Ach so, ja, so ist das also», nickte der Hausherr. «Ein direkter Gewinnzug», fuhr Lushin laut und begeistert fort, «ist einer, der uns sofort unmittelbar in Vorteil bringt. Zum Beispiel ein Doppelschach mit Eroberung einer Schwerfigur oder eine Bauernumwandlung in eine Dame. Und so weiter. Und so weiter. Ein stiller Gewinnzug dagegen ...» – «Ganz recht, ganz recht», unterbrach der Hausherr. «Wieviel Tage dauert der Wettkampf?» – «Ein stiller Gewinnzug bedeutet List, Subversion, Komplikation», sprach Lushin weiter, bemüht, liebenswürdig zu sein, aber gleichzeitig an seinen Worten Gefallen findend. «Nehmen wir zum Beispiel irgendeine Stellung. Weiß ...» Er blickte nachdenklich auf den Aschenbecher. «Entschuldigen Sie», sagte der Gastgeber nervös, «ich verstehe leider gar nichts vom Schach. Ich habe nur so gefragt ... Es ist auch nicht so wichtig, bestimmt nicht. Wir gehen gleich ins Speisezimmer hinüber. Na, meine Liebe, ist der Tee fertig?» – «Ich hab's!» rief Lushin aus. «Wir nehmen einfach die Endspielstellung aus meiner heute abgebrochenen Partie. Weiß: König c3, Turm a1, Springer d5, Bauern b3 und c4. Schwarz: ...» – «Eine komplizierte Angelegenheit, Schach», warf der Hausherr rasch ein, sprang federnd auf und bemühte sich, den Fluß der Buchstaben und Ziffern aufzuhalten, der sich irgendwie auf Schwarz bezog. «Nehmen wir nun mal an», sagte Lushin mit Nachdruck, «daß Schwarz in dieser Stellung das beste Manöver macht – e6 nach g5. Darauf antworte ich mit folgendem stillem Gewinnzug ...» Lushin kniff die Augen zusammen, spitzte die Lippen wie zu einem vorsichtigen Kuß und brachte beinahe flüsternd etwas hervor – kein bloßes Wort, keine bloße Zugnotation, sondern etwas überaus Zärtliches, unendlich Empfindliches. Den gleichen Ausdruck –

den Ausdruck eines Menschen, der eine Flaumfeder vom Antlitz eines Säuglings haucht – hatte sein Gesicht auch am nächsten Tag, als er diesen Zug auf dem Brett ausführte. Der Ungar, ganz gelb nach einer schlaflosen Nacht, in der er alle (zu einem Remis führenden) Varianten durchgerechnet, genau diese verborgene Kombination jedoch übersehen hatte, versank am Brett in tiefes Nachdenken, während Lushin ab und zu gezwungen hüstelte und seinen eigenen Zug liebevoll auf einem Zettel notierte. Der Ungar gab bald auf, und Lushin trat gegen einen Russen an. Die Partie wurde interessant eröffnet, und bald stand ein dichter Ring von Zuschauern um ihren Tisch. Die Neugier, das Gedränge, das Knacken der Fingergelenke, die fremden Atemzüge und vor allem das Geflüster – dieses Geflüster, das gelegentlich durch ein etwas lauteres, gereiztes «pssst!» unterbrochen wurde – machten Lushin oft zu schaffen: Er fühlte dieses Knacken und Rascheln und die warmen menschlichen Ausdünstungen sehr lebhaft, wenn er nicht gerade allzutief in die Abgründe des Schachs hinabgetaucht war. Aus den Augenwinkeln sah er jetzt die Beine der Umstehenden, und ganz besonders störte ihn unter all diesen dunklen Hosen ein Paar Damenbeine in schimmernden grauen Seidenstrümpfen und bläulichen Schuhen. Die Beine verstanden offensichtlich nichts vom Spiel, unbegreiflich, weshalb sie überhaupt gekommen waren... Diese spitzen Schuhe mit irgendwelchen Schnallen sollten doch lieber übers Pflaster trippeln... möglichst weit weg. Während er seine Uhr drückte, einen Zug aufschrieb oder eine geschlagene Figur beiseite tat, schielte er zu diesen unbeweglichen Frauenbeinen hinüber, doch erst, als er nach anderthalb Stunden die Partie gewonnen hatte, aufstand und seine Weste zurechtrückte, entdeckte Lushin, daß diese Beine seiner Verlobten gehörten. Ein brennendes Glücksgefühl durchströmte ihn, daß sie gekommen war, um ihn siegen zu sehen, und ungeduldig wartete er darauf, daß die Schachbretter und diese lärmenden Menschen verschwänden, damit er sie so bald wie möglich streicheln konnte. Doch die Schachbretter verschwanden nicht sofort, und selbst als endlich das helle Speisezimmer mit dem gewaltigen, blinkenden Messingsamowar auftauchte, schimmerten durch das weiße Tischtuch undeutliche gleichmäßige Quadrate, und ebensolche Quadrate aus Schokolade und Creme befanden sich ohne Zweifel auf der glasierten Torte. Die Mutter der Braut trat ihm mit der gleichen herablassenden, ein wenig spöttischen Nachsicht entgegen wie am Abend zuvor, als ihr Erscheinen das Schachgespräch unterbrochen hatte, und der Gesprächspartner von gestern, offensichtlich ihr Gatte, erzählte ausführlich, was für ein Mustergut er in Rußland besessen hätte. «Gehen wir in Ihr Zimmer», flüsterte Lushin heiser seiner Braut zu. Sie biß sich auf die Lippen und machte große Augen. «Gehen wir», sagte er nochmals. Doch geschickt füllte sie ihm seinen Glasteller mit wunderbarem Himbeerkompott, und sogleich tat diese klebrige, blendend rote Süße, die wie körniges Feuer über die Zunge floß und die Zähne mit aromatischem Zucker verklebte, ihre Wirkung. *«Merci, merci»*, verneigte sich Lushin, als ihm eine zweite Portion aufgetan wurde, und es herrschte Grabesstille, als er wieder zu schmatzen anfing und aus Furcht, auch nur ein Tröpfchen von dem berauschenden Sirup zu verlieren, seinen vom Tee noch ganz heißen Löffel ableckte. Als er dann endlich seinen Willen hatte und mit ihr allein war, zwar nicht in ihrem Zimmer, sondern in dem farbenprächtigen Salon, zog er sie an sich, hielt sie an den Handgelenken fest und nahm dann schwerfällig Platz, doch schweigend entwand sie sich ihm, drehte sich herum und ließ sich dann auf einen Puff sinken. «Ich habe mich überhaupt noch nicht entschieden, ob ich Sie heirate», sagte sie. «Merken Sie sich das.» – «Alles ist entschieden», sagte Lushin, «und wenn sie nicht wollen, dann brauchen wir eben Gewalt, bis sie unterschrieben haben.» – «Was denn unterschrieben?» fragte sie verwundert. «Ach, ich weiß nicht... Anscheinend braucht man doch irgendwelche Unterschriften.» – «Dummkopf, Dummkopf», wiederholte sie mehrmals. «Was für eine unbegreifliche und unverbesserliche Einfalt. Was soll ich denn nur mit Ihnen machen, wie soll ich mich zu Ihnen verhalten?... Und wie müde Sie aussehen. Ich bin sicher, daß das viele Schachspielen für Sie schädlich ist.» – «Ach wo», sagte Lushin auf deutsch, «ein paar kleine Partien.» – «Und nachts beschäftigen Sie sich in Gedanken weiter damit. Das dürfen Sie nicht. Hören Sie, es ist schon spät. Gehen Sie nach Hause. Sie brauchen Schlaf, das ist alles.» Er blieb jedoch auf dem gestreiften Sofa sitzen, und ihr ging mit Bestürzung durch den Kopf, welcher Art ihre Gespräche waren – hier etwas angetupft, dort ein wenig gestochert, unzusammenhängende Worte. Und noch nicht einmal hatte er sie richtig geküßt, alles war schief und seltsam, und wenn er sie berührte, glich auch nicht eine seiner Bewegungen einer normalen menschlichen Umarmung. Aber diese hilflose Ergebenheit in seinen Augen, dieses rätselhafte Leuchten um ihn, als er sich vorhin über das Schachbrett beugte... Am nächsten Tag zog es sie wieder in den stillen Raum im zweiten Stock des großen Cafés in einer engen, lauten Straße. Diesmal bemerkte Lushin sie sofort: Er sprach leise mit einem breitschultrigen, glattrasierten Herrn, dessen kurzgeschnittenes Haar aussah, als wäre es ihm eng an den Schädel angepaßt, und von dem ihm eine kleine Landzunge in die Stirn hineinragte; seine dicken, nach innen gestülpten Lippen saugten an einer kalten Zigarre. Ein Pressezeichner, der den Kopf wie eine Messingfigur hob und senkte, skizzierte rasch dieses Profil mit der Zigarre. Im Vorübergehen warf sie einen Blick auf seinen Zeichenblock und sah neben diesem rudimentären Turati einen schon fertigen Lushin – übertrieben trübselige Nase, Doppelkinn mit schwarzen Pünktchen und auf der Schläfe die wohlbekannte Haarsträhne, die sie als Locke bezeichnete. Turati setzte sich, um gegen einen deutschen Großmeister zu spielen, und Lushin trat an sie heran und sagte ihr griesgrämig mit schuldbewußtem Lächeln irgend etwas Langatmiges und Plumpes. Mit Verwunderung begriff sie, daß er sie darum bat, wieder zu gehen. «Nachher bin ich dann froh, sehr froh», erklärte Lushin in beschwörendem Tonfall, «aber bis dahin... bis dahin stört es mich aus irgendeinem Grund.» Er folgte ihr mit den Augen, als sie gehorsam zwischen den Schachtischen hindurch wieder fortging, nickte sich geschäftig zu und ging zu seinem Brett, wo schon der neue Gegner Platz nahm, ein grauhaariger Engländer, der immer mit unfehlbarer Kaltblütigkeit spielte und ebenso unfehlbar verlor. Auch diesmal war ihm das Glück nicht hold, Lushin gewann abermals, am nächsten Tag spielte er remis, und am darauffolgenden gewann er wieder – und inzwischen war er sich der Grenze zwischen Schach und dem Haus seiner Braut nicht mehr deutlich bewußt, so als beschleunigten sich alle Bewegungen, und wo zunächst eine Folge einzelner Streifen wahrnehmbar gewesen war, verschmolz jetzt alles zu einem einzigen Flackern.

Er spielte gleichauf mit Turati. Gewann Turati einen Punkt, gewann auch er einen; gewann Turati einen halben Punkt, gewann auch er einen halben. So rückten sie vor, als klömmen sie an den Seiten eines gleichschenkligen Dreiecks empor, um dann im entscheidenden Augenblick am Scheitelpunkt aufeinanderzutreffen.

Seine Nächte waren unruhig. Er konnte sich nicht zwingen, das Schach zu vergessen, und obschon er sich schläfrig fühlte, vermochte es der Schlaf nicht, von seinem Gehirn Besitz zu ergreifen; er suchte ein Schlupfloch, doch an jedem Eingang stand eine Schachfigur Wache, und Lushin hatte das peinigende Gefühl, der Schlaf sei ganz nahe, aber außerhalb seines Gehirns: Der Lushin, der von Müdigkeit aufgelöst in seinem Zimmer lag, schlief zwar, der andere Lushin aber, der das Schachbrett immer noch vor sich sah, wachte und fand keinen Weg, sich mit seinem glücklicheren Doppelgänger zu vereinigen. Was aber noch schlimmer war – nach jeder Turnierpartie fiel es ihm schwerer, sich aus der Welt der Schachgedanken zu befreien, so daß sich selbst tagsüber eine unangenehme Spaltung bemerkbar machte. Nach einer dreistündigen Partie schmerzte ihm der Kopf auf merkwürdige Weise, nicht der ganze, sondern nur Teile, schwarze Quadrate des Schmerzes, und eine Zeitlang fand er nicht gleich die Tür, die hinter einem schwarzen Fleck verborgen lag, noch konnte er sich an die Adresse des Hauses erinnern, wohin es ihn zog; zum Glück hob er in der Tasche die alte, zweimal zusammengefaltete und an den Bruchlinien schon eingerissene Postkarte auf («... *was wetscherom* – Erwarten Sie heute abend»). Er empfand noch immer Freude, wenn er die mit russischem Spielzeug vollgestopfte Wohnung betrat, doch auch diese Freude war nicht ohne Flecke. Als er einmal an einem spielfreien Tag früher als gewöhnlich kam, traf er nur die Mutter an. Sie beschloß, jenes Gespräch fortzusetzen, das bei Sonnenuntergang in dem Buchenhain stattgefunden hatte, und da sie ihre vielgerühmte Fähigkeit überschätzte, den Leuten die Wahrheit ins Gesicht zu sagen (um derentwillen die jungen Leute, die in ihrem Hause verkehrten, sie für überaus klug hielten und sehr fürchteten), stürzte sie sich auf Lushin, kanzelte ihn wegen der Zigarettenstummel ab, die sich in allen Vasen und sogar in dem Rachen des ausgebreiteten Eisbärenfells anfanden, und schlug ihm dann vor, gleich heute, am Samstagabend, bei ihnen zu baden, wenn ihr Mann mit seinen wöchentlichen Waschungen fertig wäre. «Sie waschen sich wahrscheinlich nur selten», sagte sie ohne Umschweife. «Selten, nicht wahr? Geben Sie es schon zu.» Lushin zuckte finster die Achseln und blickte zu Boden, wo eine leichte, nur für ihn wahrnehmbare Bewegung vor sich ging, eine nichts Gutes verheißende Differenzierung der Schatten. «Und überhaupt», fuhr sie fort, «Sie müssen sich zusammennehmen.» Und nachdem sie ihren Zuhörer so in die nötige Stimmung versetzt hatte, ging sie zur Hauptsache über. «Sagen Sie», fragte sie, «ich habe den Eindruck, daß es Ihnen gelungen ist, mein kleines Mädchen gründlich zu verführen? Leute wie Sie sind große Lüstlinge. Meine Tochter ist aber unberührt, nicht so wie die Mädchen von heute. Sie sind doch ein Lüstling, nicht wahr?» – «Nein, Gnädige», erwiderte Lushin mit einem Seufzer, runzelte die Stirn und fuhr rasch mit der Schuhsohle über den Boden, um dort eine gewisse Gruppierung wegzuwischen, die schon ganz deutlich war. «Ich kenne Sie ja überhaupt nicht», fuhr ihre Stimme rasch und klangvoll fort. «Ich muß erst Erkundigungen einziehen – ja, ja, Erkundigungen –, ob Sie nicht etwa an einer dieser Krankheiten leiden.» – «Atemnot», sagte Lushin, «und auch ein wenig Rheumatismus.» – «Davon spreche ich nicht», unterbrach sie ihn barsch. «Die Sache ist ernst. Sie halten sich offenbar für verlobt, Sie verkehren in unserem Haus und sind allein mit ihr. Ich glaube aber nicht, daß so bald von einer Heirat die Rede sein kann.» – «Und voriges Jahr hatte ich Hämorrhoiden», sagte Lushin dumpf. «Nun hören Sie mal, ich spreche mit Ihnen über unerhört wichtige Dinge. Sie würden offenbar am liebsten noch heute heiraten, auf der Stelle. Ich kenne euch. Sie läuft dann gleich mit einem dicken Bauch herum, Sie fallen ja sofort roh über sie her.» Lushin hatte an einer Stelle einen Schatten ausgetreten und mußte verzweifelt feststellen, daß sich weit von seinem

Platz entfernt auf dem Boden eine neue Kombination bildete. «Wenn meine Meinung Sie auch nur im mindesten interessiert, dann muß ich Ihnen sagen, daß ich diese Heirat für Unfug halte. Vermutlich denken Sie, daß mein Mann für Ihren Lebensunterhalt aufkommen wird. Geben Sie es zu: Das denken Sie doch?» – «Ich lebe in angespannten Verhältnissen», sagte Lushin. «Ich würde nur ganz wenig brauchen. Und eine Zeitschrift hat mir die Leitung der Schachecke angeboten...» Jetzt wurden die Plagegeister am Boden so aufdringlich, daß Lushin unwillkürlich seine Hand ausstreckte, um den Schattenkönig gegen die Drohungen eines Lichtbauern zu schützen. Von diesem Tag an vermied er es, im Salon zu sitzen, wo zu viele Nippsachen aus poliertem Holz herumstanden, die ganz bestimmte Formen annahmen, wenn man lange genug daraufschaute. Seiner Braut fiel auf, daß er mit jedem Tag, den das Turnier dauerte, schlechter aussah. Dunkle, violette Schatten bildeten sich um die Augen, und seine schweren Lider waren entzündet. Er war so blaß, daß er ständig schlecht rasiert aussah, obwohl er sich auf Drängen seiner Braut jeden Morgen rasierte. Mit größter Ungeduld erwartete sie das Ende des Turniers, und sie litt bei dem Gedanken, was für fürchterliche und seiner Gesundheit abträgliche Anstrengungen ihn jeder einzelne Punkt kostete. Armer Lushin, rätselhafter Lushin... Ob sie an diesen Herbsttagen morgens mit einer deutschen Freundin Tennis spielte oder Vorträge über Kunstgeschichte hörte, deren sie schon überdrüssig war, oder in ihrem Zimmer in zerfledderten, bunt zusammengewürfelten Büchern blätterte – im *Ozean* von Andrejew, in einem Roman von Krasnow oder einer Broschüre mit dem Titel *Wie wird man ein Yogi?* –, immer war ihr bewußt, daß Lushin gerade wieder in Schachberechnungen vertieft war, daß er kämpfte und sich quälte – und es kränkte sie, daß sie die Leiden, die ihm seine Kunst bereitete, nicht mit ihm teilen konnte. An seine Genialität glaubte sie unbedingt, war aber außerdem davon überzeugt, daß sich diese Genialität nicht allein im Schachspiel erschöpfen konnte, so wunderbar es auch sein mochte, und daß, wenn das Turnierfieber erst vorbei wäre und Lushin sich wieder beruhigt hätte, er eine Ruhepause einlegen würde, und dann würden sich andere, noch unbekannte Kräfte in ihm regen, dann würde er aufblühen, und seine Begabung würde sich auch auf anderen Gebieten des Lebens entfalten. Ihr Vater nannte Lushin einen beschränkten Fanatiker, fügte aber hinzu, er sei zweifelsohne ein sehr naiver und sehr ehrenwerter Mensch. Ihre Mutter dagegen behauptete, Lushin verliere nicht nur von Tag zu Tag, sondern von Stunde zu Stunde mehr den Verstand, und Geisteskranken sei die Heirat gesetzlich verboten, und sie hielt diesen unmöglichen Bräutigam von allen ihren Bekannten fern, was auch anfangs nicht schwierig war, da man sie mit ihrer Tochter im Kurort wähnte; später tauchten dann aber sehr bald alle Leute wieder auf, die gewöhnlich in ihrem Hause verkehrten, etwa ein bezaubernder alter General, der immer wieder darauf hinwies, daß wir Emigranten nicht um Rußland trauerten, sondern um unsere Jugend, unsere Jugend; zwei Deutschrussen; Oleg Sergejewitsch Smirnowskij, Theosoph und Besitzer einer Likörfabrik; einige ehemalige Offiziere der Weißen Armee; einige junge Damen; die Sängerin Madame Wosdwischenskij; das Ehepaar Alfjorow; und auch die uralte Fürstin Umanow, die man (nach der bekannten Oper) Pique Dame nannte. Sie war es auch, die Lushin als erste zu Gesicht bekam und den hastigen, unverständlichen Erklärungen der Hausfrau entnahm, daß er irgend etwas mit Literatur, mit Zeitschriften zu tun habe – mit einem Wort, Schriftsteller sei. «Ach, dann kennen Sie das vielleicht», begann sie liebenswürdig ein literarisches Gespräch. «Von Apuchtin – einem dieser modernen Dichter... Ein wenig dekadent... Etwas über gelbe und rote Kornblumen...» Smirnowskij forderte ihn ohne Umschweife zu einer Partie Schach auf, doch leider fand sich im Hause kein Schachspiel. Unter sich nannten die jungen Leute ihn einen Schlappschwanz, und nur der alte General begegnete ihm mit schlichter Herzlichkeit und redete ihm lange zu, sich die junge Giraffe anzusehen, die eben im Zoo zur Welt gekommen sei. Seitdem sich diese Gäste nun wieder jeden Abend in verschiedener Zusammensetzung einfanden, war es Lushin unmöglich, auch nur eine Minute mit seiner Braut allein zu sein, und der Kampf mit diesen Menschen, das Verlangen, durch ihre Menge hindurch zu seiner Braut vorzudringen, nahm sofort etwas von einer Schachpartie an. Sie zu besiegen, erwies sich jedoch als unmöglich, denn immer wieder tauchten neue auf, und es kam ihm vor, als wären es dieselben ungezählten gesichtslosen Besucher, die ihn dichtgedrängt und stickig auch während des Turniers umringten.

Alles, was geschah, wurde eines Morgens ganz klar,

als er mitten in seinem Hotelzimmer auf einem Stuhl saß und sich bemühte, seine Gedanken auf eine einzige Sache zu konzentrieren: Gestern hatte er seinen zehnten Punkt gewonnen, und heute mußte er Moser schlagen. Plötzlich kam seine Braut in sein Zimmer. «Wie ein Götzenbild», lachte sie. «Sitzt da in der Mitte, und man bringt ihm Opfergaben.» Sie reichte ihm eine Schachtel Konfekt, und auf einmal verschwand das Lächeln aus ihrem Gesicht. «Lushin», rief sie. «Lushin, wachen Sie auf! Was ist mit Ihnen?» – «Sind Sie wirklich?» fragte Lushin leise und ungläubig. «Natürlich bin ich es. Was ist das für eine Art, den Stuhl mitten ins Zimmer zu stellen und sich so hinzusetzen. Wenn Sie sich nicht gleich zusammennehmen, gehe ich wieder.» Gehorsam nahm sich Lushin zusammen, bewegte Kopf und Schultern hin und her, setzte sich dann auf die Couch hinüber, und ein seiner selbst noch nicht ganz sicheres, noch nicht beständiges Glück leuchtete und schwamm in seinen Augen. «Sagen Sie, wann nimmt das ein Ende?» fragte sie. «Wie viele Partien sind es noch?» – «Drei», antwortete Lushin. «Ich habe heute in der Zeitung gelesen, daß Sie das Turnier bestimmt gewinnen, daß Sie diesmal großartig spielen.» – «Da ist aber noch Turati», sagte Lushin und hob den Zeigefinger. «Mir ist übel», fügte er kummervoll hinzu. «Dann besser kein Konfekt», sagte sie rasch und klemmte die quadratische Schachtel wieder unter den Arm. «Lushin, ich rufe einen Arzt. Sie richten sich zugrunde, wenn Sie so weitermachen.» – «Nein, nein», sagte er schläfrig. «Es ist schon vorbei. Ich brauche keinen Arzt.» – «Mich regt das auf. Das heißt also noch bis Freitag, Sonnabend... diese Hölle. Bei uns zu Hause sieht es übrigens ziemlich düster aus. Alle stimmen Mama bei, daß ich Sie unmöglich heiraten kann. Warum war Ihnen übel, haben Sie etwas Unrechtes gegessen?» – «Es ist schon vorüber, ganz bestimmt», murmelte Lushin und legte seinen Kopf auf ihre Schulter. «Sie sind einfach todmüde, Sie Ärmster. Müssen Sie heute denn unbedingt spielen?» – «Um drei Uhr. Gegen Moser. Ich spiele überhaupt... wie hieß es noch?» – «Großartig.» Sie lächelte. Der Kopf auf ihrer Schulter war groß und schwer – ein kostbarer Apparat mit einem komplexen, geheimnisvollen Mechanismus. Gleich darauf bemerkte sie, daß er eingeschlafen war, und begann zu überlegen, wie sie seinen Kopf auf ein Kissen betten könnte. Unter vorsichtigsten Bewegungen gelang es ihr; er lag jetzt halb auf der Couch, unbequem zusammengekrümmt, und der Kopf auf dem Kissen war wie aus Wachs. Mit Entsetzen dachte sie für einen Augenblick, er sei plötzlich gestorben, und sie faßte sogar sein Handgelenk an, das weich und warm war. Als sie sich wieder aufrichtete, fühlte sie einen Schmerz in der Schulter. «Ein schwerer Kopf», flüsterte sie, blickte auf den Schlafenden, ging leise aus dem Zimmer und nahm ihr unnötiges Geschenk wieder mit. Sie bat das Zimmermädchen, das ihr auf dem Korridor begegnete, Lushin in einer Stunde zu wecken, ging lautlos die Treppe hinunter, machte sich durch sonnige Straßen auf den Weg zum Tennisclub – und ertappte sich dabei, daß sie immer noch versuchte, kein Geräusch zu machen und heftige Bewegungen zu vermeiden. Das Zimmermädchen brauchte Lushin nicht zu wecken – er wachte von allein auf und versuchte sogleich angestrengt, sich an seinen wunderbaren Traum zu erinnern, denn wenn ihm das nicht gleich gelang, das wußte er aus Erfahrung, dann war es nachher zu spät. Er hatte geträumt, er sitze ganz seltsam – mitten in seinem Zimmer –, und plötzlich, mit jener grotesken und beseligenden Plötzlichkeit, die in Träumen gang und gäbe ist, komme seine Braut herein und strecke ihm eine Schachtel mit rotem Band entgegen. Sie war ebenfalls im Traumstil gekleidet – mit einem weißen Gewand und lautlosen weißen Schuhen. Er wollte sie umarmen, doch plötzlich wurde ihm übel, alles drehte sich in seinem Kopf, und sie erzählte indessen, daß die Zeitungen großartige Dinge über ihn schrieben, die Mutter aber trotzdem noch gegen ihre Heirat sei. Wahrscheinlich hatte er noch viel, viel mehr gehört, aber das Gedächtnis konnte das Entweichende nicht mehr einholen – und um wenigstens nichts von dem zu verlieren, was er dem Traum entrissen hatte, machte Lushin ganz vorsichtige Bewegungen, glättete sich die Haare, klingelte nach dem Essen. Anschließend hatte er dann zu spielen, und die Welt der Schachkalküle zeigte an diesem Tag eine beängstigende Macht. Er spielte vier Stunden hindurch ohne Pause und siegte, doch als er später im Taxi saß, konnte er sich nicht mehr erinnern, wohin er fuhr, was für eine Adresse auf der Postkarte stand, die er dem Fahrer zu lesen gegeben hatte, und gespannt wartete er, wo der Wagen halten würde.

Das Haus kam ihm dann jedoch bekannt vor, und wieder waren da Gäste, Gäste – doch jetzt begriff Lushin plötzlich, daß er einfach in seinen Traum von vorhin zurückgekehrt war, denn seine Braut fragte ihn flüsternd: «Wie geht es, ist Ihnen nicht mehr übel?» – und wie konnte sie im Wachzustand davon wissen? «Wir leben in einem schönen Traum», sagte er leise. «Jetzt ist mir alles klar.» Er schaute sich um, erblickte den Tisch und die Gesichter der Sitzenden, sah ihre Spiegelbilder im Samowar – in dieser eigentümlichen samowarischen Perspektive – und fuhr mit großer Erleichterung fort: «So ist das also auch ein Traum? Alle diese Leute ein Traum? Sieh da, sieh da...» – «Still, still, was reden Sie da für Unsinn», flüsterte sie ängstlich, und Lushin überlegte, daß sie recht habe, Traumgestalten soll man nicht verscheuchen, mochten sie sitzenbleiben, diese Leute, bis ihre Zeit um war. Das Allermerkwürdigste an diesem Traum aber war, daß ringsumher offensichtlich Rußland war, welches der Schlafende selber vor langer Zeit verlassen hatte. Die Traumgestalten waren lustige Leute, sie tranken Tee und plauderten russisch, und die Zuckerdose war genau die gleiche wie die, aus der er vor vielen Jahren auf der Veranda an einem scharlachroten Sommerabend Zucker gelöffelt hatte. Diese traumhafte Rückkehr nach Rußland bemerkte Lushin mit Interesse und Wohlgefallen. Sie bereitete ihm ganz besonderes Vergnügen, ähnlich der scharfsinnigen Wiederholung einer bestimmten Schachkombination, wie sie beispielsweise vorkommt, wenn sich ein theoretisch längst bekanntes Problem bei einer richtigen Partie in origineller Form auf dem Schachbrett wiederholt.

Die ganze Zeit über jedoch kamen bald schwächer, bald stärker die Schatten seines eigenen, wirklichen Schachlebens in diesem Traum zum Vorschein, und schließlich wich der Nebel, und es war einfach wieder Nacht im Hotel, mit Schachgedanken, Schachschlaflosigkeit und Grübeleien über die energische Verteidigung, die er gefunden hatte, um Turatis Eröffnung zu kontern. Er war hellwach, zuverlässig arbeitete sein Verstand, von allen Schlacken befreit und gewahr, daß alles außerhalb des Schachs nur ein bezaubernder Traum war, in der das Bild einer lieben, helläugigen jungen Dame mit bloßen Armen schmolz und zerging wie der goldene Dunst des Mondes. Die Strahlen seines Bewußtseins, die sich üblicherweise zerstreuten, wenn sie mit der ihn umgebenden, nicht ganz verständlichen Welt in Berührung kamen, und so die Hälfte ihrer Kraft einbüßten, waren jetzt, da sich diese Welt in eine Luftspiegelung aufgelöst hatte und man sich um sie keine Sorgen mehr machen mußte, intensiver und konzentrierter geworden. Das wirkliche Leben, das Schachleben war harmonisch, überschaubar und voller Abenteuer, und mit Stolz empfand Lushin, wie leicht er in diesem Leben herrschen konnte, wie hier alles seinem Willen gehorchte und sich seinen Listen und Plänen unterordnete. Einige Partien, die er auf dem Berliner Turnier spielte, wurden von Kennern sogleich als unsterblich bezeichnet. Eine hatte er gewonnen, nachdem er nacheinander Dame, Turm und Springer geopfert hatte; in einer anderen hatte er einen Bauern in eine so dynamische Position manövriert, daß von ihm eine fürchterliche Macht ausging, immer größer wurde und, traurig für seinen Gegner, wie ein Geschwür an der empfindlichsten Stelle des Brettes weiter anschwoll; in einer dritten Partie machte Lushin schließlich einen anscheinend sinnlosen Zug, der ein Raunen unter den Zuschauern auslöste, aber seinem Gegner eine komplizierte Falle stellte, die dieser zu spät erkannte. In diesen wie auch in allen anderen Partien, die von ihm auf diesem unvergeßlichen Turnier gespielt wurden, legte er eine überwältigende Klarheit des Denkens an den Tag, eine unbarmherzige Logik. Aber auch Turati spielte brillant, auch Turati errang Punkt um Punkt, hypnotisierte seine Gegner durch die Kühnheit seiner Ideen, vertraute aber vielleicht seinem Schachglück, das ihn bisher noch nie verlassen hatte, etwas zu sehr. Von seinem Zusammentreffen mit Lushin hing es ab, wer den ersten Preis gewann, und die einen meinten, die glasklare Logik und Leichtigkeit der Gedankengänge Lushins würden über das phantasievolle, explosive Spiel des Italieners triumphieren, die anderen prophezeiten dem feurigen, schnell zustoßenden Turati den Sieg über den weitblickenden russischen Spieler. Der Tag dieses Zusammentreffens war gekommen.

Lushin erwachte völlig angezogen, sogar seinen Mantel hatte er noch an; er sah auf die Uhr, erhob sich eilig und setzte seinen Hut auf, der mitten im Zimmer lag. Er versuchte sich zu sammeln, schaute im Zimmer umher und bemühte sich zu ergründen, worauf er eigentlich geschlafen hatte. Das Bett war unberührt und der Samt der Couch völlig glatt. Nur eines war gewiß, nämlich daß er seit jeher, seit undenklichen Zeiten Schach gespielt hatte – und im Dunkel seiner Erinnerung gab es, wie bei zwei einander gegenüberstehenden Spiegeln, die das Bild einer brennenden Kerze wiedergeben, nur eine Perspektive konvergierender Lichter mit Lushin am Schachbrett und wieder Lushin am Schachbrett, nur etwas kleiner und dann noch einmal etwas kleiner und unendlich oft immer so weiter. Es war schon spät, sehr spät, er mußte sich beeilen. Rasch öffnete er die Tür und blieb verwundert stehen. In seiner Raumordnung hätte sich gleich hier der Schachsaal befinden müssen und sein Tisch und der wartende Turati. Statt dessen lag ein leerer Korridor vor ihm und weiter hinten eine Treppe. Von dort kam plötzlich ein Männlein angehastet, das bei Lushins Anblick die Hände zusammenschlug. «Maestro», rief es, «was soll das heißen? Sie werden erwartet, Sie werden erwartet, Maestro... Dreimal habe ich schon bei Ihnen angerufen, und man sagte mir, daß Sie auf Klopfen nicht antworten. Signor Turati wartet schon lange.» – «Weggeräumt», sagte Lushin verdrossen und wies mit dem Stock auf den leeren Korridor. «Ich konnte ja nicht ahnen, daß alles weggeräumt worden ist.» – «Wenn Sie sich nicht wohl fühlen...», begann der kleine Mann und schaute besorgt in Lushins bleiches, glänzendes Gesicht. «Nun, so bringen Sie mich doch hin!» rief Lushin mit schriller Stimme und stieß seinen Stock auf den Boden. «Mit Vergnügen, mit Vergnügen», murmelte jener verdutzt. Lushin starrte unentwegt auf das armselige Mäntelchen mit dem hochgeschlagenen Kragen, das vor ihm herlief, während er die unbegreifliche Entfernung überwand. «Wir gehen zu Fuß», sagte der Wegführer, «es ist nur eine Minute.» Erleichtert erkannte er die gläserne Drehtür des Cafés, dann die Treppe, und endlich sah er, wonach er im Hotelkorridor gesucht hatte. Beim Eintreten fühlte er sogleich die

Fülle des Lebens, Ruhe, Klarheit, Selbstvertrauen. «Das wird jetzt ein großer Sieg», sagte er laut, und eine Menge nebelhafter Gestalten teilte sich, um ihn hindurchzulassen. «*Tard, tard, très tard*», sprudelte der sich plötzlich materialisierende Turati kopfschüttelnd hervor. «*Avanti*», sagte Lushin und lachte. Ein Tisch erschien zwischen ihnen, und auf ihm stand ein Brett mit den zum Kampf aufgebauten Figuren. Lushin holte aus der Westentasche eine Zigarette und zündete sie gedankenlos an.

Da geschah etwas Seltsames. Obwohl Turati Weiß hatte, kam er nicht mit seiner berühmten Eröffnung heraus, und die Verteidigung, die Lushin sich zurechtgelegt hatte, erwies sich als völlig gegenstandslos. Ob Turati die möglichen Verwicklungen vorausgeahnt oder einfach beschlossen hatte, in Anbetracht der ruhigen Stärke, die Lushin auf diesem Turnier an den Tag gelegt hatte, vorsichtig zu spielen, er begann jedenfalls ganz schablonenhaft. Lushin dachte zwar mit flüchtigem Bedauern an seine vergebliche Arbeit, war aber dennoch froh: So hatte er nun mehr Freiheit. Außerdem schien ihn Turati offenbar zu fürchten. Andererseits verbarg sich hinter der harmlosen, faden Eröffnung, die ihm Turati anbot, zweifellos eine List, und Lushin nahm sich vor, besonders umsichtig zu spielen. Anfangs ging alles leise, leise, wie gedämpfte Geigen. Die Gegner bezogen vorsichtig ihre Stellungen, rückten hier und da ein wenig vor, aber höflich, ohne das geringste Anzeichen einer Drohung – und kam es zu einer Drohung, so war sie ganz und gar konventionell, mehr wie ein Wink an den Gegner, da drüben besser für

Deckung zu sorgen, und der Gegner lächelte, als wäre das alles nur ein Scherz, der nichts weiter zu bedeuten hatte, verstärkte die betreffende Stellung und machte dann seinerseits einen kleinen Vorstoß. Plötzlich wurde ohne jede Vorwarnung zart eine Saite angeschlagen. Es war eine von Turatis Figuren, die eine Diagonale in Besitz genommen hatte. Doch gleich darauf erklang auch auf Lushins Seite sehr leise die Spur einer Melodie. Für einen Augenblick hingen geheimnisvolle Möglichkeiten in der Luft, und dann herrschte wieder Stille: Turati wich aus, zog sich zurück. Und als dächten sie gar nicht an einen Angriff, beschäftigten sich beide Partner eine Zeitlang wieder damit, die eigenen Felder auf Vordermann zu bringen – ihre Figuren zu pflegen, sie umzustellen, ihnen das Leben daheim leichter zu machen –, und plötzlich flackerte wieder etwas auf, erschollen zwei kombinierte Töne: Zwei Bauern attackierten sich gegenseitig und wurden beide vom Brett gefegt: Eine blitzschnelle, meisterliche Fingerbewegung, und Lushin stellte neben sich auf den Tisch, was nun keine überirdische Kraft mehr war, sondern ein schwerer, gelber Bauer; dann schnellten Turatis Finger durch die Luft, und ein inaktivierter schwarzer Bauer mit einem Lichtschimmer auf dem Kopf wurde seinerseits auf dem Tisch abgesetzt. Und nachdem sich beide Spieler so von den zwei unversehens zu Holz gewordenen Schachgewalten getrennt hatten, schienen sie sich wieder zu beruhigen und das kurze Aufflackern zu vergessen: Doch verebbte an jener Stelle des Brettes die Vibration nicht ganz, irgend etwas schien sich dort noch immer anzubahnen... Doch es gelang diesen Tönen nicht, in das gewünschte Verhältnis zueinander zu kommen; anderswo erscholl ein tiefer, dunkler Ton, und beide Spieler wandten sich von dem noch bebenden Feld ab und einem anderen Teil des Brettes zu. Aber auch hier verlief alles im Sande. Mit Trompetenstimme riefen die Gewaltigsten auf dem Brett einander mehrmals etwas zu, und wieder fand ein Abtausch statt, wieder verwandelten sich zwei Schachgrößen in geschnitzte, lackglänzende Puppen. Dann folgte langes, langes Nachdenken, bei dem Lushin von einer Stelle des Brettes aus nacheinander ein Dutzend denkbarer Fortsetzungen entwickelte und verlor und dann plötzlich eine berauschende, zerbrechliche, kristallklare Kombination fand – die sich schon nach Turatis erstem Antwortzug mit leichtem Klirren wieder verflüchtigte. Aber auch Turati kam nicht weiter, und um Zeit zu gewinnen (Zeit ist beim Schach gnadenlos), wiederholten beide Spieler die beiden Züge, Drohung und Verteidigung, Drohung und Verteidigung – doch unterdessen dachten sie über eine trickreiche Kombination nach, die nichts mit diesen mechanischen Zügen zu tun hatte. Endlich entschloß sich Turati zu dieser Kombination – und augenblicklich wurde das Schachbrett von einem musikalischen Sturm erfaßt, in dem Lushin hartnäckig nach dem winzigen, klaren Ton suchte, den er brauchte, um ihn seinerseits zu donnernder Harmonie anschwellen zu lassen. Jetzt atmete alles auf dem Brett Leben, alles sammelte sich um einen einzigen Gedanken, ballte sich mehr und mehr zusammen; für einen Augenblick brachte das Verschwinden zweier Figuren etwas Erleichterung, dann setzte wieder ein *Agi-*

tato ein. Lushins Gedanken schweiften durch berauschende und grausige Labyrinthe und begegneten dort ab und zu den besorgten Gedanken Turatis, der das gleiche dachte wie er. Beiden wurde zur selben Zeit klar, daß Weiß seinen Plan nicht weiter vorantreiben durfte, daß er drauf und dran war, aus dem Takt zu kommen. Turati beeilte sich, einen Figurentausch anzubieten, und die Zahl der Streitkräfte verringerte sich abermals. Neue Möglichkeiten tauchten auf, doch noch hätte niemand sagen können, wer besser stand. Lushin, der einen Überfall vorbereitete, für den er aber erst ein Labyrinth von Varianten erkunden mußte, wo jeder Schritt ein gefährliches Echo hervorrief, grübelte lange nach: Nur noch eine letzte, ungeheure Anstrengung mußte er machen, so schien es, und er fände den geheimen Zug, der zum Sieg führte. Plötzlich geschah etwas außerhalb seines Wesens, ein beißender Schmerz – und er stieß einen lauten Schrei aus, schwenkte die Hand, die mit dem Streichholz in Berührung gekommen war, das er angezündet und dann an die Zigarette zu führen vergessen hatte. Der Schmerz verging sofort, aber in dem feurigen Spalt hatte er etwas unerträglich Schreckliches erblickt, das ganze Grauen der unergründlichen Tiefen des Schachs. Er warf einen Blick auf das Schachbrett, und sein Gehirn welkte dahin in einer nie zuvor empfundenen Müdigkeit. Aber die Schachfiguren waren unerbittlich, sie hielten ihn fest und sogen ihn förmlich auf. Darin lag Entsetzen, aber auch die einzig mögliche Harmonie, denn was existierte in der Welt schon außer Schach? Nebel, das Unbekannte, Leere ... Er bemerkte, daß Turati nicht mehr saß; er stand und reckte sich. «Hängepartie, Maestro», sagte eine Stimme hinter ihm. «Notieren Sie sich Ihren nächsten Zug.» – «Nein, noch nicht», flehte Lushin und suchte den Sprecher mit den Augen. «Das war's für heute», fuhr die gleiche Stimme hinter ihm fort, eine kreisende Stimme. Lushin wollte aufstehen und konnte es nicht. Er bemerkte, daß er mit seinem Stuhl nach hinten gerückt war und daß sich irgendwelche Leute auf das Schachbrett stürzten, das eben noch sein ganzes Leben enthalten hatte, daß sie stritten und schrien, als sie die Figuren behende hierhin und dorthin stellten. Nochmals machte er den Versuch aufzustehen, und wieder war es ihm unmöglich. «Warum, warum?» sagte er wehklagend und bemühte sich, das Schachbrett zwischen den schmalen, schwarzen Rücken zu erkennen, die sich darübergebeugt hatten. Sie schrumpften zusammen und verschwanden. Die Figuren auf dem Brett waren durcheinandergeraten und standen in ungeordneten Gruppen herum. Ein Phantom kam herbei, blieb stehen und packte die Figuren rasch in einen kleinen Sarg. «Aus», sagte Lushin und riß sich, stöhnend vor Anstrengung, aus dem Stuhl hoch. Ein paar Phantome standen noch herum und tauschten Meinungen aus. Es war kalt und ziemlich dunkel. Phantome trugen Schachbretter und Stühle fort. Wohin man auch blickte, überall huschten gewundene, durchsichtige Schachgebilde in der Luft herum – und Lushin begriff, daß er steckengeblieben war, daß er sich in einer soeben erst durchgerechneten Kombination verirrt hatte, und machte den verzweifelten Versuch, sich zu befreien, irgendwohin auszubrechen – und sei es ins Nichts.

«Kommen Sie, kommen Sie!» rief ihm jemand zu und verschwand mit einem Knall. Er blieb allein. Immer dunkler wurde es vor seinen Augen, und jeder der verschwommenen Gegenstände im Saal bot ihm Schach. Er mußte entkommen; sein ganzer massiger Körper bebte, als er sich endlich in Bewegung setzte, und er vermochte sich nicht im mindesten vorzustellen, was die Leute unternahmen, um einen Raum zu verlassen – und dabei mußte es doch eine einfache Methode geben... Auf einmal schwänzelte ein schwarzer Schatten mit weißer Brust um ihn herum und reichte ihm Hut und Mantel. «Wozu ist das nötig?» murmelte er, fuhr in die Ärmel und drehte sich zusammen mit dem dienstbeflissenen Schatten. «Hier entlang bitte», sagte der Schatten forsch, und Lushin schritt vorwärts und verließ den furchtbaren Saal. Auf der Treppe machte er Anstalten, hinaufzukriechen, überlegte es sich aber wieder anders und ging abwärts, denn hinunterzusteigen war einfacher, als nach oben zu klettern. Er kam in eine rauchige Gaststube, wo lärmende Phantome saßen. Aus jeder Ecke bereitete sich ein Angriff vor – er stieß an Tische, an einen Eimer, aus dem ein gläserner Bauer mit goldenem Hals herausragte, an eine Trommel, auf die ein gekrümmter, langmähniger Springer eindrosch, drang bis zu einem gläsernen, sich langsam drehenden, funkelnden Etwas vor und blieb stehen, denn nun wußte er nicht weiter. Menschen umringten ihn, wollten irgend etwas mit ihm anstellen. «Gehen Sie, gehen Sie!» wiederholte eine ärgerliche Stimme. «Wohin denn?» fragte Lushin weinend. «Gehen Sie nach Hause!» flüsterte eine andere Stimme anzüglich, und etwas stieß Lushin an die Schulter. «Wie sagten Sie?» fragte er zurück und hörte plötzlich auf zu schluchzen. «Nach Hause, nach Hause», wiederholte die Stimme, und das gläserne Gefunkel erfaßte Lushin und warf ihn in ein kühles Halbdunkel hinaus. Lushin lächelte. «Nach Hause», sagte er leise. «Das also ist der Schlüssel zu der Kombination.»

Und er mußte sich beeilen. Jeden Augenblick konnte ihn das Schachgestrüpp wieder umzingeln. Noch aber herrschte um ihn zwielichtige Düsternis, dicke Watteluft. Ein vorüberhuschendes Gespenst fragte er nach dem Weg zum Landhaus. Das Gespenst verstand nicht und ging weiter. «Einen Augenblick», sagte Lushin, doch es war schon zu spät. Mit seinen kurzen Armen rudernd, beschleunigte er den Schritt. Ein mattes Licht glitt vorüber und zerging unter trauervollem Rascheln. Schwer, sehr schwer war es, in diesem nachgiebigen Nebel den Weg nach Hause zu finden. Lushin kam es so vor, als müsse er sich links halten, dann käme er zu einem großen Wald, und war er erst einmal in diesem Walde, so fände er den Pfad mit Leichtigkeit. Wieder huschte ein Schatten vorbei. «Wo ist der Wald, der Wald?» fragte Lushin beharrlich, und da dieses Wort keine Antwort hervorrief, versuchte er ein Synonym zu finden. «Forst? Gehölz?» murmelte er. «Park?» setzte er nachsichtig hinzu. Da wies der Schatten nach links und verschwand. Lushin machte sich wegen seiner Langsamkeit Vorwürfe und schlug die ihm gewiesene Richtung ein, jederzeit einer Verfolgung gewärtig. Und wirklich – plötzlich umstanden ihn Bäume, Farnkraut raschelte unter seinen Füßen, es war still und feucht.

Schwer sank er zu Boden, kauerte dort, denn er war ganz außer Atem, und Tränen flossen über sein Gesicht. Nach einer Weile erhob er sich wieder, streifte ein feuchtes Blatt vom Knie, irrte eine Weile zwischen den Baumstämmen hin und her und fand endlich den vertrauten Pfad. «Marsch, marsch», trieb sich Lushin auf deutsch immer wieder an, als er über die klebrige Erde stapfte. Der halbe Weg war schon geschafft. Gleich mußte der Fluß auftauchen, die Sägemühle und zwischen kahlen Sträuchern das Landhaus. Dort würde er sich verstecken und vom Inhalt der großen und kleinen Einmachgläser leben. Die geheimnisvolle Verfolgerschar war weit zurückgeblieben. Jetzt würde man ihn nicht mehr fangen. O nein. Wenn nur das Atmen leichter fiele, wenn dieser Schmerz in den Schläfen nachlassen wollte, dieser betäubende Schmerz... Der Pfad schlängelte sich durch den Wald und mündete auf eine quer verlaufende Straße, und weiter hinten glitzerte im Dunkel ein Fluß. Er sah auch die Brücke und am anderen Ufer einen verschwommenen Gebäudehaufen, und im ersten Augenblick kam es ihm vor, als habe er vor dem grauen Himmel das vertraute dreieckige Giebeldach des Landhauses mit dem schwarzen Blitzableiter vor sich. Sofort wurde ihm indessen klar, daß es sich um eine raffinierte Falle der Schachgötter handelte, denn auf dem Brückengeländer wuchsen regennasse, zitternde Figuren von Riesenweibern, und über dem Fluß tanzte ein unwirkliches Glitzern. Er ging am Ufer entlang, um eine andere Brücke zu finden, die Brücke, auf der man bis an die Knöchel in Sägespänen versank. Nach langem Suchen fand er schließlich ganz abseits eine schmale, stille kleine Brücke und war überzeugt, daß er hier wenigstens in Ruhe hinübergelangen könne. Am anderen Ufer aber war alles unbekannt, Lichter huschten vorbei, und Schatten krochen dahin. Er wußte, daß das Landhaus hier irgendwo ganz in der Nähe war, nur näherte er sich ihm aus einer ungewohnten Richtung, und überhaupt war alles so schwierig... Seine Beine waren von den Hacken bis in die Hüften mit Blei gefüllt, wie Schachfiguren mit bleibeschwertem Sockel. Allmählich verschwanden die Lichter, die Phantome wurden spärlicher, und eine Woge drückender Schwärze überspülte ihn. Im letzten Lichtschimmer erkannte er noch einen Vorgarten und ein paar runde Büsche, und er glaubte, das Haus des Müllers vor sich zu haben. Er streckte eine Hand nach dem Zaun aus, doch in diesem Augenblick überwältigte ihn der triumphierende Schmerz, drückte von oben auf den Schädel, und es war, als würde der platter und platter, und dann löste er sich geräuschlos auf.

Kapitel 9

Der Gehsteig verrutschte, stellte sich im rechten Winkel auf und schwang wieder zurück. Schwer atmend richtete sich Günter auf, gestützt von seinem ebenfalls schwankenden Kumpel, der ein ums andere Mal wiederholte: «Günter, Günter, versuch doch zu gehen.» Günter stand jetzt schon einigermaßen gerade, und nach diesem ersten Halt, der nicht ihr erster war, setzten beide ihren Weg durch die menschenleere nächtliche Straße fort, die sich abwechselnd zu den Sternen hochschwang und dann wieder abwärts führte. Der große, kräftige Günter hatte mehr getrunken als sein Kamerad: Dieser, Kurt mit Namen, stützte ihn so gut er konnte, wenn auch das Bier donnernd in seinem Kopf pochte. «Wo sind ... Wo sind ...», bemühte sich Günter zu fragen. «Wo sind die anderen?» Eben noch hatten sie alle um einen Eichentisch gesessen, etwa dreißig fröhliche, genügsame junge Leute, die das ganze Jahr über schwer arbeiteten und den fünften Jahrestag ihrer Schulentlassung feierten, hatten lauthals gesungen und mit klingendem Geklirr angestoßen – und kaum waren sie auseinandergegangen und hatten sich auf den Heimweg gemacht, setzten ihnen Übelkeit, die Dunkelheit und die hoffnungslose Unstetheit dieses Bürgersteigs zu. «Da sind die anderen», sagte Kurt mit einer ausholenden Armbewegung, welche die nächstliegende Häuserwand unangenehm zum Leben erweckte: Sie verneigte sich und richtete sich dann langsam wieder auf. «Sie sind weg, weg», erklärte Kurt traurig. «Aber vor uns, das ist Karl», sagte Günter langsam und deutlich, und eine steife Bierbrise ließ sie beide schwanken: Sie blieben stehen, machten einen Schritt rückwärts und gingen dann weiter. «Ich sage dir, das ist Karl», wiederholte Günter gekränkt. Und wirklich, an der Bordschwelle saß ein Mensch mit gesenktem Kopf. Sie berechneten ihren Schwung nicht richtig und landeten ein Stück zu weit. Als es ihnen schließlich gelang, an den Menschen heranzukommen, schmatzte dieser mit den Lippen und drehte sich langsam zu ihnen um. Ja, es war Karl, aber was für ein Karl – das Gesicht ausdruckslos, die Augen leer! «Ich verschnaufe bloß ein bißchen», sagte er mit matter Stimme. «Gleich kann ich weiter.» Über den leeren Asphalt kam plötzlich ein Taxi mit hochgestelltem Fähnchen langsam angerollt. «Haltet es an», sagte Karl. «Es soll mich mitnehmen.» Das Auto hielt. Bei dem Versuch, Karl aufzuhelfen, stolperte Günter immer wieder über ihn, und Kurt zog an einem Fuß mit grauer Gamasche. Von seinem Sitz aus gab ihnen der Fahrer gutgemeinte Ratschläge, stieg schließlich aus und faßte selbst mit an. Der schlaffe Körper mit den herunterbaumelnden Gliedmaßen wurde durch den Wagenschlag gezwängt, und das Auto setzte sich sofort in Bewegung. «Und wir sind gleich da», sagte Kurt. Der neben ihm Stehende seufzte, und als Kurt ihn anblickte, sah er, daß es Karl war – und folglich

Günter fortgeschafft worden war. «Ich helfe dir», sagte er schuldbewußt. «Komm!» Karl starrte mit leeren Kinderaugen vor sich hin, lehnte sich dann an ihn, und gemeinsam setzten sie sich in Bewegung und versuchten, über den wogenden Asphalt hinweg die andere Straßenseite zu erreichen. «Da ist noch einer», sagte Kurt. Zusammengekrümmt lag auf dem Gehsteig ein dicker Mensch ohne Hut am Zaun eines Vorgartens. «Das ist wahrscheinlich Pulvermacher», brummelte Kurt. «Du weißt doch, der hat sich in den letzten Jahren sehr verändert.» – «Das ist nicht Pulvermacher», antwortete Karl und setzte sich neben ihn auf den Gehsteig. «Pulvermacher hat eine Glatze.» – «Ganz egal», sagte Kurt, «der muß auch nach Hause geschafft werden.» Sie versuchten, den Menschen bei den Schultern zu packen und aufzurichten, verloren aber das Gleichgewicht. «Mach den Zaun nicht kaputt», warnte Karl. «Er muß nach Hause geschafft werden», wiederholte Kurt. «Vielleicht ist es der Bruder von Pulvermacher. Der war auch da.»

Der Mann schlief offenbar, und zwar sehr fest. Er trug einen schwarzen Mantel mit samtbesetzten Aufschlägen. Sein volles Gesicht mit dem schweren Kinn und den konvexen Augenlidern glänzte im Schein der Straßenlaterne. «Warten wir auf ein Taxi», sagte Kurt und folgte dem Beispiel Karls, der sich auf die Bordschwelle gehockt hatte. «Die Nacht wird zu Ende gehen», sagte er zuversichtlich, und mit einem Blick auf den Himmel setzte er hinzu: «Wie die sich drehen.» – «Sterne», erklärte Karl, und beide saßen still und schauten auf den wunderbaren, blassen, nebelhaften

Abgrund, wo die Sterne im Bogen dahinflossen. «Pulvermacher guckt auch», sagte Kurt nach einigem Schweigen. «Nein, er schläft», widersprach Karl nach einem Blick auf das volle, unbewegliche Gesicht. «Er schläft», bestätigte Kurt.

Ein Lichtschein kroch über den Asphalt, und dasselbe gutmütige Taxi, das schon Günter weggebracht hatte, hielt vorsichtig an der Bordschwelle. «Noch einer?» lachte der Fahrer. «Die hätten auch zusammen fahren können.» – «Aber wohin?» fragte Karl schläfrig seinen Kameraden. «Er wird doch irgendeine Adresse haben – sehen wir mal in seinen Taschen nach», antwortete dieser unbestimmt. Schwankend und mit unwillkürlich nickenden Köpfen beugten sie sich über den regungslosen Menschen, und daß sein Mantel offenstand, erleichterte ihre weiteren Nachforschungen. «Samtweste», sagte Kurt. «Der Ärmste, der Ärmste...» Gleich in der ersten Tasche fanden sie eine zweimal gefaltete Postkarte, die in ihren Händen auseinanderriß, und die eine Hälfte mit der Adresse des Empfängers fiel hinunter und war spurlos verschwunden. Auf der anderen Hälfte fanden sie jedoch noch eine Adresse, die quer geschrieben und dick unterstrichen war. Auf der Rückseite befand sich nur eine einzige, links abgerissene Zeile; doch selbst mit Hilfe der heruntergefallenen und verlorengegangenen Hälfte wäre ihr Sinn kaum klarer geworden. «Bac berepom», buchstabierte Kurt, die russischen Schriftzeichen für lateinische haltend, was verzeihlich war. Die Adresse auf der Karte wurde dem Fahrer mitgeteilt, und dann mußten sie den schweren, leblosen Körper in das Auto wuchten, und wieder packte der Fahrer mit an. Auf dem Wagenschlag schimmerten im Lampenlicht große Schachquadrate, das Wappenzeichen Berliner Taxis. Endlich fuhr das vollbeladene Auto los.

Karl schlief unterwegs ein. In jeder Kurve stieß sein Körper leicht und unabsichtlich an den des Unbekannten und an den zu seinen Füßen hockenden Kurt, und bald war er es dann, der sich mit dem größeren Teil des Unbekannten auf dem Boden des Autos befand, während Kurt die Sitzbank einnahm. Als das Taxi hielt und der Fahrer den Schlag öffnete, konnte er auf den ersten Blick nicht erkennen, wie viele Personen sich darin befanden. Karl wachte sofort auf, doch der Mensch ohne Hut blieb unbeweglich wie zuvor. «Bin neugierig, was Sie jetzt mit Ihrem Freund machen», sagte der Fahrer. «Wahrscheinlich wird er erwartet», sagte Kurt. Der Fahrer fand, daß er nun seine Pflicht getan und in dieser Nacht genug Lasten geschleppt habe, stellte sein Fähnchen wieder hoch und nannte den Fahrpreis. «Ich zahle», sagte Karl. «Nein, ich», sagte Kurt. «Ich habe ihn zuerst gesehen.» Diese Begründung überzeugte Karl. Das mühsam entladene Auto fuhr davon. Auf dem Gehsteig blieben drei Gestalten zurück; eine lag auf dem Boden, den Kopf auf einer steinernen Treppenstufe.

Schwankend und seufzend traten Kurt und Karl auf die Straßenmitte, riefen heiser zu dem einzigen erleuchteten Fenster im Hause hinauf, und mit unerwartetem Reaktionsvermögen erbebte die lichtdurchschnittene Jalousie auf der Stelle und wurde hochgezogen. Eine junge Frau blickte aus dem Fenster. Da Kurt nicht wußte, wie er anheben sollte, setzte er ein Grinsen auf, nahm alle Kräfte zusammen und sagte forsch und laut: «Frollein, wir bringen Pulvermacher.» Die Frau gab keine Antwort, und die Jalousie rasselte wieder hinunter. Es war aber zu erkennen, daß die Frau am Fenster stehenblieb. «Wir haben ihn auf der Straße gefunden», sagte Karl unsicher und wieder ans Fenster gewandt. Die Jalousie ging wieder hoch. «Eine Samtweste», meinte Kurt erklärend hinzusetzen zu müssen. Das Fenster leerte sich, doch kurz darauf wich die Dunkelheit hinter der Haustür, und durch die Scheibe wurde eine erleuchtete Treppe sichtbar, die bis zum ersten Absatz aus Marmor war, und diese neugeborene Treppe hatte noch keine feste Gestalt angenommen, als auch schon flinke Frauenfüße auf ihren Stufen erschienen. Ein Schlüssel kratzte im Schloß, und die Tür ging auf. Auf dem Gehsteig lag mit dem Rücken zum Treppenhaus ein beleibter Mann in Schwarz.

Unterdessen brachte die Treppe immer mehr Menschen hervor... Ein Herr erschien in Hauspantoffeln mit schwarzen Hosen und gestärktem, kragenlosem Hemd, hinter ihm ein bläßliches, dralles Stubenmädchen mit Latschen an den nackten Füßen. Alle beugten sich über Lushin, und die schuldbewußt lächelnden, stockbetrunkenen Unbekannten wiederholten irgendwelche Erklärungen, wobei der eine hartnäckig eine halbe Postkarte wie eine Visitenkarte hochhielt. Zu fünft trugen sie Lushin die Treppe hinauf, und seine Braut, die den schweren, kostbaren Kopf hielt, schrie auf, als plötzlich das Licht im Treppenhaus ausging. Alles schwankte in der Dunkelheit durcheinander, man stieß zusammen, scharrte, keuchte, jemand machte einen Schritt rückwärts und rief auf deutsch Gott an, und als das Licht wieder anging, saß einer der Unbekannten auf einer Treppenstufe, während der andere von Lushins Körper eingequetscht war, und oben auf dem Treppenabsatz stand Mutter in einem grell bestickten Morgenrock und musterte mit weit aufgerissenen, vorstehenden Augen den leblosen Körper, den ihr Mann unter Keuchen und Gemurmel stützte, und den großen, unheimlichen Kopf, der auf der Schulter der Tochter lag. Lushin wurde ins Wohnzimmer getragen. Die unbekannten jungen Burschen knallten mit den Absätzen, versuchten sich irgend jemandem vorzustellen und wichen den Tischchen mit den Porzellansachen aus. Man sah sie in allen Räumen zugleich. Sie wollten offensichtlich fortgehen, fanden aber nicht mehr in die Diele. Auf allen Sofas, im Badezimmer, sogar auf der Truhe im Korridor waren sie zu finden, und es gab keine Möglichkeit, sie loszuwerden. Wie viele es waren, war unklar – ihre Anzahl schwankte und blieb im Nebel. Nach einiger Zeit aber waren sie verschwunden, und das Zimmermädchen sagte, sie habe zwei von ihnen hinausgelassen, die übrigen trieben sich wohl noch irgendwo herum, und Trunksucht richte die Männer zugrunde, und der Verlobte ihrer Schwester trinke auch.

«Gratuliere, er ist blau», sagte die Dame des Hauses und blickte auf Lushin, der halb ausgekleidet und mit einem Plaid bedeckt wie ein Toter auf einem Sofa im Salon lag. «Gratuliere.» Und seltsam, es gefiel ihr, daß Lushin betrunken war, weckte bei ihr ein warmes Gefühl für ihn. In so einer Saufpartie fand sie etwas Menschliches, Natürliches und vielleicht sogar eine gewisse Beherztheit, ja Seelengröße. In solchen Zustand gerieten Leute, die sie kannte, tüchtige, lebenslustige Leute. (Und warum auch nicht, überlegte sie, diese schweren Zeiten bringen einen ja auch ganz aus dem Lot, so daß es kein Wunder ist, wenn unsere russischen Burschen hin und wieder dem Alkohol zusprechen, dem grünen Tröster ...) Doch als sich herausstellte, daß Lushin überhaupt nicht nach Wodka oder Wein roch und ganz seltsam, überhaupt nicht wie ein Betrunkener schlief, war sie enttäuscht und schalt sich, daß sie Lushin auch nur eine einzige natürliche Regung zugetraut hatte. Während der im Morgengrauen gerufene Arzt Lushin untersuchte, ging in dem Gesicht des Patienten eine Veränderung vor, seine Lider hoben sich, und trübe Augen sahen unter ihnen hervor. Und erst jetzt löste sich die seelische Betäubung, in die seine Braut gesunken war, seit sie den Körper an der Eingangstreppe hatte liegen sehen. Freilich, schon den ganzen Abend über hatte sie etwas Schreckliches erwartet, aber etwas so Grauenhaftes war ihr doch nicht in den Sinn gekommen. Als Lushin am Abend davor nicht bei ihnen erschienen war, hatte sie mit dem Schachcafé telephoniert und erfahren, daß schon lange nicht mehr gespielt werde. Dann rief sie im Hotel an und erhielt die Auskunft, daß Lushin noch nicht zurückgekehrt sei. Sie lief auf die Straße, um nachzusehen, ob Lushin nicht etwa vor verschlossener Tür stehe, rief dann nochmals in seinem Hotel an und beriet sich mit ihrem Vater, ob man nicht die Polizei benachrichtigen solle. «Unsinn», sagte der Vater entschieden. «Bestimmt hat er alle möglichen Bekannten. Der Mann ist irgendwo eingeladen.» Doch sie wußte ganz genau, daß Lushin keine Bekannten besaß und sein Fernbleiben etwas Unsinniges hatte.

Und wenn sie jetzt Lushins großes, bleiches Gesicht anschaute, wurde sie von so qualvollem, zärtlichem Mitleid erfüllt, daß es ihr vorkam, als gäbe es für sie ohne dieses Mitleid auch kein Leben. Nicht auszudenken, daß dieser arglose Mensch auf der Straße gelegen hatte und Betrunkene seinen weichen Körper grob anfaßten; nicht auszudenken, daß alle diese Leute seine geheimnisvolle Ohnmacht für den schlaffen, gemeinen Schlaf eines Zechers gehalten und von seiner hilflosen Stille ein unbekümmertes Schnarchen erwartet hatten. Welches Mitleid, welche Qual. Und diese altmodische, exzentrische Weste, die man nicht ohne Tränen anschauen konnte, und diese arme Locke, und der weiße Hals mit den kindlichen Falten... Und alles war ihre Schuld... Sie hatte nicht auf ihn aufgepaßt, hatte nicht auf ihn aufgepaßt. Die ganze Zeit über hätte sie an seiner Seite bleiben müssen, hätte nicht zulassen dürfen, daß er soviel spielte... Und wenn er nun unter ein Auto geraten wäre, und warum hatte sie nicht damit gerechnet, daß er jeden Augenblick zusammenklappen konnte, gelähmt von dieser Schacherschöpfung? «Lushin», sagte sie lächelnd, als könne er dieses Lächeln wahrnehmen. «Lushin, alles ist in Ordnung. Lushin, hören Sie mich?»

Als man ihn in die Klinik gebracht hatte, fuhr sie ins Hotel, um seine Sachen zu holen, und dort wollte man sie zunächst gar nicht in sein Zimmer lassen, und das machte lange Erklärungen nötig, und ein ziemlich unverschämter Hotelangestellter mußte in der Klinik anrufen, woraufhin sie Lushins Hotelrechnung für die letzte Woche bezahlen mußte, und ihr Geld reichte nicht, und wieder waren Erklärungen nötig, und es kam ihr vor, als nähmen die Verhöhnungen Lushins kein Ende, und nur mit Mühe konnte sie die Tränen zurückhalten. Und als sie die plumpe Hilfe des Zimmermädchens ablehnte und sich daranmachte, Lushins Sachen zusammenzuräumen, erreichte ihr Mitleid den Gipfel. Unter seinen Sachen befanden sich Dinge, die er offenbar schon ewig mit sich herumgeschleppt hatte, die er nicht bemerkt und nicht weggeworfen hatte – überflüssige, unerwartete Dinge: ein Leinengürtel mit einer S-förmigen Schnalle und einem Ledertäschchen an der Seite, ein kleines, perlmuttbesetztes Taschenmesser für die Uhrenkette, ein Stapel Ansichtskarten aus Italien – nichts als blauer Himmel und Madonnen und ein fliederfarbener Dunst über dem Vesuv; und einige Gegenstände, die unzweifelhaft aus St. Petersburg stammten: ein kleines Rechenbrett mit roten und weißen Kügelchen, ein Umlegekalender aus einem ganz unkalendermäßigen Jahr – 1918. Das alles trieb sich in einem Schubfach zwischen sauberen, aber zerdrückten Hemden herum, deren bunte Streifen und gestärkte Manschetten an längst vergangene Zeiten erinnerten. Dort fand sie auch einen in London gekauften Chapeau claque, in dem die Visitenkarte eines gewissen Walentinow steckte... Die Toilettensachen befanden sich in einem derartigen Zustand, daß sie sich entschloß, sie liegenzulassen – und ihm als Ersatz für den unsäglichen

Luffaschwamm einen Gummischwamm zu kaufen. Ein Schachspiel, einen Pappkarton mit Aufzeichnungen und Diagrammen und einen Stoß Schachzeitschriften packte sie zu einem besonderen Paket zusammen: Das würde er jetzt nicht brauchen. Als der Koffer und die Reisetasche gepackt und zugemacht waren, schaute sie noch einmal in allen Ecken nach und zog unter dem Bett ein Paar unwahrscheinlich alter, verschlissener brauner Schuhe ohne Schnürsenkel hervor, die Lushin als Pantoffeln benutzte. Vorsichtig schob sie sie wieder unter das Bett.

Vom Hotel fuhr sie zu dem Schachcafé, da ihr einfiel, daß Lushin ohne Stock und Hut gewesen war, und sie vermutete, daß er sie dort liegengelassen hatte. Der Turniersaal war voller Menschen, und neben dem Garderobenständer stand Turati und legte soeben schwungvoll seinen Mantel ab. Ihr wurde klar, daß sie genau in dem Augenblick gekommen war, als das Spiel fortgesetzt werden sollte, und daß offenbar noch niemand etwas von Lushins Erkrankung wußte. «Macht nichts», dachte sie nicht ohne Schadenfreude. «Sollen sie ruhig auf ihn warten.» Den Stock fand sie, aber keinen Hut. Nach einem haßerfüllten Blick hinüber zu dem Tischchen, wo bereits die Figuren aufgestellt waren, und zu dem breitschultrigen Turati, der sich die Hände rieb und wie ein Bassist mit tiefem Räuspern seine Stimme freimachte, verließ sie rasch das Café, setzte sich wieder in ihr Taxi, auf dem Lushins kariertes Köfferchen rührend grün leuchtete, und fuhr ins Sanatorium zurück.

Als die jungen Leute von gestern wieder erschienen,

war sie nicht zu Hause. Sie kamen, um sich wegen des stürmischen nächtlichen Überfalls zu entschuldigen. Beide waren tadellos angezogen, machten Kratzfüße und Bücklinge und erkundigten sich nach dem Befinden des Herrn, den sie letzte Nacht hergebracht hatten. Man dankte ihnen für die Heimbeförderung und sagte ihnen anstandshalber, der Herr habe nach dem freundschaftlichen Umtrunk, den seine Kollegen zu Ehren seiner Verlobung für ihn veranstaltet hätten, prächtig ausgeschlafen. Nach zehn Minuten erhoben sich die jungen Leute wieder und gingen hochbefriedigt davon. Ungefähr zur gleichen Zeit erschien im Sanatorium ein aufgeregter kleiner Mann, der etwas mit der Organisation des Turniers zu tun hatte. Man ließ ihn nicht zu Lushin; die ruhige junge Dame, die mit ihm redete, ließ ihn kühl wissen, daß Lushin sich überanstrengt habe und es ganz ungewiß sei, wann er seine schachliche Tätigkeit wiederaufnehmen könnte. «Das ist ja entsetzlich, das ist ja nicht zu fassen», wehklagte der kleine Mann immer wieder. «Eine unbeendete Partie! Und so gut gespielt! Übermitteln Sie dem Maestro... Übermitteln Sie dem Maestro meine besorgten Wünsche, meine besten Wünsche...» Er machte eine hoffnungslose Handbewegung und schleppte sich kopfschüttelnd zum Ausgang.

Und in den Zeitungen erschien eine Meldung, daß Lushin einen Nervenzusammenbruch erlitten habe, die entscheidende Partie nicht habe beenden können und nach Turatis Ansicht Schwarz wegen seines schwachen f4-Bauern auf Verlust stehe. Und in allen Schachclubs analysierten die Experten die Abbruchsstellung, rechneten die möglichen Fortsetzungen durch und bemerkten die weiße Schwäche auf d3, doch niemand konnte den Schlüsselzug finden zu einem nicht streitig zu machenden Sieg.

Kapitel 10

An einem der nächsten Abende kam es zu der schon seit langem sich zusammenbrauenden, schon lange grollenden und nun endlich losbrechenden nutzlosen, schandhaft lauten, jedoch unvermeidlichen Szene. Sie war gerade aus dem Sanatorium heimgekehrt, aß hungrig einen Teller heiße Buchweizengrütze und erzählte, daß es Lushin besser gehe. Die Eltern wechselten einen Blick miteinander, und dann ging es los.

«Ich hoffe», sagte ihre Mutter volltönend, «daß du dein unsinniges Vorhaben aufgegeben hast.» – «Noch etwas, bitte», bat sie und reichte ihren Teller hinüber. «Aus einem gewissen Zartgefühl heraus», fuhr die Mutter fort, und rasch übernahm hier der Vater die Fackel. «Ja», sagte er, «aus Zartgefühl hat deine Mutter in diesen letzten Tagen nichts weiter gesagt – bis über den Zustand deines Freundes Klarheit herrschte. Aber jetzt mußt du uns zuhören. Du weißt selbst – unser größter Wunsch, unsere Sorge, unser Ziel und überhaupt... unser Wunsch ist es, daß es dir gutgeht, daß du glücklich bist und so weiter. Dazu aber...» – «Zu meiner Zeit hätten Eltern das einfach verboten», schaltete sich die Mutter ein, «und damit basta.» – «Aber nicht doch, was sollen denn hier Verbote? Hör zu,

Liebling. Du bist nicht mehr achtzehn, sondern fünfundzwanzig, und ich kann in alldem, was geschehen ist, überhaupt nichts Hinreißendes, nichts Poetisches sehen.» – «Es macht ihr einfach Spaß, uns zu ärgern», unterbrach die Mutter wieder. «Es ist ein einziger endloser Alptraum . . .» – «Wovon sprecht ihr eigentlich?» fragte die Tochter schließlich und lächelte dabei von unten herauf, stützte sich leicht mit den Ellbogen auf den Tisch und ließ die Augen zwischen Vater und Mutter hin und her wandern. «Davon, daß es Zeit wird, dir diese Albernheit aus dem Kopf zu schlagen», schrie die Mutter. «Davon, daß die Heirat mit einem bettelarmen Spinner Unfug ist.» – «Ach», sagte die Tochter, streckte einen Arm auf dem Tisch aus und legte ihren Kopf darauf. «Die Sache ist die», begann der Vater wieder. «Wir schlagen vor, daß du an die italienischen Seen fährst. Fahr mit Mama an die italienischen Seen. Du kannst dir gar nicht vorstellen, was es da für paradiesische Orte gibt. Wenn ich an das erste Mal denke, daß ich die Isola Bella sah . . .» Ihre Schultern zuckten vor halbunterdrücktem Lachen; dann hob sie den Kopf und lachte immer noch leise, ohne die Augen zu öffnen. «Was willst du denn eigentlich?» fragte die Mutter und schlug auf den Tisch. «Erstens», erwiderte sie, «daß du nicht so schreist. Zweitens, daß Lushin wieder ganz gesund wird.» – «Isola Bella, das heißt schöne Insel», fuhr der Vater eilig fort und bemühte sich, seiner Frau mit einer bedeutungsvollen Grimasse zu verstehen zu geben, daß er die Sache alleine deichseln werde. «Du kannst dir nicht vorstellen . . . Der Himmel azurblau, Wärme, Magnolien und die hervorragenden Hotels in

Stresa – und natürlich Tennis, Tanzveranstaltungen ... Und besonders erinnere ich mich an diese – wie heißen sie nur ... diese leuchtenden Insekten ...» – «Nun, und was dann?» fragte die Mutter mit raubtierhafter Neugier. «Was dann, wenn dein Freund ... wenn er nicht abkratzt ...» – «Das hängt von ihm ab», sagte die Tochter so ruhig wie möglich. «Ich kann ihn nicht im Stich lassen. Und ich werde es nicht tun. Punktum.» – «Du wirst mit ihm noch in der Irrenanstalt landen – da landest du noch, meine Beste!» – «Verrückt oder nicht ...», hob die Tochter mit bebendem Lächeln an. «Findest du denn Italien nicht verlockend?» rief der Vater. «Das Mädchen ist übergeschnappt. Du heiratest diese Schachnulpe nicht!» – «Du bist selbst eine Nulpe. Wenn ich will, dann heirate ich ihn auch. Du bist beschränkt und boshaft ...» – «Na, na, na, nun aber genug, genug», fuhr der Vater ärgerlich dazwischen. «Ich lasse ihn nicht mehr ins Haus», keuchte die Mutter; «das ist mein letztes Wort.» Die Tochter brach lautlos in Tränen aus und verließ das Eßzimmer, stieß sich im Vorbeigehen an der Kante des Büfetts und gab ein jammerndes «Verdammt!» von sich. Das beleidigte Büfett klirrte noch lange.

«Das war doch nicht nötig», flüsterte der Vater. «Natürlich verteidige ich sie nicht. Aber du weißt doch, es passiert so mancherlei. Der Mann hat sich überanstrengt und ist zusammengeklappt. Kann sein, daß er sich nach so einem Schock wirklich ändert. Ich werde einmal nachsehen, was sie macht.»

Und am nächsten Tag hatte er ein langes Gespräch mit dem berühmten Psychiater, in dessen Sanatorium

Lushin lag. Der Psychiater hatte einen schwarzen, assyrischen Bart und feuchte, zärtlich dreinblickende Augen, die wunderbar schimmerten, während er seinen Gesprächspartner anhörte. Er versicherte, Lushin sei kein Epileptiker und leide auch nicht an progressiver Paralyse; vielmehr sei sein Zustand eine Folge der dauernden Anspannung, und sobald man wieder vernünftig mit ihm reden könne, müsse man ihm klarmachen, daß seine blinde Schachleidenschaft für ihn verhängnisvoll sei und er für lange Zeit von seinem Beruf lassen und ein ganz normales Leben führen müsse. «Kann so ein Mensch heiraten?» – «Warum nicht – wenn er nicht impotent ist.» Der Professor lächelte zärtlich. «Der Ehestand wäre für ihn sogar von Vorteil. Unser Patient braucht Pflege, Aufmerksamkeit und Zerstreuung. Es handelt sich um eine vorübergehende Bewußtseinstrübung, die schon nach und nach zurückgeht. Soweit wir das beurteilen können, ist mit einer vollständigen Gesundung zu rechnen.»

Die Worte des Psychiaters riefen zu Hause eine kleine Sensation hervor. «Das heißt ja wohl, daß es mit dem Schach aus ist», bemerkte die Mutter befriedigt. «Was bleibt dann von ihm übrig – der blanke Wahnsinn?» – «Nein, nein», sagte der Vater. «Von Wahnsinn ist keine Rede. Der Mann wird wieder gesund. Der Teufel ist nicht so schwarz, wie manche ihn malen. Ich habe gesagt ‹wie manche ihn malen› – hast du gehört, Liebling?» Aber die Tochter lächelte nicht und seufzte nur. Um die Wahrheit zu sagen, sie fühlte sich sehr erschöpft. Den größten Teil des Tages verbrachte sie im Sanatorium, und die übertriebene Weiße der ganzen dortigen Umgebung wie die lautlosen weißen Bewegungen der Schwestern hatten etwas unglaublich Ermüdendes. Immer noch sehr bleich, mit einem Stoppelbart und in einem frischen Hemd lag Lushin da und rührte sich nicht. In manchen Augenblicken allerdings zog er unter der Bettdecke ein Knie an oder bewegte ganz langsam einen Arm, wechselhafte Schatten huschten über sein Gesicht, und in seinen Augen zeigte sich ab und zu fast so etwas wie ein Licht der Vernunft; trotzdem ließ sich von ihm nicht mehr sagen, als daß er unbeweglich dalag – eine bedrückende Unbeweglichkeit, ermüdend für den nach einem Anzeichen für bewußtes Leben suchenden Blick. Und dabei war es unmöglich, den Blick abzuwenden – wie gern hätte sie hinter die blasse gelbliche Stirn geschaut, die sich zuweilen wie unter einer geheimnisvollen inneren Bewegung krauste, wie gern wäre sie in den geheimnisvollen Nebel eingedrungen, der sich mit Mühe bewegte, der vielleicht gerade trachtete, sich zu ordnen und zu einzelnen menschlichen Gedanken zu kondensieren. Doch, es herrschte Bewegung, das ja. Der formlose Nebel dürstete nach festen Umrissen, nach Verkörperungen, und einmal erschien etwas in der Dunkelheit, ein spiegelartiges Glänzen, und in diesem matten Schimmer tauchte vor Lushin ein Gesicht mit schwarzem, lockigem Bart auf, ein wohlbekanntes Bild, eine Gestalt aus kindlichen Alpträumen. Als das Gesicht in dem trüben kleinen Spiegel näher kam, verschleierte sich der klare Ausschnitt sofort wieder, und wieder herrschte nebliges Dunkel und ein nur langsam nachlassendes Grauen. Und nach Ablauf vieler finsterer Jahrhunderte

– einer einzigen Erdennacht – wurde es wieder hell, und plötzlich barst etwas strahlenförmig, das Dunkel zerriß und blieb als ein verblassender, schattiger Rahmen zurück, in dessen Mitte sich ein strahlendes himmelblaues Fenster befand. In dieser Bläue schimmerten winzige gelbe Blätter, warfen einen gesprenkelten Schatten auf einen weißen Stamm, der sich weiter unten hinter den dunkelgrünen Tatzen einer Tanne verbarg; und sogleich füllte sich dieses Bild mit Leben, das Laub begann zu zittern, die Sprenkel krochen den Stamm entlang, die grünen Tatzen schaukelten hin und her, und Lushin, der es nicht mehr ertragen konnte, schloß die Augen, doch das helle Schaukeln ging auch hinter seinen Lidern weiter. «Da draußen unter den Bäumen habe ich etwas vergraben», dachte er beseligt. Und er war gerade dabei herauszufinden, was es eigentlich gewesen war, als er über sich ein Geräusch und zwei ruhige Stimmen vernahm. Er begann zuzuhören, bemühte sich zu begreifen, wo er war und warum etwas Weiches und Kühles auf seiner Stirn lag. Nach einer Weile öffnete er wieder die Augen. Eine dicke Frau in Weiß hielt ihre Hand auf seine Stirn – und im Fenster dort drüben war noch immer diese beglückende Helligkeit. Er überlegte, was er sagen sollte, und als er auf ihrer Brust eine angesteckte kleine Uhr erblickte, leckte er sich über die Lippen und fragte, wie spät es sei. Sogleich herrschte um ihn her Bewegung, Frauen flüsterten, und voller Verwunderung stellte Lushin fest, daß er ihre Sprache verstand, sie sogar selber sprechen konnte. «Wie spät ist es?» wiederholte er auf deutsch. «Neun Uhr morgens», sagte eine der Frauen. «Wie fühlen Sie sich?» Wenn man sich ein klein wenig aufrichtete, konnte man durch das Fenster einen Zaun sehen, der ebenfalls mit Schatten gesprenkelt war. «Offenbar bin ich nach Hause gekommen», sprach Lushin gedankenverloren vor sich hin und ließ seinen leeren, leichten Kopf in das Kissen zurücksinken. Eine Zeitlang hörte er noch das Flüstern, das leise Klirren eines Glases... Die Ungereimtheit dessen, was da vor sich ging, hatte etwas Angenehmes, und so dazuliegen und sich nicht zu rühren, tat erstaunlich wohl. So schlief er unmerklich ein, und beim Aufwachen sah er wieder das himmelblaue Leuchten eines russischen Herbstes. Aber etwas hatte sich verändert, ein Unbekannter war an seinem Bett aufgetaucht. Lushin wandte den Kopf: Rechts von ihm saß auf einem Stuhl ein Herr in Weiß mit schwarzem Bart und beobachtete ihn aufmerksam mit lächelnden Augen. Lushin dachte verschwommen, daß er dem Bauern von der Mühle ähnele, doch die Ähnlichkeit verflog sofort, als der Herr zu sprechen anfing: *«Karascho?»* erkundigte er sich freundlich. «Wer sind Sie?» fragte Lushin auf deutsch. «Ein Freund», antwortete der Herr, «ein treuer Freund. Sie waren krank, aber jetzt sind Sie wieder gesund. Hören Sie? Sie sind völlig gesund.» Lushin begann über diese Worte nachzudenken, doch der Herr ließ ihm keine Zeit dazu und sagte mit Sympathie: «Sie müssen still liegen. Sich ausruhen. Eine Menge schlafen.»

So kehrte Lushin von einer langen Reise zurück, bei der er unterwegs den größten Teil seines Gepäcks verloren hatte, und jetzt wäre es zuviel Mühe gewesen, das Verlorene zu ersetzen. Diese ersten Tage der Genesung verliefen still und gleichförmig: Frauen in Weiß päppelten ihn mit leckeren Speisen; der bezaubernde Herr mit dem schwarzen Bart kam und sagte ihm Nettigkeiten und ließ dabei seinen Achatblick, der einem so warm durch den Körper rann, auf ihm ruhen. Bald merkte Lushin, daß noch jemand im Zimmer war – eine pulsierende, schwer faßbare Anwesenheit. Als er einmal aufwachte, huschte jemand lautlos und eilig davon, ein andermal vernahm er im Halbschlaf ein zartes, irgendwie vertrautes Flüstern neben sich, das sofort wieder verstummte. Und im Gespräch mit dem Bärtigen flakkerten Hinweise auf etwas Geheimnisvolles und Glückliches auf; es lag in der Luft, in der herbstlichen Schönheit des Fensters, es bebte irgendwo hinter dem Baum – ein rätselhaftes, unglaubliches Glück. Und nach und nach stellte Lushin fest, daß sich die paradiesische Leere, in der seine durchsichtigen Gedanken schwebten, von allen Seiten langsam anfüllte.

Vorbereitet auf den baldigen Eintritt eines wunderbaren Ereignisses, blickte er durch die Gitterstäbe seines Bettes auf die weiße Tür und wartete darauf, daß sie aufgehe und sich die unbestimmte Ahnung erfülle. Doch die Tür öffnete sich nicht. Plötzlich bewegte sich etwas an der Seite, außerhalb seines Blickfeldes. Hinter dem großen Wandschirm stand jemand und lachte. «Ich komme, ich komme, einen Augenblick», murmelte Lushin, befreite seine Beine aus der Bettdecke und suchte mit aufgerissenen Augen unter dem Stuhl an seinem Bett nach Schuhzeug. «Bleiben Sie ja liegen», sagte eine Stimme, und im Nu füllte ein rosa Kleid die Leere aus.

Daß zuerst von dieser Seite aus Licht in sein Leben gebracht wurde, erleichterte ihm die Rückkehr. Für eine kurze Zeit noch blieben die gestrengen Eminenzen, die Götter seines Daseins, im Schatten. Es kam zu einer zarten optischen Täuschung: Er kehrte ins Leben nicht aus der Richtung zurück, in die er es verlassen hatte, und die Arbeit, seine Erinnerungen wieder einzuordnen, wurde von dem wunderbaren Glück übernommen, das ihn gleich zu Beginn willkommen geheißen hatte. Und als dieser Bezirk seines Lebens schließlich vollständig wiederhergestellt war und plötzlich mit dem Getöse einer umstürzenden Mauer Turati auftauchte, das Turnier und alle früheren Turniere – da gelang es diesem Glück, Turatis protestierendes Bild zu entfernen und die zuckenden Schachfiguren wieder in den Kasten zurückzulegen. Wenn sie sich erneut zu regen begannen, wurde der Deckel energisch zugeklappt – und dieser Kampf dauerte nicht lange. Mit seinen funkelnden und zerrinnenden Edelsteinaugen leistete der Arzt Hilfestellung; er sprach davon, daß ringsum die freie, lichte Welt liege, daß das Schachspiel nur kalte Kurzweil sei, die das Hirn ausdörre und verderbe, und daß der leidenschaftliche Schachspieler ebenso närrisch sei wie der Verrückte, der ein Perpetuum mobile erfindet oder die Kiesel an einer einsamen Küste zählt. «Ich werde Sie nicht mehr lieben», sagte seine Braut, «wenn Sie wieder an Schach denken – und ich sehe jeden Ihrer Gedanken, also seien Sie auf der Hut!» – «Grauen, Qual, Verzweiflung», sprach der Arzt ruhig, «dazu führt dieses kraftzehrende Spiel.» Und er bewies Lushin, daß Lushin sich darüber selber völlig im klaren sei, daß Lushin an Schach nur mit Widerwillen denken könne, und auf geheimnisvolle Weise, funkelnd und zerrinnend und sich glücklich entspannend, war Lushin mit dieser Logik einverstanden. Und in dem riesigen, duftenden Sanatoriumsgarten spazierte Lushin in seinen neuen Hausschuhen aus weichem Leder, war des Lobes voll für die Dahlien, indes seine Braut neben ihm her ging und aus irgendeinem Grund an ein Buch dachte, das sie in ihrer Kindheit gelesen hatte und in dem sich alle Probleme im Leben eines Schuljungen, der ein Hündchen gerettet hatte und von zu Hause weggelaufen war, durch ein (dem Autor) gelegen kommendes Fieber gelöst hatten – nicht Typhus, nicht Scharlach, sondern einfach «ein Fieber» –, und die bis dahin ungeliebte junge Stiefmutter pflegte ihn so hingebungsvoll, daß er sie plötzlich liebgewann und Mamma zu ihr sagte, und ein heißes Tränchen rann ihr über die Wange, und alles war gut. «Lushin ist gesund», sagte sie und blickte lächelnd auf sein schweres Profil (das Profil eines schwammigeren Napoleon), das sich ängstlich über eine Blume beugte, die ja beißen konnte. «Lushin ist gesund. Lushin geht spazieren. Lushin ist sehr lieb.» – «Sie duftet gar nicht», sagte Lushin mit belegter, dünner Stimme. «Das soll sie auch nicht», erwiderte sie und nahm ihn am Arm. «Dahlien haben keinen Duft. Aber schauen Sie, die weiße Blume da drüben, das ist Tabak, und der duftet bei Nacht ganz stark. Als Kind habe ich immer den Saft aus der Korolla gelutscht. Heute mag ich ihn nicht mehr.» – «Bei uns im Garten in Rußland...», begann Lushin und blinzelte nachdenklich zu den Blumenbeeten hinüber. «Wir hatten solche Blumen da», sagte er. «Unser Garten war gar nicht übel.» – «Astern», erklärte sie. «Die mag ich nicht. Sie sind so struppig. Bei uns im Garten hatten wir...»

Viele Gespräche drehten sich um die Kindheit. Auch der Professor kam darauf zu sprechen und stellte Lushin Fragen. «Ihr Vater hatte einen Landsitz, nicht wahr?» Lushin nickte. «Die freie Natur, das Landleben – einfach wundervoll», fuhr der Professor fort. «Bestimmt hatten Sie auch Pferde und Kühe?» Nicken. «Ich möchte mir Ihr Haus einmal vorstellen... Drum herum uralte Bäume... Ein großes, helles Haus. Ihr Vater kommt von der Jagd heim...» Lushin erinnerte sich, daß sein Vater einmal einen dicken, abscheulichen Nestling in einem Graben gefunden hatte. «Ja», antwortete Lushin unsicher. «Ein paar Einzelheiten», bat der Professor sanft. «Bitte. Seien Sie so gut. Mich würde interessieren, was Sie so in Ihrer Kindheit getrieben, womit Sie gespielt haben. Sie hatten doch sicher Zinnsoldaten...»

Nur selten aber ging Lushin bei solchen Gesprächen aus sich heraus. Andererseits kehrten seine Gedanken, durch derartige Befragungen angeregt, immer wieder zu seiner Kindheit zurück. Woran er sich erinnerte, ließ sich nicht in Worte fassen – es gab einfach keine erwachsenen Wörter für seine kindlichen Eindrücke –, und wenn er dennoch etwas erzählte, dann nur abgehackt und mißmutig – flüchtig die Umrisse andeutend und einen komplexen Zug, in dem manche Möglichkeiten steckten, nur mit Buchstaben und Ziffer bezeichnend. Die Vorschulzeit, die vor den Schachjahren liegende

Kindheit, über die er früher niemals nachgedacht, die er mit leichtem Schauder von sich gewiesen hatte, um dort kein schlummerndes Grauen, keine erniedrigenden Kränkungen entdecken zu müssen, stellte sich jetzt als ein erstaunlich sicherer Flecken heraus, wo er angenehme Ausflüge unternehmen konnte, die ihm manchmal ein durchdringendes Vergnügen bereiteten. Lushin selber konnte nicht begreifen, woher seine Erregung kam – warum das Bild der dicken französischen Gouvernante mit den drei beinernen Knöpfen an der einen Seite des Rockes, die sich zusammenschoben, wenn ihr gewichtiges Hinterteil in den Sessel sank – warum dieses Bild, das ihn seinerzeit so aufgebracht hatte, jetzt ein Gefühl zärtlicher Beklemmung in der Brust hervorrief. Er erinnerte sich, wie ihre asthmatische Körperfülle der Treppe im Petersburger Haus den altmodischen, mit Wasserkraft betriebenen Fahrstuhl vorgezogen hatte, den der Hausmeister mittels eines Hebels vom Vestibül aus in Bewegung setzte. «Gute Reise», sagte er jedesmal, wenn er die Türflügel hinter ihr geschlossen hatte, und dann kroch der schwere, keuchende, zitternde Fahrstuhl langsam an seiner Samtleine empor, und neben ihm glitten an der durch die Scheibe sichtbaren Wand mit ihrem abbröckelnden Putz langsam dunkle Landkartenflecken abwärts, Flecken, die von Feuchtigkeit und Alter herrührten und die ebenso wie die Wolken am Himmel eine Vorliebe für die Silhouetten des Schwarzen Meeres und Australiens bezeugten. Manchmal fuhr der kleine Lushin mit ihr zusammen hinauf, meistens aber blieb er unten und horchte, wie sich der Fahrstuhl hoch oben hinter der Wand mühsam emporkämpfte, und jedes Mal hoffte er, daß er auf halbem Wege steckenbliebe. Das kam gar nicht so selten vor. Das Geräusch verstummte dann, und aus unbekannten, ummauerten Räumen drang ein jammernder Hilferuf: Der Hausmeister unten bewegte in einem solchen Fall ächzend den Hebel, öffnete die Tür zur Finsternis, blickte nach oben und fragte kurz angebunden: «Fährt er wieder?» Endlich erbebte etwas und bewegte sich, und nach einer Weile kam der Fahrstuhl herabgeglitten – leer nunmehr. Leer. Weiß der Himmel, was aus ihr geworden war – vielleicht war sie in den Himmel aufgefahren, und dort blieb sie nun mitsamt ihrem Asthma, ihren Lakritzebonbons und ihrem Kneifer mit der schwarzen Schnur. Leer kehrte auch die Erinnerung zurück, und zum ersten Mal in seinem Leben stellte sich Lushin die Frage, wo das eigentlich alles geblieben, was aus seiner Kindheit geworden sei – wohin war die Veranda entschwunden, wohin hatten sich die vertrauten Wege mit den raschelnden Sträuchern davongemacht?

Einer unwillkürlichen Eingebung folgend, begann er diese Wege im Sanatoriumsgarten zu suchen, aber die Blumenbeete hatten andere Umrisse, die Birken waren anders angeordnet, und die mit Herbstblau gefüllten Lücken in ihrem rotbraunen Laub wollten so gar nicht zu den Lücken in seiner Erinnerung passen, in die er diese ausgeschnittenen blauen Stücke einzufügen suchte. Jene weit zurückliegende Welt schien unwiederholbar zu sein; in ihr streiften, vom Dunst der Zeit weichgezeichnet, die nunmehr durchaus erträglichen Gestalten seiner Eltern umher, verschwand die Aufzieheisenbahn mit dem Blechwagen, dessen Lackierung wie Holztäfelung aussehen sollte, surrend unter den Troddeln des Lehnsessels, und wer weiß, was die Figur des Lokführers dabei empfand, der für die Lokomotive zu groß war und darum auf dem Tender stand.

Das war die Kindheit, in die Lushins Gedanken jetzt gern zurückkehrten. Auf sie war eine andere Zeit gefolgt, die lange Schachperiode, die der Arzt und die Braut verlorene Jahre nannten, eine finstere Zeit geistiger Blindheit, ein gefährlicher Wahn – verlorene, verlorene Jahre. An sie zurückzudenken war verboten. Wie ein böser Geist lauerte dort das aus irgendeinem Grund schreckenerregende Bild Walentinows. Also gut, einverstanden, das reicht – verlorene Jahre – weg mit ihnen – vergessen – ausgetilgt. Und wenn man sie auf diese Weise ausgeschlossen hatte, ging das Licht der Kindheit unmittelbar in das gegenwärtige Licht über, dessen Strahlen das Bild seiner Braut formten. Ihre Gestalt verkörperte alle Zartheit und allen Zauber, die er seinen Kindheitserinnerungen abgewann – so als ob sich sämtliche Lichttupfen auf den Gartenwegen des väterlichen Landgutes zu einem einzigen warmen Leuchten vereinigt hätten.

«Freust du dich?» fragte die Mutter mißgelaunt mit einem Blick auf das angeregte Gesicht ihrer Tochter. «Werden wir bald Hochzeit feiern?» – «Bald», gab sie zur Antwort und warf ihren kleinen, runden, grauen Hut auf das Sofa. «Auf jeden Fall kommt er in ein paar Tagen aus dem Sanatorium.» – «Ein teurer Spaß für deinen Vater – tausend Mark.» – «Ich bin gerade von Buchhandlung zu Buchhandlung gelaufen», seufzte die Tochter, «er will unbedingt etwas von Jules Verne und

Sherlock Holmes. Und es stellt sich heraus, daß er niemals Tolstoj gelesen hat.» – «Natürlich nicht, er ist ein Bauer», murmelte die Mutter. «Ich habe es ja immer gesagt.» – «Hör mal, Mama», sagte sie und schlug leicht mit dem Handschuh auf das Bücherpaket, «wir sollten ein Abkommen treffen. Von heute an keine solchen Sticheleien mehr. Es ist dumm, erniedrigend für dich und hat vor allen Dingen überhaupt keinen Zweck.» – «Dann heirate ihn nicht», brachte die Mutter hervor, und in ihrem Gesicht arbeitete es. «Heirate ihn nicht, ich flehe dich an. Wenn du willst, falle ich vor dir auf die Knie...» Und eine Hand auf den Sessel gestützt, beugte sie mühsam ein Knie, und unter leisem Knarren sank ihr voller Körper langsam zu Boden. «Du wirst noch die Dielen eindrücken», sagte die Tochter, nahm die Bücher und verließ das Zimmer.

Foggs Reise und Holmes' Erinnerungen las Lushin in zwei Tagen, und als er sie ausgelesen hatte, sagte er, das sei nicht, was er hätte haben wollen – die Ausgaben seien unvollständig. Von den übrigen Büchern gefiel ihm *Anna Karenin* und hier besonders die Schilderung der Wahlen zu den Landständen und das von Oblonskij bestellte Mahl. Auch die *Toten Seelen* machten auf ihn einen gewissen Eindruck; außerdem erkannte er unverhofft einen ganzen Abschnitt als ein langes, qualvolles Diktat aus seiner Kindheit wieder. Neben den sogenannten Klassikern brachte ihm seine Braut auch alle möglichen frivolen französischen Romane. Alles war geeignet, wenn es Lushin nur zu zerstreuen vermochte – selbst jene zweifelhaften Novellen, die er zwar peinlich berührt, aber mit Interesse las. Dagegen versetzten ihn Gedichte (zum Beispiel ein Rilke-Bändchen, das sie auf Anraten des Buchhändlers gekauft hatte) in einen Zustand banger Zweifel und Schwermut. Aus diesem Grund verbot der Professor auch die Lektüre von Dostojewskij, der – wie der Professor sich ausdrückte – niederschmetternde Auswirkungen auf die Psyche des heutigen Menschen habe, weil man da wie in einem furchtbaren Spiegel . . .

«Ach, Herr Lushin denkt über die Bücher nicht weiter nach», sagte die Braut munter. «Und Gedichte versteht er wegen der Reime nicht so recht, Reime machen ihm zu schaffen.»

Und seltsam: zwar hatte Lushin bisher noch weniger Bücher gelesen als sie, hatte das Gymnasium nicht abgeschlossen und sich für nichts anderes als für Schach interessiert, und doch spürte sie bei ihm Ansätze einer Bildung, die ihr fehlte. Es gab Buchtitel und Namen von Helden, die Lushin aus irgendeinem Grunde von Hause aus vertraut waren, obwohl er die Bücher selbst nie gelesen hatte. Seine Sprache war unbeholfen und voller ungefüger, lächerlicher Worte – doch manchmal schwang darin ein Ton mit, der auf andere Worte hindeutete, auf lebendige, mit subtilen Bedeutungen geladene Worte, die er nur nicht aussprechen konnte. Trotz seiner Unwissenheit, trotz der Armut seines Wortschatzes war da kaum wahrnehmbar ein Vibrieren in ihm, hallten Laute wider, die er irgendwann in sich aufgenommen hatte.

Seit jenem Tage, als sie sich in kniender Stellung an der Sessellehne ausgeweint hatte, sprach ihre Mutter nie wieder von seiner Ungebildetheit oder seinen anderen Fehlern. «Ich würde ja alles begreifen», sagte sie nachher zu ihrem Gatten, «alles würde ich begreifen und verzeihen, wenn es wirklich Liebe wäre. Aber das ist ja das Schreckliche...» – «Nein, da bin ich nicht ganz deiner Meinung», unterbrach der Gatte. «Zunächst hatte ich auch den Eindruck, als wäre das alles eine fixe Idee. Doch ihre Einstellung zu seiner Krankheit überzeugt mich jetzt vom Gegenteil. Natürlich ist solch eine Verbindung gefährlich, und sie hätte wirklich eine bessere Wahl treffen können... Er stammt zwar aus einer alten, angesehenen Familie, doch sein Schmalspurberuf hat ihn in gewisser Weise geprägt. Erinnerst du dich an Irina, die Schauspielerin wurde? Und wie sie sich verändert hatte, als sie dann später zu uns kam? Dennoch, wenn ich einmal von allen diesen Mängeln absehe, halte ich ihn für einen anständigen Menschen. Du wirst sehen, er wird jetzt einen nützlichen Beruf ergreifen. Ich weiß nicht, wie du darüber denkst, aber ich bringe es einfach nicht fertig, sie davon abbringen zu wollen. Meiner Meinung nach sollten wir uns einen Ruck geben und dem Unvermeidlichen ins Auge sehen.»

Er sprach schnell und ausführlich, saß kerzengerade und schnippte mit dem Deckel seines Zigarettenetuis.

«Ich fühle nur das eine», wiederholte seine Frau. «Sie liebt ihn nicht.»

Kapitel 11

In dem rudimentären Jackett, dem noch ein Ärmel fehlte, stand der in Renovierung befindliche Lushin seitwärts vor einem Standspiegel, während ein kahlköpfiger Schneider ihm mit Kreide über Schultern und Rücken fuhr oder mit Stecknadeln auf ihn einstach, die er mit verblüffender Behendigkeit aus seinem Mund hervorholte, wo sie ganz natürlich nachzuwachsen schienen. Unter den Stoffproben, die sich sorgfältig nach Farbtönen geordnet in einem Album aneinanderreihten, hatte Lushin ein dunkelgraues kariertes Dessin ausgewählt, und lange befühlte seine Braut den entsprechenden Stoffballen, den der Schneider mit dumpfem Knall auf den Ladentisch warf, blitzschnell entrollte und dann an seinen vorstehenden Bauch drückte, als bedeckte er seine Blöße. Sie fand, daß der Stoff leicht knitterte, worauf eine Lawine fester Ballen den Ladentisch zuschüttete und der Schneider, seinen Zeigefinger an der Unterlippe anfeuchtend, einen nach dem anderen aufrollte. Endlich fiel die Wahl auf einen ebenfalls dunkelgrauen, aber schmiegsamen und weichen, fast ein wenig flauschigen Stoff; und vom Standspiegel wie für den Anschauungsunterricht in Einzelteile, in Abschnitte zerlegt, stand Lushin nun da

(... hier das volle, sauber rasierte Gesicht von vorn, hier dasselbe Gesicht im Profil und dort etwas, was der Gespiegelte selber nur selten zu Gesicht bekommt, der Hinterkopf, ziemlich kurz geschnitten, mit Falten am Nacken und leicht abstehenden, an den durchscheinenden Stellen rosigen Ohren ...), betrachtete sich und den Stoff und vermochte dessen frühere glatte, reichliche, jungfräuliche Unversehrtheit nicht wiederzuerkennen. «Ich glaube, vorn müßte er noch etwas enger sein», sagte die Braut, und der Schneider trat einen Schritt zurück, musterte mit zusammengekniffenen Augen Lushins Gestalt, schnurrte mit dem höflichen Anflug eines Lächelns, daß der Herr zur Fülle neige, und machte sich dann an einigen neugeborenen Aufschlägen zu schaffen, zupfte hier etwas zurecht, steckte dort etwas fest, während Lushin mit einer für alle Leute in seiner Lage typischen Geste den Arm leicht abgewinkelt hielt oder den Ellbogen beugte, das Handgelenk ansah und versuchte, sich an den Ärmel zu gewöhnen. Im Vorbeigehen hieb ihm der Schneider mit der Kreide über die Herzgegend, um eine Brusttasche zu markieren, riß dann erbarmungslos den Ärmel ab, der schon fertig gewirkt hatte, und entfernte flink die Stecknadeln von Lushins Bauch.

Außer einem guten Straßenanzug wurde für Lushin noch ein Frack genäht; und derselbe Schneider änderte auch den altmodischen Smoking, der sich auf dem Boden seines Koffers angefunden hatte. Da sie fürchtete, Schacherinnerungen wachzurufen, traute sich seine Braut nicht zu fragen, wozu Lushin früher einen Smoking und einen Chapeau claque benötigt habe, und so erfuhr sie nie etwas von dem Festessen in Birmingham, wo übrigens Walentinow... Nun, sie wünschte dem Herrn alles Gute.

Die Renovierung von Lushins äußerer Hülle war damit noch nicht vollendet. Hemden, Schlipse, Socken tauchten auf – und Lushin nahm alles heiter entgegen. Vom Sanatorium aus zog er in ein kleines Zimmer mit fröhlichen Tapeten, das man für ihn im zweiten Stock des Hauses gemietet hatte, in dem auch seine Braut wohnte, und als er einzog, hatte er genau das gleiche Gefühl wie in seiner Kindheit, wenn die Familie vom Lande in die Stadt zurückkehrte. Sie hatte immer etwas Seltsames gehabt, die Übersiedlung in die Stadt. Man legte sich schlafen, und alles wirkte neu: In der nächtlichen Stille erwachte das Holzpflaster durch ein langsames Klipp-Klapp für Augenblicke zum Leben, die Fenster waren fester und üppiger verhängt als im Landhaus; in der Finsternis, ein wenig gemildert durch den Lichtstreifen der nur angelehnten Tür, harrten die Gegenstände erwartungsvoll, als seien sie noch nicht wieder warm geworden, als hätten sie nach der langen sommerlichen Unterbrechung die Bekanntschaft noch nicht ganz erneuert. Und beim Erwachen lag dann nüchternes graues Licht vor den Fenstern, die Sonne kroch am Himmel durch einen milchigen Dunst und sah aus wie der Mond, und plötzlich strömte aus der Ferne Militärmusik heran: In orangefarbenen Wellen kam sie näher, wurde von hastigem Trommelwirbel unterbrochen, und schon verstummte alles wieder, und statt der pausbäckigen Trompetenklänge hörte man wieder das unerschütterliche Klappern der

Hufe, das gedämpfte Dröhnen eines Petersburger Morgens.

«Sie vergessen immer, das Licht im Korridor auszumachen», bemerkte lächelnd seine Wirtin, eine betagte deutsche Dame. «Sie vergessen auch dauernd, Ihre Tür über Nacht zu schließen.» Auch bei seiner Braut beschwerte sie sich – er sei zerstreut wie ein alter Professor.

«Haben Sie es gemütlich, Lushin?» erkundigte sich seine Braut immer wieder. «Schlafen Sie gut, Lushin? Nein, ich weiß, es ist nicht gemütlich, aber bald wird alles anders.» – «Es ist nicht nötig, es noch länger aufzuschieben», murmelte Lushin, umarmte sie und verschränkte seine Hände auf ihrem Rücken. «Setzen Sie sich, setzen Sie sich, es ist nicht nötig, es aufzuschieben. Machen wir es morgen. Morgen. Ganz gesetzliche Eheschließung.» – «Ja, bald, bald», entgegnete sie. «Aber in einem Tag geht das nicht. Es gibt da noch eine Behörde. Dort müssen wir zwei Wochen lang an der Wand hängen, und inzwischen kommt Ihre Frau aus Palermo, schaut sich die Namen an und sagt: Ausgeschlossen – Lushin gehört mir.»

«Sie ist weg», gab die Mutter zur Antwort, als sie nach ihrer Geburtsurkunde fragte. «Ich habe sie irgendwohin gesteckt, und jetzt ist sie weg. Ich weiß nicht. Ich habe keine Ahnung.» Das Schriftstück fand sich indessen ziemlich rasch. Und sowieso war es jetzt zu spät, um zu warnen, zu verbieten, sich Schwierigkeiten auszudenken. Schicksalhaft und reibungslos rollte die Hochzeit näher und war nicht aufzuhalten, als befände man sich auf glattem Eis, wo man sich nirgends festhalten konnte. Sie mußte sich drein schicken und überlegen, wie man den Bräutigam ihrer Tochter ansehnlicher herrichten und ihn vorstellen konnte, ohne sich vor den Leuten schämen zu müssen, und sie mußte sich ein Herz fassen und auf der Hochzeit lächeln, die zufriedene Mutter spielen, die Lushins Ehrlichkeit und Herzensgüte preist. Sie dachte auch daran, wieviel Geld schon für Lushin draufgegangen war und wieviel noch draufgehen würde, und bemühte sich, ein grausiges Bild aus ihren Gedanken zu verscheuchen: Lushin völlig entkleidet, von Leidenschaft entflammt wie ein Makak, und ihre aus Eigensinn gefügige, kalte, kalte Tochter. Inzwischen war auch der Rahmen für dieses Bild fertig. In der Nähe wurde eine nicht sehr teure, doch anständig eingerichtete Wohnung gemietet – zwar im fünften Stock, aber das machte nichts –; für Lushins Atemnot gab es einen Fahrstuhl, außerdem war die Treppe nicht steil, und auf jedem Absatz stand unter dem Buntglasfenster ein Stuhl. Von der geräumigen Diele, die durch Scherenschnitte in schwarzen Rahmen konventionell belebt wurde, führte links eine Tür ins Schlafzimmer und rechts eine ins Herrenzimmer. Weiter hinten bildete die Tür zum Wohnzimmer die rechte Seite der Diele; das anstoßende Eßzimmer war auf Kosten der Diele etwas verlängert, die von hier an zu einem Korridor wurde – eine Verwandlung, die von einer an Ringen befestigten Plüschportiere keusch verhüllt wurde. Am Korridor lagen links das Badezimmer, dann das Mädchenzimmer und ganz hinten die Küche.

Die Lage der Zimmer sagte der künftigen Hausherrin zu; weniger nach ihrem Geschmack war die Einrichtung. Im Herrenzimmer standen ein paar braune Samtsessel, ein Bücherschrank, gekrönt von einem breitschultrigen Dante mit spitzem Gesicht und Badekappe, sowie ein großer, leergeräumter Schreibtisch von unbekannter Vergangenheit und unbekannter Zukunft. Eine wacklige Lampe mit schwarzem, gewundenem Ständer unter orangefarbenem Schirm erhob sich neben einer kleinen Couch, auf der jemand einen hellhaarigen Teddybär und einen dickschnäuzigen Spielzeughund mit breiten, rosa Sohlen und einem schwarzen Fleck über einem Auge liegengelassen hatte. Über dieser Couch hing ein Imitatgobelin mit ein paar tanzenden Dörflern.

Schob man die Türblätter ein wenig zur Seite, so öffnete sich vom Herrenzimmer aus eine freie Vista: das Parkett des Wohnzimmers und weiter hinten das Speisezimmer mit dem perspektivisch verkleinerten Büfett. Im Wohnzimmer ging von einer Palme ein lasiertes grünes Licht aus, und auf dem Boden lagen kleine Brücken verstreut. Schließlich kam das Speisezimmer mit dem nun zu natürlicher Größe herangewachsenen Büfett und Tellern an den Wänden. Über dem Tisch baumelte ein einsamer, kuscheliger kleiner Spielzeugteufel an der niedrigen Lampe. Das Zimmer besaß ein Erkerfenster, von wo aus man am Ende der Straße einen kleinen Park mit Springbrunnen sehen konnte. Als sie nunmehr am Eßtisch stand, blickte sie durch das Wohnzimmer in das ferne Herrenzimmer mit dem jetzt seinerseits verkleinerten Gobelin, ging dann hinaus auf den Korridor und durch die Diele weiter ins Schlafzimmer. Eng aneinandergedrückt standen dort zwei daunige Betten. Die Lampe erwies sich im Stil als mauretanisch, die Fenstervorhänge waren gelb und verhießen einem morgens also trügerischen Sonnenschein – und ein Holzschnitt an der Wand zwischen den Fenstern zeigte ein Wunderkind in einem bis auf die Fersen reichendem Nachthemd, das auf einem riesigen Flügel spielt, während der Vater in grauem Schlafrock mit einer Kerze in der Hand gebannt in der halboffenen Tür steht.

Manches war zu ergänzen, und manches mußte entfernt werden. Aus dem Wohnzimmer wurde das Portrait des Großvaters der Vermieterin beseitigt, aus dem Herrenzimmer verschwand eilends ein orientalisch anmutendes Tischchen mit einem eingelegten Schachbrett aus Perlmutt. Das Badezimmerfenster, dessen unterer Teil aus funkelndem, blau mattiertem Glas war, hatte oben in seinem durchsichtigen Teil einen Sprung, und es mußte eine neue Scheibe eingesetzt werden. In der Küche und im Mädchenzimmer wurden die Decken geweißt. Im Schatten der Wohnzimmerpalme wuchs ein Grammophon. Als sie diese – wie ihr Vater scherzhaft bemerkte – «auf lange Sicht, aber kurzerhand gemietete Wohnung» in Augenschein nahm und herrichtete, konnte sie sich trotzdem nicht von dem Gedanken freimachen, daß dies alles nur ein Provisorium sei, daß man Lushin nicht in Berlin lassen könne, daß man ihm fremde Länder bieten müsse. Eine jede Zukunft ist unbekannt – manchmal aber hüllt sie sich in besonders dichten Nebel, als wäre der natürlichen Zurückhaltung des Schicksals noch eine andere Macht zu Hilfe gekommen und hätte diesen elastischen Nebel ausgebreitet, an dem jedes Denken abprallt.

Doch wie sanft und lieb war Lushin in diesen Tagen;

wie behaglich saß er in seinem neuen, mit einer rauchfarbenen Krawatte aufgeputzten Anzug am Teetisch und nickte seinem Gesprächspartner höflich zu, wenn auch nicht immer an der richtigen Stelle. Seine zukünftige Schwiegermutter erzählte ihren Bekannten, daß Lushin sich entschlossen habe, das Schachspielen aufzugeben, weil es zuviel Zeit koste, daß er aber nicht gern darüber spreche – und nun forderte ihn Oleg Sergejewitsch Smirnowskij nicht mehr zu einer Partie auf, sondern enthüllte ihm mit funkelnden Augen die geheimnisvollen Machenschaften der Freimaurer und versprach ihm sogar eine bemerkenswerte Broschüre darüber.

Auf den Ämtern, die sie aufsuchten, um Beamten ihre Absicht anzuzeigen, in den Stand der Ehe zu treten, benahm sich Lushin wie ein Erwachsener, trug alle Papiere selber, füllte andächtig und behutsam und liebevoll die Formulare aus, malte jeden einzelnen Buchstaben mit Sorgfalt. Seine Handschrift war klein, geschwungen und ungewöhnlich korrekt, und eine Menge Zeit nahm er sich beim Aufschrauben seines neuen Füllhalters, den er ein wenig geziert zur Seite hin ausschüttelte, ehe er zum Schreiben ansetzte, und mit dem blinkenden Clip nach außen schwungvoll in die Brusttasche zurücksteckte, wenn er das Gleiten der goldenen Feder ausgiebig genossen hatte. Und mit Vergnügen begleitete er seine Braut bei Einkäufen, in Erwartung der interessanten Überraschung der Wohnung, die sie ihm erst nach der Hochzeit zeigen wollte.

Während der zwei Wochen ihres Aufgebots erreichten sie, bald über die Adresse des Bräutigams, bald über die der Braut, Angebote verschiedener rühriger Firmen: Kutschen für Hochzeiten und Bestattungen (mit einer Abbildung des von zwei galoppierenden Pferden gezogenen Gefährts), Leihfräcke, Zylinderhüte, Möbel, Weine, mietbare Säle und pharmazeutisches Zubehör. Gewissenhaft sah Lushin die illustrierten Prospekte durch, stapelte sie in seinem Zimmer und fragte sich, wieso seine Braut alle diese interessanten Angebote so verächtlich abtat. Es gab auch Angebote anderer Art. Es gab, was Lushin «ein kleines *à parte*» mit seinem zukünftigen Schwiegervater nannte, eine angenehme Unterhaltung, in deren Verlauf dieser anbot, ihm eine Stelle in einer Handelsfirma zu verschaffen – später natürlich, nicht gleich jetzt, ein paar Monate sollten sie erst einmal Ruhe haben. «Das Leben, mein Freund, ist so eingerichtet», hieß es in dieser Unterhaltung, «daß jede Sekunde den Menschen allermindestens den vierhundertzweiunddreißigsten Teil eines Pfennigs kostet, und das wäre ein Bettlerleben; Sie aber müssen eine Frau ernähren, die an einen gewissen Luxus gewöhnt ist.» – «Ja, ja», sagte Lushin mit vergnügtem Lächeln und versuchte, die komplizierte Berechnung, die sein Gesprächspartner mit so feinfühliger Flinkheit vorgenommen hatte, im Kopf nachzuprüfen. «Dafür brauchen Sie schon etwas mehr Geld», fuhr jener fort, und Lushin hielt in Erwartung eines neuen Zauberkunststücks den Atem an. «Die Sekunde wird künftig ... mehr kosten. Ich wiederhole, ich bin bereit, Ihnen für die erste Zeit, sagen wir für ein Jahr, großzügig unter die Arme zu greifen, aber mit der Zeit ... Also besuchen Sie mich mal in meinem Büro, ich zeige Ihnen dann einige interessante Dinge.»

So war jeder in seiner Umgebung bemüht, die Leere in Lushins Leben aufs angenehmste zu verschönen. Er ließ sich einlullen, verwöhnen und gieprig machen und nahm mit seiner zu einem Knäuel aufgewickelten Seele das einschmeichelnde Leben hin, das ihn von allen Seiten umgab. Die Zukunft erschien ihm vage als lange, stumme Umarmung in einem seligen Halbdunkel, wo die vielfältigen Spielzeuge dieser unserer Welt lachend und schwankend vorüberzogen, bald in einen Lichtstrahl getaucht, bald wieder verschwunden. Doch in den unvermeidlichen Augenblicken der Einsamkeit während seiner Verlobungszeit, spät am Abend oder früh am Morgen, überkam ihn eine seltsame Leere, so als hätte sich herausgestellt, daß das auf der Tischdecke ausgelegte bunte Puzzle wunderlich geformte leere Stellen enthielt. Und einmal sah er im Traum Turati dasitzen, der ihm den Rücken zukehrte. Turati war in tiefes Nachdenken versunken, stützte einen Arm auf, doch hinter seinem breiten Rücken war nicht zu erkennen, worüber er sich grübelnd beugte. Lushin wollte es nicht sehen, fürchtete sich davor, es zu sehen, spähte aber trotzdem vorsichtig über die schwarze Schulter. Und da sah er, daß vor Turati ein Teller Suppe stand und daß er sich gar nicht aufstützte, sondern bloß dabei war, sich eine Serviette in den Kragen zu stopfen. An dem Novembertag, der auf diesen Traum folgte, heiratete Lushin.

Oleg Sergejewitsch Smirnowskij und irgendein baltischer Baron waren Zeugen, als man Lushin und seine Braut in ein großes Zimmer führte und an einem langen, tuchbedeckten Tisch Platz nehmen ließ. Ein Beamter vertauschte sein Jackett mit einem abgetragenen Gehrock und verlas die Trauformel. Alle erhoben sich dabei von ihren Plätzen. Woraufhin der Beamte die Neuvermählten mit einem professionellen Lächeln und einem feuchten Händedruck beglückwünschte, und alles war überstanden. In Erwartung eines Trinkgeldes verneigte sich ein dicker Portier am Ausgang und gratulierte, und Lushin reichte ihm gutmütig die Hand, die auf dessen flachem Handteller landete, da jener nicht sofort begriff, daß es sich um eine menschliche Rechte und nicht um eine Gabe handelte.

Am selben Tag fand auch die kirchliche Trauung statt. Das letzte Mal, daß Lushin eine Kirche betreten hatte, war vor vielen Jahren bei der Bestattung seiner Mutter gewesen. Wenn er tiefer in die Vergangenheit zurückspähte, kamen ihm Nachhausewege in der Weidenkätzchennacht zum Ostersonntag ins Gedächtnis, in den Händen eine Kerze, deren Flamme dort aufgebracht flackerte, weil sie aus der warmen Kirche in die unbekannte Nacht hinausgetragen wurde, und schließlich an einem Herzschlag verschied, als von der Newa her ein Windstoß um die Ecke fegte. In der Kirche an der Potschtamtskaja-Straße hatte er die Beichte abgelegt, und in ihrer düsteren Leere hatten die Schritte ganz eigentümlich gehallt, hatten die Stühle mit Räusperlauten geruckelt, hatten die Wartenden einer hinter dem andern gesessen und war ab und zu aus der geheimnisvoll verhangenen Ecke ein Flüstern gedrungen. Auch an die Osternächte erinnerte er sich: In schluchzendem Baß las der Diakon und klappte, immer noch unter Schluchzen, mit einer ausholenden Gebärde das gewaltige Evangeliar zu ... Und er erinnerte sich, wie luftig und durchdringend das griechische Wort ‹*pas-cha*› (Osterkuchen) auf leeren Magen geklungen und ein saugendes Gefühl in den Eingeweiden hervorgerufen hatte, wenn der ausgemergelte Pope es aussprach; und wie schwierig es jedesmal gewesen war, den richtigen Augenblick abzupassen, wenn das gleichförmig schwingende Weihrauchfaß auf einen selber zielte, direkt auf einen selber und nicht etwa auf den Nachbarn, und sich dann so zu verneigen, daß die Verneigung genau mit dem Schwingen des Räucherfasses übereinstimmte. Da war der Duft des Weihrauchs, der heiße Wachstropfen, der auf die Fingerknöchel fiel, und der dunkle Honigglanz der Ikone, die auf den Kuß wartete. Sehnsuchtsvolle Erinnerungen, Dämmerlicht, unruhiger Schimmer, wohlriechende Kirchenluft und ein Prickeln und Kribbeln in den Beinen. Und zu alledem kamen jetzt noch eine verschleierte Braut und eine Krone, die in der Luft genau über seinem Kopf zitterte und so aussah, als könne sie jeden Augenblick herunterfallen. Vorsichtig schielte er zu ihr hinauf, und zweimal kam es ihm vor, als würde die von unsichtbarer Hand gehaltene Krone einer anderen, ebenfalls unsichtbaren Hand übergeben. «Ja, ja», antwortete er hastig auf die Frage des Popen und wollte noch hinzufügen, wie nett und sonderbar und wohltuend für die Seele das alles sei, doch räusperte er sich nur aufgeregt, und vor seinen Augen kreisten verschwommene Lichtkränze.

Und als sie hinterher alle um den großen Tisch saßen, war ihm zumute, als sei man von der Nachtmette nach

Hause an den festlich gedeckten Tisch gekommen, wo einen ein aus Butter bestehender Schafbock mit vergoldeten Hörnern erwartete, ein Schinken und eine jungfräulich glatte Pyramide aus österlichem Quark, über die man sich am liebsten gleich hergemacht hätte, am Schinken und den Eiern vorbei. Es war heiß und laut, und viele Leute saßen am Tisch, die wohl auch in der Kirche gewesen waren – nun, macht nichts, macht gar nichts, sollen sie da doch einstweilen sitzen... Frau Lushin blickte auf ihren Gemahl, auf die Haarlocke, auf den wunderschön geschneiderten Frack, auf das schiefe halbe Lächeln, mit dem er die Gerichte begrüßte. Ihre Mutter, reichlich gepudert und angetan mit einem tief ausgeschnittenen Kleid, das wie in alten Zeiten den engen Spalt zwischen ihren hochgeschobenen Katharinabrüsten erkennen ließ, hielt sich wacker und duzte ihren Schwiegersohn sogar, so daß Lushin anfangs gar nicht begriff, mit wem sie sprach. Er trank im ganzen zwei Glas Champagner, und in Wellen überkam ihn eine angenehme Schläfrigkeit. Sie gingen auf die Straße hinunter. Die schwarze, windige Nacht schlug ihm weich entgegen und traf die von der unterentwickelten Weste nicht geschützte Brust, und seine Frau bat ihn, den Mantel zuzuknöpfen. Ihr Vater, der den ganzen Abend über gelächelt und sein Glas immer auf eine besondere Weise erhoben hatte – bis in die Höhe der Augen (eine Angewohnheit, die er einem Diplomaten abgesehen hatte, der sehr elegant «*Skål*» zu sagen wußte) –, hielt jetzt zum Zeichen des Abschieds und immer noch nur mit den Augen lächelnd ein im Laternenschein glitzerndes Schlüsselbund hoch. Die Mutter hatte eine Hermelinstola um die Schultern gelegt und gab sich Mühe, nicht auf Lushins Rücken zu schauen, als dieser in die Droschke kletterte. Die Gäste, alle ein wenig angetrunken, verabschiedeten sich von den Gastgebern und voneinander und umringten mit diskretem Lachen das Auto, das sich endlich in Bewegung setzte, und dann schrie jemand «Hurra», und ein später Passant bemerkte billigend zu seiner Begleiterin: «*Semljatschki schumjat* – Landsleute, die feiern.»

Im Taxi schlief Lushin sofort ein; der Widerschein eines weißlichen Lichts öffnete sich fächerförmig und erweckte sein Gesicht zum Leben, der weiche Schatten seiner Nase beschrieb langsam einen Kreisbogen über die Wange und dann über die Lippe, und dann war es wieder dunkel, bis erneut ein Licht vorbeikam und im Vorbeihuschen Lushins Hand streichelte, die in eine dunkle Tasche zu versinken schien, sobald es ein nächstes Mal finster wurde. Dann folgte eine ganze Reihe heller Lichter, und jedes scheuchte einen Schattenfalter hinter seiner weißen Krawatte hervor, und vorsichtig zupfte ihm seine Frau den Schal zurecht, denn die Kälte der Novembernacht kam sogar in das geschlossene Auto gekrochen. Er wachte auf und kniff die Augen zusammen, denn er begriff nicht sogleich, wo er sich befand, doch in diesem Augenblick hielt das Taxi, und seine Frau sagte leise: «Lushin, wir sind zu Hause.»

Etwas benommen, doch nicht im mindesten betrunken stand er dann lächelnd im Fahrstuhl, zwinkerte mit den Augen und betrachtete die Reihe der Knöpfe, von denen seine Frau einen drückte. «Ganz schön hoch», sagte er und blickte zur Decke der Kabine, als erwarte er, dort des Ziels ihrer Reise ansichtig zu werden. Der Fahrstuhl hielt. «Hic», rief Lushin und war nun ein einziges lautloses Lachen.

In der Diele begrüßte sie das neue Dienstmädchen – ein junges, rundliches Frauenzimmer, das ihnen sofort die rote, unproportioniert große Hand entgegenstreckte. «Aber warum haben Sie denn auf uns gewartet?» fragte seine Frau. Das Dienstmädchen gratulierte ihnen mit schnellen Worten und nahm dann ehrfürchtig Lushins Chapeau claque in Empfang. Mit verschmitztem Lächeln machte Lushin ihr vor, wie er zusammenklappte. «Prima», rief sie. «Gehen Sie jetzt, gehen Sie schlafen», wiederholte seine Gattin ungeduldig. «Wir schließen dann selber ab.»

Nacheinander ging das Licht im Herrenzimmer, im Wohnzimmer und im Eßzimmer an. «Zieht sich aus wie ein Teleskop», murmelte Lushin schläfrig. Nichts sah er sich richtig an – er bekam die Augen nicht weit genug auf. Als er schon auf dem Weg ins Eßzimmer war, merkte er, daß er einen großen Plüschhund mit rosa Sohlen im Arm hatte. Er setzte ihn auf den Tisch, und sofort ließ sich wie eine Spinne der von der Lampe baumelnde flauschige Kobold herab. Die Zimmer wurden dunkel, als hätte man die Teile eines Teleskops zusammengeschoben, und Lushin fand sich auf dem hellen Korridor wieder. «Gehen Sie schlafen», rief seine Frau wieder jemandem zu, der im Hintergrund raschelte und ihnen gute Nacht wünschte. «Das da drüben ist das Mädchenzimmer», sagte seine Frau. «Und gleich hier links ist das Badezimmer.» – «Wo ist das Örtchen?» flüsterte Lushin. «Im Badezimmer, alles ist im Badezimmer», erwiderte sie; Lushin öffnete vorsichtig die Tür, und als er sich von etwas Bestimmtem überzeugt hatte, riegelte er eilig von innen ab. Seine Gattin ging durch die Diele ins Schlafzimmer, setzte sich in einen Sessel und blickte auf die bezaubernd daunigen Betten. «Was bin ich müde.» Sie lächelte und beobachtete eine Zeitlang eine große, schwerfällige Fliege, die hoffnungslos summend um die mauretanische Lampe flog und dann verschwand. «Hier ist es, hier ist es», rief sie, als sie im Korridor Lushins unsicher schlürfende Schritte hörte. «Das Schlafzimmer», sagte er beifällig, legte die Hände auf den Rücken und sah sich eine Weile um. Sie öffnete den Kleiderschrank, in welchen sie tags zuvor beider Sachen eingeräumt hatte, zögerte und wandte sich zu ihrem Mann um. «Ich nehme jetzt ein Bad», sagte sie. «Ihre Sachen liegen alle hier.»

«Warten Sie einen Augenblick», sagte Lushin und gähnte plötzlich mit weit offenem Mund. «Warten Sie einen Augenblick», wiederholte er mit kehliger Stimme und verschluckte elastische Gähnbrocken zwischen den Silben. Sie aber griff sich Pyjama und Pantöffelchen und verließ eilig das Zimmer.

Ein dicker, blaßblauer Strahl lief aus dem Wasserhahn und begann zart dampfend die weiße Wanne zu füllen, und mit dem steigenden Wasserspiegel veränderte sich der Ton seines Murmelns. Sie blickte auf das fließende Gefunkel und dachte mit einiger Sorge daran, daß nunmehr die Grenzen ihrer weiblichen Kompetenz in Sicht waren und es ein Gebiet gab, wo es ihr nicht anstand, die Führung zu übernehmen. Als sie ins Badewasser gestiegen war, beobachtete sie die winzigen

Bläschen, die sich auf ihrer Haut und auf dem sinkenden, porösen Schwamm bildeten. Bis an den Hals ins Wasser tauchend, sah sie durch das schon leicht seifige Wasser sich selber, ihren dünnen und fast durchsichtigen Körper, und als ein Knie knapp aus dem Wasser hervorkam, überraschte sie diese runde, glänzende, rosa Insel durch ihre unbestreitbare Körperlichkeit. «Das ist schließlich nicht meine Sache», sagte sie sich, nahm einen naßglänzenden Arm aus dem Wasser und strich sich die Haare aus der Stirn. Sie ließ noch etwas heißes Wasser nachlaufen, genoß wohlig die weichen Wärmewellen, die über ihren Magen liefen, und schließlich entfesselte sie einen kleinen Sturm in der Wanne, indem sie herausstieg und sich ohne Eile ans Abtrocknen machte. «Eine hübsche Türkin», sagte sie, als sie nur mit der seidenen Pyjamahose bekleidet vor dem leicht verschwitzten Spiegel stand. «Im großen und ganzen ganz gut gebaut», fügte sie nach einer Weile hinzu. Unverwandt weiter in den Spiegel blickend, zog sie langsam das Pyjamaoberteil über. «Ein bißchen füllig in den Hüften», sagte sie. Das Badewasser, das unter leisem Gurgeln ausgelaufen war, gluckste plötzlich laut auf, und dann war alles still: Die Wanne war leer, und nur über dem Abfluß stand noch ein winziger Seifenstrudel. Auf einmal wurde ihr klar, daß sie absichtlich trödelte, wie sie da im Pyjama vor dem Spiegel stand – und ein Schauer lief ihr durch die Brust, so als blättere man in einer Illustrierten vom vorigen Jahr und wüßte, daß gleich, schon im nächsten Augenblick die Tür aufgehen und der Zahnarzt auf der Schwelle erscheinen würde.

Unter lautem Pfeifen ging sie zurück zum Schlafzimmer, doch augenblicks brach es ab: Bis zur Hüfte mit einem Federbett zugedeckt, die gestärkte Hemdbrust aufgeknöpft und aufgebauscht, die Hände unter den Kopf gesteckt, lag Lushin auf dem Bett und gab schnurrende Schnarchlaute von sich. Sein Kragen baumelte am Fußende, seine Hosen knäulten sich mit ausgebreiteten Hosenträgern auf dem Fußboden, sein Frack war schief über die Schulter eines Kleiderbügels gezogen und lag mit einem untergeschlagenen Schoß auf dem Sofa. Alles dies suchte sie leise zusammen und räumte es weg. Ehe sie sich hinlegte, schob sie den Vorhang beiseite, um nachzusehen, ob die Jalousie heruntergelassen war. Sie war es nicht. In der dunklen Tiefe des Hofes zerrte der Nachtwind an einem Strauch, und im trüben Licht aus unbekannter Quelle glänzte etwas, vielleicht eine Pfütze auf dem gepflasterten Weg um den Rasen, und an anderer Stelle tauchte sporadisch der Schatten eines Gitterzauns auf und verschwand wieder. Und plötzlich verlosch alles, und es gab nur noch einen schwarzen Abgrund.

Sie hatte angenommen, daß sie nur ins Bett zu sinken brauche, um sofort einzuschlafen, doch es kam anders. Das gurrende Schnarchen neben ihr, eine seltsame Traurigkeit und dieses dunkle fremde Zimmer – alles dies hielt sie wach und hinderte sie am Hinübergleiten in den Schlaf. Und aus irgendeinem Grunde ging ihr das Wort ‹Partie› immer wieder durch den Kopf – «eine gute Partie», «such dir eine gute Partie», «Partie», «Partie», «eine unbeendete, abgebrochene Partie», «so gut gespielt». «Übermitteln Sie dem Maestro meine

Sorge, meine Sorge...» – «Sie hätte eine glänzende Partie machen können», sagte deutlich ihre Mutter, die in der Dunkelheit vorüberglitt. «Laß uns anstoßen», flüsterte eine zärtliche Stimme, und die Augen des Vaters tauchten hinter dem Rand eines Glases auf, und höher, immer höher stieg der Schaum, und ihre neuen Schuhe drückten ein bißchen, und in der Kirche war es so heiß.

Kapitel 12

Die große Auslandsreise wurde bis zum Frühjahr aufgeschoben – das einzige Zugeständnis, das Frau Lushin ihren Eltern machte, die wenigstens für die ersten Monate in der Nähe sein wollten. Sie selber hegte einige Befürchtungen, daß das Leben in Berlin nicht gut für ihren Gatten sei, da es so eng mit Schacherinnerungen verbunden war; es zeigte sich indessen, daß man Lushin sogar in Berlin ohne Schwierigkeiten bei Laune halten konnte.

Eine große Auslandsreise, Gespräche darüber, Reiseprojekte. Im Bücherschrank des Herrenzimmers, das Lushin sehr lieb gewonnen hatte, fanden sie einen vorzüglichen Atlas. Zunächst war die Welt als kompakte, in ein enges Netz von Längen- und Breitengraden eingeschnürte Kugel dargestellt, dann wurde sie flach ausgerollt, in Hälften zerteilt und in einzelnen Stücken gereicht. Beim Ausrollen schwoll ein Ort wie Grönland, der ursprünglich nur ein kleiner Vorsprung, ein bloßes Anhängsel gewesen war, plötzlich fast auf die Ausmaße des nächstgelegenen Kontinents an. An den Polen waren kahle weiße Stellen. Die Ozeane breiteten sich in einem gleichmäßigen Blau aus. Selbst auf dieser Karte wäre genügend Wasser gewesen, um sich beispielsweise die Hände zu waschen – wie mußte es dann erst in Wirklichkeit sein, so viel Wasser, so tief, so weit... Lushin zeigte seiner Frau alle Konturen, die es ihm in der Kindheit besonders angetan hatten – die Ostsee, die wie eine kniende Frau aussah, den Schaftstiefel Italien, das von Indiens Nase herabtropfende Ceylon. Er war der Meinung, daß der Äquator Pech hätte – zum größten Teil verlief er übers Meer; zwar durchschnitt er zwei Kontinente, aber Asien war ihm ausgewichen, mit ihm hatte er kein Glück. Außerdem drückte und zerquetschte er alles, was er durchquerte – die Spitzen von diesem und jenem und einige unordentliche Inseln. Lushin kannte den höchsten Berg und den kleinsten Staat, und wenn er die relativen Positionen der beiden Amerikas betrachtete, fand er, daß ihre Stellung zueinander etwas Akrobatisches hatte. «Insgesamt hätte man das alles aber witziger anordnen können», sagte er und deutete auf die Weltkarte. «Da steckt keine Idee dahinter, keine Pointe.» Und es ärgerte ihn sogar ein wenig, daß er den Sinn all dieser komplizierten Umrisse nicht finden konnte, und wie in seiner Kindheit suchte er lange, wie man durch ein Labyrinth von Flüssen von der Nordsee ins Mittelmeer gelangen könne, oder bemühte sich, in der Anordnung der Gebirgsketten ein vernünftiges Muster zu entdecken.

«Wo fahren wir also hin?» fragte seine Frau und schnalzte ein paarmal leise mit der Zunge, wie Erwachsene, die ihre Vorfreude zeigen wollen, wenn sie sich anschicken, mit Kindern zu spielen. Und laut zählte sie dann romantische Gegenden auf. «... zuerst hierher an die Riviera», schlug sie vor. «Monte Carlo, Nizza. Oder sagen wir, in die Alpen.» – «Dann aber ein Stück weiter da drüben hin», sagte Lushin. «Auf der Krim gibt es sehr billige Weintrauben.» – «Um Gottes willen, Lushin, wir können doch nicht nach Rußland.» – «Warum?» fragte Lushin. «Ich habe eine Einladung dorthin.» – «Unsinn, hören Sie bitte damit auf», sagte sie, verärgert nicht so sehr, weil er von etwas Unmöglichem sprach, sondern weil er indirekt an etwas erinnerte, das mit Schach zu tun hatte. «Gucken Sie mal hier unten», fuhr sie fort, und gehorsam richtete Lushin seinen Blick auf eine andere Stelle der Karte. «Hier ist zum Beispiel Ägypten, die Pyramiden. Und hier ist Spanien, wo man so schreckliche Dinge mit den Stieren macht...»

Da sie wußte, daß Lushin an vielen Orten, die sie hätten besuchen können, schon mehr als einmal gewesen war, vermied sie es, die großen Städte zu nennen, um ja keine schädlichen Erinnerungen wachzurufen. Unnötige Vorsicht. Die Welt, durch die Lushin seinerzeit gereist war, war auf der Karte nicht verzeichnet, und hätte sie ihm Rom oder London genannt, so hätte der Klang dieser Namen aus ihrem Mund in Verbindung mit der ganzen Note auf der Karte in ihm die Vorstellung von etwas völlig Neuem, nie Gesehenen geweckt und auf keinen Fall das vage Schachcafé, das überall gleich aussah, ob nun in Rom, in London oder in dem unschuldigen Nizza, das sie vorhin so arglos erwähnt hatte. Und als sie schließlich Prospekte in großer Zahl aus dem Reisebüro mitgebracht hatte, schied sich die Welt seiner Schachreisen sozusagen noch schärfer von dieser neuen Welt, wo der Tourist in weißem Anzug mit umgehängtem Fernglas herumspaziert. Da waren die Silhouetten schwarzer Palmen vor rosarotem Sonnenuntergang und die kopfstehenden Silhouetten derselben Palmen im rosaroten Nil. Da gab es eine geradezu unanständig blaue Meeresbucht und ein zuckerweißes Hotel mit bunter Fahne, die in eine dem Rauch eines Dampfers am Horizont entgegengesetzte Richtung wehte. Da gab es schneebedeckte Gipfel, Hängebrücken, Lagunen mit Gondeln, unzählige alte Kirchen, eine enge Gasse mit Kopfsteinpflaster und einen kleinen Esel mit zwei dicken Bündeln an den Seiten... Alles war anziehend, alles war interessant, alles ließ den unbekannten Autor dieser Prospekte vor Lob außer sich geraten... Klingende Namen, Millionen von Heiligen, Bäder, die alle Gebrechen heilten, das Alter einer Stadtmauer, Hotels erster, zweiter und dritter Kategorie – alles flimmerte vor den Augen, alles war wunderschön, überall wurde Lushin erwartet, rief man ihn mit Donnerstimme, gebärdete sich närrisch vor lauter Gastfreundlichkeit und verschenkte die Sonne, ohne den Eigentümer zu fragen.

In diesen ersten Tagen des Ehestandes suchte Lushin auch das Büro seines Schwiegervaters auf. Der Schwiegervater diktierte etwas, aber die Schreibmaschine blieb bei ihrer eigenen Version – und wiederholte mit raschem Geklapper das Wort ‹tipp› in etwa folgendem Tonfall: tipp tippetip tipp tipp tipp tippse tipp nicht – und dann rutschte etwas krachend zur anderen Seite. Sein Schwiegervater zeigte ihm Stöße von Formularen, Geschäftsbücher mit lang gezogenen Strichen in Z-Form, Bücher mit Fensterchen auf dem Rücken, die ungeheuer dicken Bände mit deutschen Geschäftsadressen und eine sehr kluge, sehr zahme Rechenmaschine. Am besten gefiel Lushin aber die Tipptipp, bei der die Worte so rasch auf das Papier rieselten, das wunderbare Gleichmaß der lila Zeilen – und das gleich mit mehreren Durchschlägen. «Ich wüßte gern, ob ich auch... Man müßte wissen...», sagte er, und der Schwiegervater nickte beifällig, und die Schreibmaschine erschien in Lushins Herrenzimmer. Man schlug ihm vor, daß einer der Büroangestellten zu ihm kommen und ihm den Gebrauch erklären könne, doch er lehnte ab und erwiderte, er werde es alleine lernen. Und wirklich: er begriff die Konstruktion ziemlich rasch, lernte das Farbband einziehen und den Bogen einspannen und befreundete sich mit all den kleinen Hebeln. Als schwieriger erwies es sich schon, die Lage aller Buchstaben zu behalten, und das Schreiben ging dann auch sehr langsam. Es ließ sich kein rasches Tipptipp hervorlocken, und aus irgendeinem Grunde hatte es das Ausrufezeichen vom ersten Tage an auf ihn abgesehen und tauchte an den unerwartetsten Stellen auf. Zunächst schrieb er eine halbe Spalte aus einer deutschen Zeitung ab, dann verfaßte er selber etwas. Ein kurzes Briefchen folgenden Inhalts nahm Gestalt an: «Sie werden wegen Mordes gesucht. Heute ist der 27. November. Mord und Brandstiftung. Guten Tag, teure gnädige Frau. Jetzt, wo Du gebraucht wirst, meine Liebe, Ausrufezeichen, wo bist Du da? Die Leiche ist gefunden worden. Teure gnädige Frau! Heute kommt die Polizei!!» Lushin las es mehrmals durch, spannte den Bogen wieder ein, suchte die richtigen Buchstaben zusammen und tippte etwas ruckhaft die Unterschrift: «Abbé Busoni». Dann wurde es ihm langweilig, die Sache ging ihm zu langsam. Und irgendwie mußte er nun für den geschriebenen Brief auch eine Verwendung finden. Er wühlte im Telephonbuch, fand eine Frau Luise Altmann, schrieb die Adresse mit der Hand und schickte ihr sein Werk.

Auch das Grammophon brachte einige Zerstreuung. Mit Samtstimme tönte der schokoladenbraune Kasten unter der Palme, Lushin saß auf dem Sofa, den Arm um seine Frau gelegt, lauschte und dachte, daß es bald Nacht sein würde. Sie stand auf, um die Platte zu wechseln, hielt sie ans Licht, und ein Sektor schimmerte seidig wie Mondlicht auf dem Meer. Und wieder quoll Musik aus dem Kasten, wieder saß seine Frau neben ihm, stützte ihr Kinn auf die gefalteten Hände, lauschte und blinzelte. Lushin merkte sich die Melodien und versuchte sogar mitzusingen. Sie hatten stöhnende, polternde, wehklagende Tanzweisen und einen äußerst gefühlvollen Amerikaner, der flüsternd sang, und sie hatten sogar eine ganze Oper auf fünfzehn Platten – *Boris Godunow* –, mit Glockengeläut an einer Stelle und unheilschwangeren Pausen.

Häufig kamen die Eltern seiner Frau zu Besuch, und es wurde Sitte, daß die Lushins dreimal in der Woche bei ihnen zu Mittag aßen. Mehrmals versuchte die Mutter, von der Tochter Einzelheiten über ihre Ehe in Erfahrung zu bringen, und fragte neugierig: «Bist du schwanger? Ich bin sicher, daß du bald ein Baby kriegst.» – «Unsinn», gab die Tochter zur Antwort, «ich hatte doch gerade Zwillinge.» Sie wirkte immer noch so ruhig wie je, lächelte immer noch mit gesenkten Augenbrauen und redete Lushin immer noch mit Nachnamen und in der zweiten Person Pluralis an. «Mein armer Lushin», sagte sie mit zärtlich gespitzten Lippen, «mein armer, armer Mann.» Und Lushin rieb seine Wange an ihrer Schulter, und dunkel war ihr bewußt, daß es vermutlich noch andere Freuden gab als die des Mitleids, daß diese aber sie nicht betrafen. Sie kannte nur eine Sorge im Leben, nämlich die unaufhörliche Anstrengung, Lushins Interesse für die Dinge der Welt zu wecken und seinen Kopf über dem dunklen Wasser zu halten, damit er ruhig atmen konnte. Morgens fragte sie Lushin, was er geträumt habe, regte seinen morgendlichen Appetit bald mit einem Schnitzel, bald mit englischer Konfitüre an, führte ihn spazieren, blieb mit ihm lange vor den Auslagen stehen, las ihm nach dem Essen *Krieg und Frieden* vor, spielte mit ihm fröhliche Geographie und diktierte ihm Sätze in die Maschine. Einige Male ging sie mit ihm ins Museum, zeigte ihm ihre Lieblingsbilder und erklärte ihm, daß in Flandern mit seinem Nebel und Regen die Künstler in leuchtenden Farben gemalt hätten, während das Sonnenland Spanien den düstersten aller Maler hervorgebracht habe. Sie sprach weiter davon, daß der dort drüben ein Gefühl für Gegenstände aus Glas habe, während dieser hier Lilien liebe und zarte Gesichter, die leicht entzündet wirkten, als hätten sie sich im Himmel eine Erkältung geholt, und sie lenkte seine Aufmerksamkeit auf zwei Hunde, die unter dem schmalen, armselig gedeckten Tisch des *Abendmahls* häuslich nach Freßbarem suchten. Lushin nickte, kniff die Augen gewissenhaft zusammen und betrachtete sehr lange eine riesige Leinwand, auf der der Künstler all die Qualen dargestellt hatte, die den Sünder in der Hölle erwarten – in allen Einzelheiten, sehr seltsam. Sie gingen auch ins Theater und in den Zoo und ins Kino, wobei sich herausstellte, daß Lushin noch nie im Kino gewesen war. Unter weißem Geflimmer liefen die Bilder vorüber, und nach vielen Abenteuern kehrte die Tochter – nun eine berühmte Schauspielerin – in ihr Elternhaus zurück, blieb in der Tür stehen, während in der Stube ihr ergrauter Vater mit dem Arzt, einem treuen Freund des Hauses, der sich in all den Jahren überhaupt nicht verändert hatte, Schach spielte und sie noch nicht sah. Plötzlich lachte Lushin in der Dunkelheit auf. «Eine völlig unmögliche Figurenstellung», sagte er, aber zur großen Erleichterung seiner Frau wechselte die Szene, und immer größer werdend kam der Vater auf die Zuschauer zu und begann nach Leibeskräften zu agieren; seine Augen weiteten sich, dann überlief ihn ein leichtes Zittern, die Wimpern klimperten, dann kam noch ein Beben, und langsam glätteten sich seine Runzeln, wurden gütiger, und ein zaghaftes Lächeln voll unendlicher Zärtlichkeit erschien auf seinem immer noch bebenden Gesicht – und doch, meine Herren, hatte der Alte seinerzeit die Tochter verflucht... Und der Doktor, er stand abseits und erinnerte sich, dieser arme, bescheidene Doktor, wie sie ihn als kleines Mädchen ganz zu Anfang des Films über den Zaun hinweg mit Blumen beworfen hatte, als er auf dem Rasen lag und ein Buch las: Er hatte damals den Kopf gehoben und nur den Zaun gesehen; aber plötzlich tauchte dahinter ein

Mädchenscheitel auf und dann ein immer größer werdendes Augenpaar – was für ein Schalk, was für eine Range! Los, Doktor, spring über den Zaun, und schon büchst sie aus, die reizende Nymphe, versteckt sich hinter den Bäumen da drüben – fange sie, Doktor, fange sie! Doch das ist jetzt alles lange her. Mit gesenktem Kopf und schlaff herabhängenden Händen, deren eine einen Hut hält, steht die berühmte Schauspielerin da (eine Gefallene, ach!). Und immer noch zitternd öffnet der Vater langsam die Arme, und plötzlich sinkt sie vor ihm auf die Knie. Lushin schneuzte sich die Nase. Als sie das Kino verließen, waren seine Augen gerötet, und er räusperte sich, leugnete aber, geweint zu haben. Und am Tag darauf stützte er beim Morgenkaffee plötzlich die Ellbogen auf und sagte in Gedanken versunken: «Sehr, sehr gut, dieser Film.» Er dachte noch etwas nach und fügte hinzu: «Aber vom Spielen haben sie keine Ahnung.» – «Wie meinen Sie das, sie haben keine Ahnung?» fragte seine Frau überrascht. «Die Schauspieler waren doch erstklassig.» Lushin schaute sie von der Seite an und wandte den Blick sogleich wieder ab, und etwas daran gefiel ihr gar nicht. Plötzlich begriff sie, was los war, und grübelte im stillen, wie man Lushin dazu bringen könne, dieses unselige Schachspiel zu vergessen, das der Dummkopf von Regisseur nur um der «Atmosphäre» willen hinzugetan hatte. Aber anscheinend hatte Lushin es bald von allein vergessen – ein von der Schwiegermutter geschickter echt russischer Weizenkringel beanspruchte seine Aufmerksamkeit, und seine Augen waren wieder ganz klar.

So verstrich ein Monat und noch einer. Der Winter

war in diesem Jahr weiß, ganz wie in St. Petersburg. Lushin bekam einen wattierten Wintermantel. Einige alte Sachen von ihm wurden an bedürftige Russen verteilt – darunter ein grauer Wollschal Schweizer Herkunft. Mottenkugeln verbreiteten einen strengen, melancholischen Geruch. In der Diele hing eine verurteilte Jacke. «Sie war so bequem», bettelte Lushin, «so höchst bequem.» – «Lassen Sie sie hängen», ließ sich seine Frau aus dem Schlafzimmer vernehmen, «ich habe sie mir noch nicht näher angesehen. Wahrscheinlich sind die Motten drin.» Lushin zog die Smokingjacke aus, die er anprobiert hatte, um festzustellen, ob er im letzten Monat dicker geworden sei (er war es, allerdings – und morgen fand ein großer russischer Ball statt, eine Wohltätigkeitsveranstaltung), und schlüpfte liebevoll in die Ärmel der Verurteilten. Ein gutes Stück, von Motten keine Spur, nur ein winziges Loch im Taschenfutter, aber nicht durch, wie sonst manchmal. «Wunderbar», rief er mit hoher Stimme. In der Hand eine Socke, warf seine Frau einen Blick in die Diele. «Ausziehen, Lushin. Sie ist kaputt und schmutzig, weiß der Himmel, wie lange sie schon herumliegt.» – «Nein, nein», sagte Lushin. Sie musterte sie von allen Seiten; Lushin stand da und schlug sich auf die Hüften, und dabei hatte er das Gefühl, als stecke etwas in der Tasche; er fühlte mit der Hand nach – nein, nichts, nur ein Loch. «Sie ist total abgetragen», bemerkte seine Frau stirnrunzelnd, «aber vielleicht als Arbeitsjacke...» – «Ach bitte», sagte Lushin. «Na schön, wie Sie wollen – aber geben Sie sie nachher dem Mädchen, damit sie sie mal ordentlich ausklopft...» – «Nein, sie ist ganz sauber», sagte Lushin vor sich hin und beschloß, sie irgendwo in seinem Herrenzimmer aufzuhängen, in irgendeinem Winkel, sie auszuziehen und aufzuhängen, wie das Beamte tun. Beim Ausziehen hatte er wieder das Gefühl, als sei die Jacke auf der linken Seite ein wenig schwerer, doch erinnerte er sich, daß die Taschen leer waren, und ging der Ursache nicht weiter nach. Was die Smokingjacke hier anging, so war sie eng geworden – ja, regelrecht eng. «Ein Ball», murmelte Lushin und stellte sich dabei viele, viele drehende Paare vor.

Der Ball fand in den Sälen eines der besten Berliner Hotels statt. Vor den Kleiderablagen herrschte Gedränge, und die Garderobenfrauen nahmen die Sachen in Empfang und trugen sie wie schlafende Kinder davon. Lushin bekam eine blitzblanke Metallmarke. Er vermißte seine Frau, fand sie aber gleich wieder: Sie stand vor einem Spiegel. Er hielt die Metallscheibe an die zarte Vertiefung ihres glatten, gepuderten Rückens. «Brrr, das ist kalt», rief sie und zog die Schulterblätter zusammen. «Arm in Arm, Arm in Arm», sagte Lushin. «Wir müssen Arm in Arm hineingehen.» Das taten sie dann auch. Als erstes erblickte Lushin seine Schwiegermutter, die viel jünger aussah, rosenrot, und einen herrlichen, funkelnden Kopfputz aufhatte (einen russischen *kokoschnik*). Sie verkaufte Bowle, und ein Engländer fortgeschrittenen Alters (der einfach aus seinem Hotelzimmer heruntergekommen war) trank sich schnell einen Rausch an und mußte sich auf ihren Tisch stützen. Auf einem anderen Tisch neben einem mit bunten Lichtern geschmückten Tannenbaum waren Tombolagewinne aufgetürmt: ein würdevoller Samowar mit rotblauen Lichtreflexen auf der Baumseite, Puppen in Sarafans, ein Grammophon und Liköre (eine Spende von Smirnowskij). Auf einem dritten Tisch waren Sandwiches, italienischer Salat und Kaviar, und eine wunderschöne blonde Dame rief: «Marja Wassiljewna, Marja Wassiljewna, warum haben Sie das wieder weggenommen... Ich hatte doch darum gebeten...» – «Wünsche einen guten Abend», tönte seitwärts eine Stimme, und Frau Lushin hob eine gebogene, schwanenhafte Hand. Im nächsten Saal war Musik, und auf dem freien Raum zwischen den Tischen drehten sich die Tanzenden oder traten auf der Stelle; mit vollem Tempo prallte jemandes Rücken mit Lushin zusammen, und er seufzte auf und machte einen Schritt rückwärts. Seine Frau war verschwunden, und auf der Suche nach ihr gelangte er aufs neue in den ersten Saal. Hier hatte es ihm wieder die Tombola angetan. Jedesmal bezahlte er eine Mark, steckte dann seine Hand in den Kasten und angelte einen winzigen Zylinder aus zusammengerolltem Papier heraus. Schniefend und mit gespitzten Lippen öffnete er umständlich das Röllchen, und da er darin keine Zahl fand, schaute er nach, ob nicht auf der Außenseite eine stand – eine zwecklose, aber durchaus normale Prozedur. Schließlich gewann er ein Kinderbuch, *Kater Murr* oder so ähnlich, und da er nicht wußte, was er damit anfangen sollte, ließ er es auf einem Tisch liegen, wo zwei gefüllte Gläser auf die Rückkehr eines tanzenden Paares warteten. Diese Enge, dieser Trubel und die stoßweise Musik gingen ihm auf die Nerven, nirgendwo konnte man sich verstecken, und wahrscheinlich starrten ihn schon alle an und wunderten sich, daß er nicht tanzte. In den Pausen zwischen den Tänzen suchte ihn seine Frau im anderen Saal, doch auf Schritt und Tritt hielten Bekannte sie auf. Eine Menge Menschen waren auf diesem Ball – etwa ein ausländischer Konsul, den man unter großen Mühen zum Kommen bewegt hatte, ein berühmter russischer Sänger und zwei Filmschauspielerinnen. Jemand zeigte ihr ihren Tisch: Die Damen hatten ein künstliches Lächeln aufgesetzt, und ihre Kavaliere – drei wohlgenährte Herren vom Typ des geschäftstüchtigen Produzenten – schnalzten immer wieder mit der Zunge, schnippten mit den Fingern und beschimpften den blassen, schwitzenden Kellner wegen seiner Langsamkeit und Unfähigkeit. Einer dieser Herren kam ihr besonders widerwärtig vor: Sehr weiße Zähne hatte er und leuchtende braune Augen; als er damit fertig war, den Kellner herunterzuputzen, begann er laut zu erzählen, wobei er seinem Russisch die abgedroschensten deutschen Wendungen beimischte. Plötzlich bedrückte es sie, daß alle auf diese Filmdamen, auf den Sänger und den Konsul starrten und niemand zu wissen schien, daß ein Schachgenie auf dem Ball zugegen war, ein Mann, dessen Namen in Millionen Zeitungen gestanden hatte und dessen Partien schon unsterblich genannt worden waren. «Mit Ihnen tanzt es sich wunderbar leicht. Das Parkett hier ist wirklich gut. Verzeihen Sie. Es ist schrecklich eng. Der Erlös wird ganz stattlich ausfallen. Der Herr dort drüben ist von der französischen Botschaft. Es ist wunderbar leicht, mit Ihnen zu tanzen.» Damit endete gewöhnlich das Gespräch; sie tanzten gern mit ihr, wußten aber nicht recht, worüber sie mit ihr reden sollten. Eine recht hübsche, aber langweilige junge Dame. Und diese seltsame Heirat mit einem verkrachten Musiker oder so etwas Ähnlichem. «Was sagten Sie – ein ehemaliger Sozialist? Ein was? Ein Spieler? Ein Kartenspieler? Besuchen Sie sie manchmal, Oleg Sergejewitsch?»

Inzwischen hatte Lushin nicht weit von der Treppe einen tiefen Sessel ausfindig gemacht, schaute an einer Säule vorbei der Menge zu und rauchte seine dreizehnte Zigarette. In den zweiten Sessel daneben ließ sich ein dunkelhäutiger Herr mit einem winzigen Schnurrbart nieder, nachdem er sich erkundigt hatte, ob der Platz besetzt sei oder nicht. Ständig gingen Leute vorüber, und allmählich bekam Lushin es mit der Angst. Nirgends konnte er hinblicken, ohne neugierigen Augen zu begegnen, und weil er irgendwo hinsehen mußte, fixierte er den Schnurrbart seines Nachbarn, den dieser lärmende und überflüssige Wirbel offenbar ebenfalls verwunderte und perplex machte. Der Herr fühlte Lushins Blick und wandte ihm sein Gesicht zu. «Ich bin schon lange auf keinem Ball mehr gewesen», sagte er liebenswürdig und grinste unter Kopfschütteln. «Hauptsache, man sieht nicht hin», ließ sich Lushin dumpf vernehmen und hielt die Handflächen wie ein Paar Scheuklappen. «Ich komme von weit her», erklärte der Herr. «Ein Freund hat mich hergeschleppt. Offen gestanden, ich bin müde.» – «Müdigkeit und Schwere», nickte Lushin. «Wer weiß, was das alles für einen Sinn hat? Es übersteigt mein Fassungsvermögen.» – «Besonders wenn man wie ich auf einer Plantage in Brasilien arbeitet», sagte der Herr. «Plantage», wiederholte Lushin wie ein Echo. «Sonderbar lebt man hier bei Ihnen», fuhr der Fremde fort. «Die Welt steht nach allen Himmelsrichtungen offen, und hier stampfen sie auf einem winzigen Stück Parkett einen Charleston nach dem andern.» – «Ich gehe auch auf Reisen», sagte Lushin. «Ich habe schon die Prospekte.» – «Es geht nichts über die Freiheit», rief der Fremde. «Frei umherschweifen und ein günstiger Wind. Und was für herrliche Länder... In den Wäldern hinterm Rio Negro bin ich einem deutschen Botaniker begegnet, und in Madagaskar habe ich mit der Frau eines französischen Ingenieurs zusammengelebt.» – «Davon muß ich mir auch Prospekte besorgen», sagte Lushin. «Sehr sympathisch, Prospekte. Alles haarklein.»

«Lushin, da sind Sie ja!» rief plötzlich die Stimme seiner Frau, die am Arm ihres Vaters rasch vorüberging. «Ich bin gleich zurück, ich will nur einen Tisch für uns reservieren», rief sie mit einem Blick über die Schulter und verschwand. «Sie heißen Lushin?» fragte der Herr neugierig. «Ja, ja», sagte Lushin, «aber das spielt keine Rolle.» – «Ich kannte einen Lushin», sagte der Herr und kniff die Augen zusammen (denn das Gedächtnis ist kurzsichtig). «Ich kannte einen. Sie sind nicht zufällig in die Balaschewskij-Schule gegangen, oder?» – «Schon möglich», gab Lushin zur Antwort, und da ihm ein unangenehmer Verdacht kam, musterte er das Gesicht seines Gesprächspartners. «Dann waren wir ja Klassenkameraden!» rief der andere. «Mein Name ist Petrischtschew. Erinnern Sie sich an mich? Natürlich erinnern Sie sich! Das nenne ich einen Zufall. Nach dem Gesicht hätte ich Sie nie wiedererkannt. Nein, nicht Sie – dich. Dein Vor- und Vatersname... Ach, ich glaube, ich besinne mich – Toni... Anton... Und weiter?» – «Irrtum, Irrtum», sagte Lushin schaudernd. «Ja, ich habe ein schlechtes Gedächtnis», fuhr Petrischtschew fort. «Eine Menge Namen habe ich vergessen. Erinnerst du dich zum Beispiel an diesen stillen Jungen bei uns? Er hat später bei den Kämpfen unter Wrangel einen Arm verloren, noch kurz vor der Evakuierung. Ich habe ihn in Paris in der Kirche wiedergesehen. Wie hieß er doch?» – «Wozu soll das gut sein?» sagte Lushin. «Wozu soviel davon reden?» – «Nein, es fällt mir nicht ein», seufzte Petrischtschew und riß seine Hand von der Stirn los. «Aber zum Beispiel hatten wir Gromow: Er ist jetzt auch in Paris; scheint es gut getroffen zu haben. Aber wo sind die anderen? Wo sind sie alle geblieben? Verstreut, in Rauch aufgelöst. Seltsam, daran zu denken. Na, und wie geht es Ihnen so, Lushin, wie geht es dir, altes Haus?» – «Geht so», sagte Lushin und wandte seinen Blick vom Gesicht des mitteilsamen Petrischtschew ab, den er plötzlich so sah, wie er damals gewesen war: klein, rosig und unerträglich spöttisch. «Das waren herrliche Zeiten», rief Petrischtschew. «Erinnerst du dich an unseren Geographen, Lushin? Wie er mit seiner Weltkarte in der Hand jedes Mal wie ein Orkan in die Klasse gestürmt kam? Und dann der kleine Alte – ach, wieder habe ich den Namen vergessen –, erinnern Sie sich, wie er immer am ganzen Körper zitterte und sagte: ‹Nun mach schon, puh, du Dussel›? Herrliche Zeiten! Und wie wir die Treppe hinuntergestürzt sind, auf den Hof, erinnern Sie sich? Und wie sich auf dem Schulfest herausstellte, daß Arbusow Klavier spielen konnte? Erinnern Sie sich, daß seine Experimente nie geklappt haben? Und was wir für einen Reim auf ihn gemacht haben – ‹Arbu soff›?» – «... einfach nicht reagieren», sprach Lushin rasch vor sich hin. «Und das alles ist nun verschwunden», fuhr Petrischtschew fort. «Hier sind wir auf einem Ball... Ach ja, jetzt erinnere ich mich... Du hast doch damals, als du von der Schule abgegangen bist, so einen Beruf ergriffen. Was war es doch gleich? Ja, natürlich – Schach!» – «Nein, nein», sagte Lushin. «Warum bloß müssen Sie...» – «Na, dann entschuldigen Sie», sagte Petrischtschew umgänglich. «Dann habe ich das verwechselt. Ja, ja, das sind so Sachen... Der Ball ist in vollem Gange, und wir sitzen hier und reden über die Vergangenheit. Sie müssen wissen, ich bin um die ganze Welt gereist... In Kuba gibt es vielleicht Frauen! Oder damals im Dschungel zum Beispiel...»

«Der lügt das Blaue vom Himmel herunter», ließ sich eine träge Stimme von hinten vernehmen. «In einem Dschungel war der noch nie...»

«Wozu mußt du denn alles verderben?» sagte Petrischtschew gedehnt und wandte sich um. «Hören Sie nicht auf ihn», fuhr ein kahlköpfiger, hagerer Mann fort, der Besitzer dieser trägen Stimme. «Seit der Revolution ist er in Frankreich, und vorgestern hat er Paris das erste Mal verlassen.» – «Lushin, gestatte, daß ich dich bekannt mache», begann Petrischtschew lachend; doch Lushin suchte eilends das Weite, zog den Kopf zwischen die Schultern, schwankte seltsam und zitterte von der Eile seiner Schritte.

«Weg ist er», sagte Petrischtschew erstaunt und fügte nachdenklich hinzu: «Vielleicht habe ich ihn am Ende doch mit jemand anders verwechselt.»

Auf der Suche nach seiner Frau prallte Lushin mit Leuten zusammen, rief weinerlich *«Pardon, pardon!»*, prallte trotzdem immer wieder mit Leuten zusammen und versuchte, ihnen nicht ins Gesicht zu blicken, und als er sie endlich sah, faßte er sie von hinten am Ellbogen, so daß sie zusammenfuhr und sich umdrehte; zunächst aber konnte er vor Aufregung kein Wort herausbringen, so stark keuchte er. «Was ist los?» fragte sie erschrocken. «Gehen wir, gehen wir», murmelte er, ohne ihren Ellbogen loszulassen. «Beruhigen Sie sich doch, Lushin, bitte, das ist doch nicht nötig», sagte sie und schob ihn etwas beiseite, damit die Umstehenden nicht zuhören konnten. «Warum wollen Sie denn fort?» – «Da ist jemand», brachte Lushin stoßweise atmend hervor. «Und so unangenehme Gespräche.» – «... den Sie von früher her kennen?» fragte sie leise. «Ja, ja», nickte Lushin. «Gehen wir doch, bitte.»

Mit zusammengekniffenen Augen, damit Petrischtschew ihn nicht bemerke, drängelte er sich in die Empfangshalle, suchte die Garderobenmarke, wühlte in den Taschen, fand sie schließlich nach endlosen Sekunden der Verwirrung und Verzweiflung, trat ungeduldig von einem Bein auf das andere, während die Garderobenfrau wie eine Schlafwandlerin nach den Sachen suchte ... Er war als erster angezogen und ging als erster hinaus, und rasch eilte ihm seine Frau hinterher und zog noch im Gehen ihren Moleskinmantel zu. Erst im Auto begann Lushin ruhig zu atmen, und der Ausdruck verstörter Verdrossenheit wich einem schuldbewußten halben Lächeln. «Der liebe Lushin ist einem unangenehmen Menschen begegnet», sagte sie und streichelte seine Hand. «Ein Schulkamerad, ein verdächtiges Subjekt», erklärte Lushin. «Aber jetzt geht es dem lieben Lushin wieder besser», flüsterte seine Frau und küßte seine weiche Hand. «Jetzt ist alles vorbei», sagte Lushin.

Aber das stimmte nicht ganz. Etwas war zurückgeblieben – ein Rätsel, ein Splitter. Nachts begann er darüber nachzudenken, warum ihn diese Begegnung so mitgenommen hatte. Natürlich gab es alle möglichen individuellen Unannehmlichkeiten – die Tatsache, daß Petrischtschew ihn damals in der Schule einmal gequält und jetzt indirekt auf ein gewisses zerfetztes Buch über den kleinen Toni angespielt hatte, die Tatsache auch, daß eine ganze Welt voller exotischer Lockungen sich als das Gerede eines Angebers erwiesen hatte und man Reiseprospekten fortan nicht mehr trauen konnte. Doch nicht die Begegnung selbst war es, die ihm angst machte, sondern etwas anderes – der geheime Sinn dieser Begegnung, den er herausfinden mußte. Nachts begann er angestrengt nachzudenken, so wie Sherlock immer über Zigarrenasche nachgedacht hatte – und langsam wurde ihm klar, daß die Kombination noch viel komplexer war, als er anfangs geglaubt hatte, daß die Begegnung mit Petrischtschew nur die Fortsetzung von etwas anderem war und daß er genauer hinsehen, zurückkehren und von der Krankheit bis zu diesem Ball alle Züge seines Lebens noch einmal spielen mußte.

Kapitel 13

Auf einer graublauen, leicht mit Schnee bepuderten Eisbahn (wo sich im Sommer Tennisplätze befanden) tummelten sich zaghaft einige Stadtmenschen, und gerade als die Lushins bei ihrem Morgenspaziergang vorüberkamen, setzte der munterste unter den Schlittschuhläufern, ein Jüngling im Sweater, zu einem Holländerbogen an und landete hart auf dem Eis. In einem kleinen Park beobachteten sie dann, wie ein dreijähriger Junge ganz in Rot auf wollenen Beinchen unsicher auf einen Kantstein zustapfte, mit einer fingerlosen kleinen Hand etwas Schnee zusammenscharrte, der dort in einem appetitlichen kleinen Haufen lag, und ihn an den Mund führte, aber sogleich von hinten gepackt und verdroschen wurde. «Ach, du armer Kleiner», sagte Frau Lushin und blickte zurück. Über das geweißte Pflaster fuhr ein Bus und ließ zwei dicke schwarze Furchen zurück. Aus einem Laden für sprechende und spielende Apparate tönte empfindliche Musik, und jemand schloß die Tür, damit sich die Musik nicht erkältete. Ein Dackel in geflicktem, blauem kleinen Überzieher und mit hängenden Ohren blieb stehen und beschnupperte den Schnee, und Frau Lushin gelang es, ihn kurz zu streicheln. Etwas Leichtes, Scharfes und Weißliches traf sie immer wieder ins Gesicht, und als sie in den leeren Himmel hinaufblickten, tanzten helle Pünktchen vor ihren Augen. Frau Lushin glitt aus und blickte vorwurfsvoll auf ihre grauen Schneestiefel. Vor dem russischen Lebensmittelladen trafen sie das Ehepaar Alfjorow. «Eine ziemliche Kälte», rief Alfjorow und schüttelte seinen gelben Bart. «Nicht küssen, der Handschuh ist schmutzig», sagte Frau Lushin, blickte lächelnd in das reizende, immer angeregt wirkende Gesicht von Frau Alfjorow und fragte, warum sie niemals zu Besuch kämen. «Und Sie nehmen zu, mein Herr», brummte Alfjorow und schielte belustigt auf Lushins Bauch, der durch den wattierten Mantel noch betont wurde. Lushin warf einen flehenden Blick auf seine Frau. «Also denken Sie daran, Sie sind jederzeit willkommen», sagte sie und nickte. «Einen Moment, Maschenka, hast du ihre Telephonnummer?» fragte Alfjorow. «Ja? Fein. Also dann, bis nachher, wie man in Sowjetrußland sagt. Meine Empfehlung an Ihre Frau Mutter.»

«Ein bißchen hat er was Bösartiges und andererseits auch Rührendes», sagte Frau Lushin, nahm den Arm ihres Gatten und wechselte den Schritt, um sich seinem Gang anzupassen. «Aber Maschenka... So ein liebes Ding, und Augen... Gehen Sie nicht so schnell, mein lieber Lushin – es ist glatt.»

Das leichte Schneetreiben war vorüber, an einer Stelle hellte sich der Himmel bläßlich auf, und die flache, blutlose Sonnenscheibe trieb fort. «Wissen Sie was, wir könnten heute doch einmal nach rechts gehen», schlug Frau Lushin vor. «Ich glaube, da sind wir noch nie lang gegangen.» – «Gucken Sie mal, Apfelsinen», sagte Lushin genießerisch und erinnerte sich, daß sein Vater behauptet hatte, man mache unwillkürlich ein langes Gesicht, wenn man das Wort ‹*leemon*› (Zitrone) ausspreche, müsse beim Wort ‹*apelsin*› (Apfelsine) aber breit lächeln. Geschickt öffnete die junge Verkäuferin den Rachen einer Papiertüte und stopfte die kalten, narbig-roten Kugeln hinein. Im Gehen begann Lushin eine Apfelsine zu schälen und krauste dabei in der Erwartung, daß ihm der Saft in die Augen spritzen würde, die Stirn. Die Schalen steckte er in die Tasche, da sie im Schnee zu sehr aufgefallen wären, und vielleicht ließ sich daraus sogar noch Marmelade kochen. «Schmeckt sie?» fragte seine Frau. Lushin leckte sich nach dem letzten Schnitz die Lippen und wollte mit zufriedenem Lächeln gerade wieder seine Frau unterhaken, als er plötzlich stehenblieb und sich umsah. Er überlegte einen Augenblick, ging bis zur Ecke zurück und schaute nach dem Straßennamen. Dann holte er rasch seine Frau wieder ein und deutete mit dem Stock auf das nächstgelegene Haus, ein gewöhnliches Haus mit grauem Mauerwerk, das von der Straße durch einen kleinen Vorgarten mit einem Eisengitter getrennt war. «Hier hat mein Papa gewohnt», sagte er. «Fünfunddreißig A.» – «Fünfunddreißig A», wiederholte seine Frau, die nicht wußte, was sie sagen sollte, und zu den Fenstern hinaufblickte. Lushin ging weiter und streifte mit seinem Stock Schnee vom Zaun. Ein Stückchen weiter blieb er vor einem Papierwarengeschäft stehen, wo die Wachspuppe eines Mannes mit zwei Gesichtern, einem traurigen und einem frohen, abwechselnd bald links, bald rechts ihr Jackett lüftete: Der Füllfederhalter, der in der linken Brusttasche seiner weißen Weste steckte, hatte das Weiß vollgekleckst, während rechts der Halter steckte, der niemals auslief. Lushin gefiel dieser Mann mit den zwei Gesichtern ungemein, und er dachte sogar daran, ihn zu kaufen. «Hören Sie, Lushin», sagte seine Frau, als er sich an dem Schaufenster sattgesehen hatte. «Ich wollte Sie schon längst fragen – sind nach dem Tode Ihres Vaters nicht irgendwelche Sachen zurückgeblieben? Wo ist das alles?» Lushin zuckte die Schultern. «Da war ein Mann namens Chruschtschenko», murmelte er nach einer Weile. «Das verstehe ich nicht», sagte seine Frau fragend. «Er hat mir nach Paris geschrieben», erklärte Lushin zögernd, «über den Tod, die Beerdigung und alles das, und daß er die Sachen nach dem verstorbenen Vater aufbewahrt hat.» – «Ach Lushin», seufzte sie, «was tun Sie der Sprache an.» Sie überlegte einen Augenblick und fügte dann hinzu: «Mir ist es ja gleich, aber ich dachte, daß Sie diese Dinge vielleicht gerne hätten – als Andenken an Ihren Vater.» Lushin schwieg. Sie stellte sich diese unerwünschten Dinge vor – vielleicht der Federhalter, mit dem der alte Lushin seine Bücher geschrieben hatte, das eine oder andere Dokument, Photos –, und sie wurde traurig und machte ihrem Mann in Gedanken den Vorwurf der Hartherzigkeit. «Eins aber müssen wir unbedingt tun», sagte sie entschieden. «Wir müssen auf den Friedhof fahren und nach dem Grab sehen, ob es nicht verwahrlost ist.» – «Kalt und weit», sagte Lushin. «In den nächsten Tagen fahren wir hin», entschied sie. «Bestimmt ändert sich das Wetter. Bitte Vorsicht – da kommt ein Auto.»

Das Wetter wurde schlechter, und Lushin, der an das trübselige Stück Ödland und den Friedhofswind denken mußte, bat darum, die Fahrt bis zur nächsten Woche aufzuschieben. Es war übrigens ganz außergewöhnlich kalt. Die Eisbahn wurde geschlossen, die überhaupt vom Pech verfolgt war: Im letzten Winter war ein Tauwetter auf das andere gefolgt, und statt Eis hatte sich eine Pfütze gebildet, und jetzt herrschte solch ein Frost, daß selbst den Schuljungen die Lust am Schlittschuhlaufen verging. In den Parks lagen kleine Vögel mit hoher Brust auf dem Schnee und streckten die Beine in die Luft. Das ohnmächtige Quecksilber stürzte unter dem Einfluß seiner Umgebung immer tiefer. Und selbst die Eisbären im Zoo fanden langsam, daß die Direktion des Guten zuviel tue.

Die Wohnung der Lushins mit ihrer heroischen Zentralheizung erwies sich als eine der glücklichen, in denen man nicht in Pelzmänteln oder Wolldecken dasitzen mußte. Ganz benommen von der Kälte, statteten seine Schwiegereltern der Zentralheizung nur zu gern einen Besuch ab. Lushin saß in seiner alten, vor der Vernichtung bewahrten Jacke am Schreibtisch und zeichnete voll Eifer einen weißen, vor ihm stehenden Würfel. Sein Schwiegervater ging im Herrenzimmer auf und ab und erzählte lange, völlig anständige Witze oder las auf dem Sofa Zeitung, holte von Zeit zu Zeit tief Luft und räusperte sich. Die Schwiegermutter und ihre Tochter blieben am Teetisch sitzen, und vom Herrenzimmer aus konnte man durch das dunkle

Wohnzimmer hindurch den hellen, gelben Lampenschirm im Eßzimmer und auf dem braunen Hintergrund des Büfetts das beleuchtete Profil der jungen Frau sehen, die ihre bloßen, weit auf das Tischtuch vorgestreckten Ellbogen aufstützte und die Unterarme mit verschränkten Händen an eine Schulter zurückbog oder plötzlich einen Arm ausstreckte und mit weicher Bewegung einen blinkenden Gegenstand auf der Tischdecke berührte. Lushin schob den Würfel beiseite, nahm ein leeres Blatt Papier, bereitete in dem kleinen Blechkasten die bunten Knöpfe der Wasserfarben vor und machte sich eifrig daran, dieses ferne Bild festzuhalten, doch während er mit dem Lineal sorgfältigst die Linien der Perspektive auszog, ging in der Tiefe eine Veränderung vor sich, verschwand seine Frau aus dem hellen Rechteck des Eßzimmers, verlosch das Licht, ging dann näher, im Wohnzimmer, wieder an, und die Perspektive war verschwunden. Lushin kam überhaupt selten zu den Farben; der Bleistift war ihm lieber. Unter der Feuchtigkeit der Wasserfarben wurde das Papier unangenehm wellig, und die Farben verliefen ineinander; gelegentlich wurde man das äußerst hartnäckige Preußischblau einfach nicht mehr los – kaum hatte man ein wenig davon auf die äußerste Pinselspitze genommen, ergoß es sich auch schon über die emaillierte Innenseite des Tuschkastens, verschlang den vorbereiteten Farbton und färbte das Wasser im Glas giftig blau. Er hatte auch dicke Tuben mit chinesischer Tusche und Deckweiß, doch unweigerlich kamen die Verschlußkappen abhanden, trockneten die Öffnungen ein, und wenn er dann zu stark drückte, platzte die Tube unten auf, und ein dicker, schmieriger Wurm kam herausgekrochen. Seine Tuschereien waren fruchtlos, und selbst die einfachsten Dinge – eine Blumenvase oder ein von einem Rivieraprospekt kopierter Sonnenuntergang – gerieten fleckig, kränklich, schrecklich. Das Zeichnen dagegen war angenehm. Er zeichnete seine Schwiegermutter, aber sie war beleidigt; er zeichnete seine Frau im Profil, worauf sie meinte, wenn sie so aussähe, gäbe es keinen Grund, sie zu heiraten; dafür gelang ihm der hohe steife Kragen des Schwiegervaters aber sehr gut. Mit Vergnügen spitzte Lushin Bleistifte an und maß aus, was er gerade vor sich hatte, kniff dabei ein Auge zusammen, drückte den Daumen gegen den erhobenen Bleistift, fuhr sorgfältig mit dem Radiergummi über das Papier und hielt dabei den Bogen mit der flachen Hand fest, denn er wußte aus Erfahrung, daß es sonst ein lautes Ratschen gäbe und das Blatt eine Knitterfalte hätte. Und ganz sanft pustete er dann die Gummireste fort, denn er fürchtete, durch eine Berührung mit der Hand die Zeichnung zu verschmieren. Am meisten mochte er, womit er auf Anraten seiner Frau angefangen hatte und wozu er immer wieder zurückkehrte – weiße Würfel, Pyramiden, Zylinder und das Bruchstück eines Gipsornaments, das ihn an die Zeichenstunden in der Schule erinnerte – das einzige annehmbare Fach. Die wohl hundertmal von neuem gezeichneten feinen Linien wirkten beruhigend auf ihn, und er erreichte ein äußerstes an Schärfe, Genauigkeit und Reinheit. Sehr schön war auch das Schattieren mit regelmäßigen Strichen – zart und ruhig, ohne zu sehr aufzudrücken.

«Fertig», sagte er, hielt das Blatt von sich weg und

betrachtete den vollendeten Würfel durch die Augenwimpern. Der Schwiegervater setzte sein Pincenez auf, schaute es lange an und nickte mit dem Kopf. Aus dem Wohnzimmer kamen die Schwiegermutter und ihre Tochter, um es sich ebenfalls anzusehen. «Er wirft sogar einen kleinen Schatten», sagte seine Frau. «Ein sehr, sehr hübscher Würfel.» – «Gut gemacht, Sie sind ja ein richtiger Kubist», meinte die Schwiegermutter. Lushin lächelte mit einer Mundhälfte, nahm die Zeichnung und musterte die Wände des Herrenzimmers. Neben der Tür hing schon eine seiner Hervorbringungen: ein Eisenbahnzug auf einer Brücke über eine Schlucht. Im Wohnzimmer war ebenfalls etwas: ein Totenschädel auf einem Telephonbuch. Im Eßzimmer hingen mehrere ungemein runde Apfelsinen, die alle für Tomaten hielten. Und das Schlafzimmer schmückten ein Basrelief in Kohle und ein trauliches Zwiegespräch zwischen einem Kegel und einer Pyramide. Während seine Augen immer noch die Wände absuchten, verließ er das Herrenzimmer, und seine Frau sagte seufzend: «Ich bin mal neugierig, wo der liebe Lushin das nun wieder aufhängt.»

«Du hast noch nicht geruht, mich einzuweihen», begann ihre Mutter und deutete mit dem Kinn auf einen Stapel bunter Reiseprospekte, der auf dem Tisch lag. «Aber ich weiß ja selbst noch nicht», sagte Frau Lushin. «Es ist so schwer, sich zu entscheiden, überall ist es schön. Ich denke, wir fahren zuerst nach Nizza.» – «Ich würde zu den italienischen Seen raten», sagte ihr Vater, legte die Zeitung zusammen, nahm sein Pincenez ab und begann zu erzählen, wie schön die Seen seien. «Ich fürchte, er ist diese Gespräche über unsere Reise leid», sagte Frau Lushin. «Eines schönen Tages setzen wir uns einfach in die Bahn und fahren los.» – «Nicht vor April», sagte die Mutter flehend. «Das hast du mir doch versprochen...»

Lushin kam ins Herrenzimmer zurück. «Irgendwo hatte ich eine Schachtel mit Reißzwecken», sagte er, schaute auf den Schreibtisch und klopfte seine Taschen ab (wobei er wieder, zum dritten oder vierten Mal, das Gefühl hatte, als stecke etwas in der linken Tasche – aber nicht die Schachtel – und es war keine Zeit, der Sache nachzugehen). Die Reißzwecken fanden sich auf dem Schreibtisch. Lushin nahm sie und ging eilig wieder hinaus.

«Ach, ich habe vollkommen vergessen, dir zu erzählen. Stell dir vor, gestern früh...» Und sie berichtete der Tochter vom Anruf einer Dame, die unverhofft aus Rußland gekommen sei. Diese Dame sei als junges Mädchen oft bei ihnen in St. Petersburg zu Besuch gewesen. Vor einigen Jahren habe sie dann offenbar einen sowjetischen Geschäftsmann oder Funktionär geheiratet – ganz sei sie daraus nicht klug geworden –, und auf der Durchreise in einen Kurort, wo ihr Mann neue Kräfte sammeln wolle, habe sie für ein, zwei Wochen in Berlin Station gemacht. «Weißt du, es ist mir ein bißchen peinlich, daß uns eine Sowjetbürgerin besucht, aber sie ist so hartnäckig. Ich wundere mich, daß sie keine Angst hat, bei uns anzurufen. Wenn die drüben in Sowjetien erfahren, daß sie angerufen hat...» – «Ach, Mama, wahrscheinlich ist sie eine sehr unglückliche Frau, die für einige Zeit der Unfreiheit entronnen ist und irgend jemanden sehen möchte.» – «Nun, dann werde ich sie an dich weiterreichen», sagte die Mutter erleichtert, «bei dir ist es ja auch wärmer.»

Und ein paar Tage später um die Mittagsstunde tauchte der Besuch auf. Lushin lag noch im Bett, da er in der Nacht schlecht geschlafen hatte. Gewürgt von einem Alptraum, war er zweimal mit erstickten Schreien aufgewacht, und Frau Lushin war jetzt irgendwie nicht nach Gästen zumute. Der Besuch erwies sich als eine schlanke, lebhafte Dame mit nettem Makeup und nettem Bubikopf und war wie Frau Lushin mit teurer Schlichtheit gekleidet. Einander ins Wort fallend, gingen sie unter lauten Beteuerungen, daß sie sich überhaupt nicht verändert hätten, daß sie vielleicht sogar hübscher geworden seien, ins Herrenzimmer, wo es gemütlicher war als im Wohnzimmer. Der Besuch vermerkte im stillen, daß Frau Lushin vor zehn, zwölf Jahren ein recht anmutiges, temperamentvolles junges Mädchen gewesen und seither etwas fülliger, blasser und stiller geworden sei, während Frau Lushin fand, daß sich das bescheidene, schweigsame, junge Fräulein, das früher ab und zu bei ihnen verkehrt hatte und in einen Studenten verliebt war, der später von den Roten erschossen wurde, in eine sehr interessante, selbstsichere Dame verwandelt habe. «So, das ist also Ihr Berlin... ich danke schön. Fast umgekommen bin ich vor Kälte. Bei uns in Leningrad ist es wärmer, effektiv wärmer.» – «Wie ist es in St. Petersburg? Es hat sich doch sicher sehr verändert?» fragte Frau Lushin. «Klar hat es sich verändert», lautete die forsche Antwort. «Und das Leben dort ist schwer, sehr schwer», sagte Frau Lushin und nickte nachdenklich. «Ach was, Unsinn! Keine Spur. Bei uns wird gearbeitet, aufgebaut. Selbst mein Sprößling – wie, Sie wußten gar nicht, daß ich einen kleinen Jungen habe? – doch, habe ich, einen süßen kleinen Knirps –, also selbst er sagt, daß bei uns in Leningrad ‹gealbeit wird und der Boulgeois in Bellin auf der faulen Haut liegt›. Überhaupt findet er in Berlin alles viel schlimmer als zu Hause und will sich nicht einmal was ansehen. Er hat so eine gute Beobachtungsgabe, wissen Sie, er ist so feinfühlig... Aber im Ernst, das Kind hat recht. Ich fühle selber, wie wir Europa überholt haben. Nehmen wir unser Theater. Sie in Europa haben doch gar kein Theater, es existiert einfach nicht. Verstehen Sie mich recht, ich lobe die Kommunisten nicht, gar nicht. Aber eins muß man ihnen lassen: Sie blicken vorwärts, sie bauen auf. Ein intensiver Aufbau.» – «Ich verstehe nichts von Politik», sagte Frau Lushin langsam und klagend. «Es scheint mir nur...» – «Ich sage ja nur, daß man tolerant sein muß», fuhr der Besuch eilig fort. «Was sagen Sie zum Beispiel dazu. Bei meiner Ankunft habe ich mir eine Emigrantenzeitung gekauft. Natürlich sagte mein Mann, im Scherz natürlich: ‹Warum wirfst du dein Geld für solchen Mist hinaus, meine Gute?› Er drückte sich noch krasser aus, aber dem Anstand zuliebe will ich mal so sagen – und ich darauf: ‹Nein›, habe ich gesagt, ‹man muß sich alles ansehen, alles kennenlernen, ohne Voreingenommenheit.› Und denken Sie sich, ich schlage die Zeitung auf, lese, und was stehen da für Verleumdungen, was für Lügen, und alles so trivial.» – «Ich bekomme nur selten russische Zeitungen zu Gesicht», sagte Frau Lushin.

«Aber Mama zum Beispiel hält eine russische Zeitung, aus Serbien, glaube ich...» – «Es ist eine Verschwörung», fuhr die Dame fort. «Nichts als Geschimpfe, und niemand traut sich, auch nur einen Mucks zu unseren Gunsten vorzubringen.» – «Wirklich, wir reden besser von was anderem», sagte Frau Lushin unmutig. «Ich kann es nicht ausdrücken, ich kann über diese Dinge überhaupt nur schwer sprechen, aber ich fühle, daß Sie im Irrtum sind. Wenn Sie vielleicht eines Tages mit meinen Eltern darüber sprechen...» (Und bei diesen Worten stellte sie sich nicht ohne ein gewisses Vergnügen die Stielaugen und die spitzen Schreie ihrer Mutter vor.) «Nun ja, Sie sind noch jung.» Die Dame lächelte nachsichtig. «Erzählen Sie mir, was machen Sie so, was macht Ihr Mann, was ist er?» – «Er hat Schach gespielt», antwortete Frau Lushin. «Er war ein hervorragender Spieler, doch dann hat er sich überanstrengt, und jetzt erholt er sich; und bitte, Sie dürfen mit ihm nicht über Schach sprechen.» – «Ja, ja, ich weiß, er ist Schachspieler», sagte der Besuch. «Aber was ist er sonst? Reaktionär? Weißgardist?» – «Das weiß ich nun wirklich nicht», lachte Frau Lushin. «Ich habe einiges über ihn gehört», fuhr der Besuch fort. «Als mir Ihre *maman* erzählte, daß Sie einen Lushin geheiratet haben, da dachte ich mir gleich, daß er es sein müßte. Ich hatte eine gute Bekannte in Leningrad, und die erzählte mir mit einem... wissen Sie, mit so einem naiven Stolz, daß sie ihrem kleinen Neffen das Schachspielen beigebracht habe und wie dieser dann später außergewöhnlich...»

An dieser Stelle des Gesprächs erscholl aus dem Nebenzimmer ein seltsames Geräusch, so als wäre dort jemand irgendwo angestoßen und hätte dann aufgeschrien. «Einen Augenblick», sagte Frau Lushin, sprang vom Sofa auf und war drauf und dran, die Schiebetür zu öffnen, überlegte es sich aber wieder anders und nahm den Weg über die Diele. Im Wohnzimmer bot sich ein völlig unerwarteter Anblick: Lushin in Morgenrock und Pantoffeln, in der Hand ein Stück Weißbrot – doch natürlich nicht das war so überraschend, überraschend war vielmehr die bebende Erregung, die sein Gesicht entstellte, waren die aufgerissenen, glänzenden Augen, war die Stirn, die aussah, als wäre sie klumpiger geworden, die Ader, die geschwollen wirkte, und als er seine Frau bemerkte, schien er von ihr zunächst keine Notiz zu nehmen, sondern stand weiter da und starrte mit offenem Mund in Richtung Herrenzimmer. Im nächsten Augenblick stellte sich heraus, daß seine Erregung freudiger Art war. Zu seiner Frau gewandt, schlug er fröhlich die Zähne aufeinander, drehte sich schwerfällig um sich selbst, wobei er fast die Palme umgeworfen hätte und einen Pantoffel verlor, der wie etwas Lebendes ins Eßzimmer rutschte, wo Kakao dampfte; Lushin folgte ihm eilig.

«Nichts, nichts», sagte er verschmitzt, und wie ein Mensch, der sich über einen heimlichen Fund freut, schlug er sich auf die Knie, schloß die Augen und schüttelte den Kopf. «Diese Dame ist aus Rußland», sagte seine Frau versuchsweise. «Sie kennt Ihre Tante, die ... Nun, bloß eine Tante von Ihnen.» – «Großartig, großartig», sagte Lushin und verschluckte sich plötzlich vor Lachen. «Wovor habe ich eigentlich Angst?» dachte sie.

«Er ist einfach vergnügt, ist gutgelaunt aufgewacht, vielleicht wollte er...» – «Haben Sie etwas zu lachen, Lushin?» – «Ja, ja», sagte er, erfand rasch eine Ausrede und fügte hinzu: «Ich wollte mich ihr im Morgenrock vorstellen.» – «Also, wir sind vergnügt, das ist fein», sagte sie lächelnd. «Essen Sie was, und ziehen Sie sich dann an. Heute ist es anscheinend etwas wärmer.» Rasch ging sie wieder ins Herrenzimmer und ließ Lushin im Eßzimmer zurück. Ihr Besuch saß auf der Couch und betrachtete einige Schweizer Ansichten in einem Reiseprospekt. Bei Frau Lushins Erscheinen blickte sie auf und sagte: «Hören Sie, ich möchte Sie mit Beschlag belegen. Ich habe allerhand einzukaufen und weiß überhaupt nicht, wo hier die besten Geschäfte sind. Gestern habe ich eine geschlagene Stunde vor einem Schaufenster gestanden und überlegt, ob es vielleicht noch bessere Läden gibt. Und mit meinem Deutsch ist es auch nicht weit her...»

Lushin blieb im Speisezimmer sitzen und schlug sich in Abständen immer wieder auf die Knie. Es gab ja auch einen Anlaß zum Feiern. Die Kombination, mit deren Erkennung er sich seit dem Ball herumgeschlagen hatte, hatte sich ihm ganz unvermutet offenbart, dank einem Gesprächsfetzen, der aus dem Nebenzimmer an sein Ohr gedrungen war. In diesen ersten Minuten hatte er nur Zeit gehabt, glühende Freude darüber zu empfinden, daß er Schachspieler war, und dazu Stolz, Erleichterung und jene physiologische Empfindung der Harmonie, die Künstlern so vertraut ist. Er machte noch allerlei kleine Bewegungen, bis ihm die wahre Natur seiner außerordentlichen Entdeckung aufging –

trank seinen Kakao aus, rasierte sich, steckte die Manschettenknöpfe in ein frisches Hemd. Und plötzlich schwand die Freude, und andere Empfindungen ergriffen von ihm Besitz. Genau wie es vorkommen kann, daß sich eine vom Problemschach her bekannte Kombination beim wirklichen Spiel auf dem Brett ungefähr wiederholt, so war jetzt in seinem gegenwärtigen Leben die mehrmalige Wiederholung eines vertrauten Musters zu erkennen. Und kaum war die anfängliche Freude verflogen, daß er mit der Entdeckung dieser Wiederholung einer Tatsache auf die Spur gekommen war, kaum hatte er begonnen, diese Entdeckung sorgfältig in Augenschein zu nehmen, da erschauerte Lushin. Mit undeutlicher Bewunderung und undeutlichem Schrecken wurde er gewahr, wie unheimlich, wie raffiniert, wie geschmeidig sich in letzter Zeit die Bilder seiner Kindheit Zug um Zug wiederholt hatten (Landhaus... Stadt... Schule... Tante), doch warum diese kombinatorische Wiederholung ihm solche Furcht einflößte, das war ihm immer noch nicht ganz klar. Nur eines fühlte er lebhaft: eine gewisse Verärgerung darüber, daß er diese arglistige Zugfolge so lange nicht bemerkt hatte; wenn er sich jetzt irgendeine Kleinigkeit vor Augen hielt – und es gab viele, und sie waren manchmal derart geschickt aufgetreten, daß die Wiederholung fast verborgen blieb –, dann nahm Lushin es sich selber übel, daß er nicht stutzig geworden war, daß er nicht selber die Initiative ergriffen hatte, sondern die Kombination in blindem Vertrauen hatte gewähren lassen. Doch jetzt, so beschloß er, wollte er umsichtiger sein, die weitere Entwicklung der Züge, sofern sich eine solche abzeichnen sollte, genau im Auge behalten – und selbstverständlich, ganz selbstverständlich seine Entdeckung absolut geheimhalten und sich fröhlich, außergewöhnlich fröhlich geben. Von diesem Tage an gab es für ihn keine Ruhe mehr – er mußte, wenn das möglich war, eine Verteidigung gegen diese tückische Kombination finden, sich aus ihr befreien, und dazu mußte er ihr endgültiges Ziel, ihre verhängnisvolle Richtung vorhersehen, und das schien noch nicht im Bereich des Möglichen. Und der Gedanke, daß diese Wiederholung wahrscheinlich weitergehen würde, war so entsetzlich, daß er am liebsten die Uhr des Lebens angehalten, das Spiel ein für allemal abgebrochen hätte, erstarrt wäre, und gleichzeitig stellte er fest, daß er ja doch weiterlebte, daß sich da etwas vorbereitete, immer näher herankroch, und daß er keine Macht besaß, dieser Bewegung Einhalt zu gebieten.

Vielleicht hätte seine Frau die Veränderung an Lushin, seine von hölzerner Fröhlichkeit unterbrochenen Phasen der Schwermut eher bemerkt, wenn sie mehr mit ihm zusammengewesen wäre. Doch wie angekündigt, belegte die zudringliche Dame aus Rußland sie gerade in diesen Tagen mit Beschlag – zwang sie, stundenlang mit ihr von Geschäft zu Geschäft zu laufen, probierte gemächlich Hüte, Kleider und Schuhe an und stattete danach den Lushins ausgedehnte Besuche ab. Nach wie vor behauptete sie, es gäbe in Europa kein Theater, mit kalter Leichtigkeit ging ihr das Wort ‹Leningrad› (statt ‹Petersburg›) über die Lippen, und aus irgendeinem Grund bedauerte Frau Lushin sie, begleitete sie in Cafés, kaufte ihrem Sohn, einem dicken, finsteren Knaben, der in Gegenwart von Fremden der Sprache beraubt schien, Spielsachen, die er ängstlich und widerwillig annahm, worauf seine Mutter versicherte, daß ihm hier rein gar nichts gefalle und er nur davon träume, zu seinen kleinen Ko-Pionieren zurückzukehren. Sie kam auch mit Frau Lushins Eltern zusammen, doch das Gespräch über Politik fand leider nicht statt; man tauschte Erinnerungen an frühere Bekannte aus, während Lushin den kleinen Iwan schweigend und konzentriert mit Pralinen fütterte, die dieser schweigend und konzentriert verdrückte, worauf er puterrot wurde und schleunigst aus dem Zimmer geführt wurde. Das Wetter war inzwischen wärmer geworden, und wiederholt versicherte Frau Lushin ihrem Mann, daß sie sofort und ohne Aufschub zum Friedhof hinausfahren würden, sobald diese unglückselige Frau mit ihrem unglückseligen Kind und dem unvorzeigbaren Gatten endlich abgereist sei, und Lushin nickte mit gewissenhaftem Lächeln. Schreibmaschine, Geographie und Zeichnen gab er auf, denn jetzt wußte er, daß alles das zu der Kombination gehörte, eine ausgeklügelte Wiederholung der Züge war, die in seiner Kindheit stattgefunden hatten. Lächerliche Tage: Frau Lushin hatte das Gefühl, daß sie den Stimmungen ihres Gatten nicht genug Beachtung schenke, daß etwas ihrer Kontrolle entglitt, und trotzdem hörte sie sich weiterhin höflich das Geschwätz der Besucherin an und übersetzte den Verkäufern deren Wünsche, und das war besonders unangenehm, wenn sich herausstellte, daß irgendwelche schon getragenen Schuhe ihr doch nicht gefielen und sie mit ihr nochmals in den Laden gehen mußte, wo die rot angelaufene Dame auf russisch über die Firma schimpfte und verlangte, daß man die Schuhe umtausche, und dann mußte sie sie beruhigen und ihre scharfen Worte in der deutschen Fassung erheblich abschwächen. Am Vorabend ihrer Abreise kam sie mit dem kleinen Iwan, um sich zu verabschieden. Sie ließ ihn im Herrenzimmer und ging mit Frau Lushin ins Schlafzimmer, die ihr wohl zum hundertsten Mal ihre Garderobe vorführte. Iwan saß auf der Couch, kratzte an seinem Knie, bemühte sich, Lushin nicht anzusehen, der auch nicht wußte, wohin er blicken sollte, und überlegte, wie man das schwammige Kind beschäftigen könnte. «Telephon», rief Lushin schließlich mit hoher Stimme, zeigte mit dem Finger auf den Apparat und lachte los, als wäre er ehrlich erstaunt. Doch Iwan schaute nur finster in die Richtung von Lushins Finger und wandte sich dann mit hängender Unterlippe ab. «Eisenbahn und Schlucht», versuchte es Lushin von neuem und streckte die andere Hand nach seinem eigenen Bild an der Wand aus. Ein blinkendes Tröpfchen füllte Iwans linkes Nasenloch, er zog es hoch und schaute teilnahmslos vor sich hin. «Der Verfasser einer göttlichen Komödie», brüllte Lushin und zeigte zur Dante-Büste hinauf. Schweigen, leises Schniefen. Lushin hatten seine gymnastischen Bemühungen müde gemacht, und er verstummte ebenfalls. Er überlegte, ob im Eßzimmer vielleicht Süßigkeiten wären oder ob er das Grammophon im Wohnzimmer aufziehen sollte, doch der Knabe auf der Couch hypnotisierte ihn durch seine bloße Gegenwart, und es war unmöglich, das Zimmer zu verlassen. «Ein Spielzeug wäre das Richtige», sagte er im stillen, musterte den Tisch, schätzte ab, wieviel Interesse der Kleine dem Brieföffner entgegenbringen mochte, kam zu dem Schluß, daß er ihm kein Interesse abgewinnen würde, und fing verzweifelt an, in seinen Taschen zu kramen. Und wieder kam es ihm wie schon oft vorher so vor, als sei die linke Tasche zwar leer, enthalte aber geheimnisvollerweise doch etwas, etwas Ungreifbares. Lushin dachte, daß ein solches Phänomen vielleicht geeignet sei, Klein-Iwan zu interessieren. Er setzte sich neben ihn auf den Rand der Couch und blinzelte ihm listig zu. «Zauberkunststück», sagte er und zeigte ihm, daß die Tasche leer war. «Dieses Loch hat mit dem Kunststück nichts zu tun», erklärte er. Lustlos und übelwollend verfolgte Iwan seine Bewegungen. «Und trotzdem ist was drin», sagte Lushin verzückt und blinzelte wieder. «Unterm Futter», schnaubte Iwan verächtlich und wandte sich achselzuckend ab. «Richtig!» rief Lushin mit gespieltem Entzücken, zwängte eine Hand durch das Loch und hielt mit der anderen den Rand der Jacke fest. Zuerst kam eine rote Ecke zum Vorschein und dann das ganze Ding – eine Art flaches, ledernes Notizbuch. Lushin betrachtete es mit hochgezogenen Augenbrauen, drehte es in den Händen, zog eine kleine Lasche aus ihrem Schlitz und öffnete es behutsam. Es war kein Notizbuch, sondern ein kleines, zusammenklappbares Schachspiel aus Saffianleder. Lushin fiel sofort ein, daß er es in einem Pariser Club geschenkt bekommen hatte – alle Teilnehmer an jenem Turnier hatten damals so etwas bekommen, eine Firmenreklame, nicht einfach ein Andenken an den Club. In den Seitenfächern dieses

Taschenschachspiels steckten Zelluloidplättchen, die wie kleine Fingernägel aussahen, und in jedes war das Bild einer Schachfigur geprägt. Sie ließen sich mit der Spitze in einen kleinen Schlitz am unteren Rande jedes Quadrates stecken, so daß die runde Kuppe mit der gezeichneten Figur flach auf dem Spielfeld lag. Es wirkte sehr elegant und hübsch – man mußte es bewundern, das kleine rot-weiße Brett, die glatten Zelluloidnägel und auch die goldgeprägten Buchstaben am waagerechten Rand und die Ziffern am senkrechten. Lushin begann mit vor Vergnügen weit offenem Mund die Plättchen einzustecken – zunächst bloß eine Bauernkette auf der zweiten Reihe, dann aber besann er sich eines anderen, nahm mit den Fingerspitzen vorsichtig die winzigen Steckfiguren aus ihren Fächern und baute die Abbruchstellung aus seiner Partie gegen Turati auf. Im Nu stand sie, und sofort verflüchtigte sich die materielle Seite der Sache: Das kleine Brett vor ihm auf der flachen Hand wurde ungreifbar und schwerelos, das Saffianleder löste sich in einem rosabeigen Dunst auf, und alles verschwand außer der Schachstellung selber, komplex, prickelnd, mit außerordentlichen Möglichkeiten geladen. Einen Finger an die Schläfe gelegt, war Lushin so in Gedanken versunken, daß er nicht bemerkte, wie Iwan aus Langeweile von der Couch heruntergeklettert war und mit dem schwarzen Ständer der Stehlampe hin- und herschaukelte. Sie fiel um, und das Licht ging aus. In der Finsternis kam Lushin wieder zu sich und begriff im ersten Augenblick nicht, wo er war und was um ihn vorging. Ein unsichtbares Wesen fummelte ächzend in der Nähe herum, plötzlich füllte sich der orangefarbene Schirm wieder mit durchscheinendem Licht, und ein blasser kleiner Junge mit kurzgeschorenen Haaren kniete auf dem Fußboden und zog die elektrische Schnur gerade. Lushin schreckte hoch und klappte das Schachspiel zu. Sein fürchterlicher kleiner Doppelgänger, der kleine Lushin, für den die Schachfiguren aufgestellt worden waren, rutschte auf den Knien über den Teppich ... Das alles war schon einmal dagewesen ... Und wieder war er hereingelegt worden, wieder hatte er nicht begriffen, wie sich die Wiederholung eines vertrauten Themas in der Wirklichkeit abspielen würde. Im nächsten Augenblick kam alles wieder ins Gleichgewicht: Iwan kletterte schniefend auf die Couch zurück; im leichten Dämmer jenseits der orangefarbenen Lampe schwamm Lushins Herrenzimmer und schwankte sacht; das rote Saffiannotizbuch lag unschuldig auf dem Teppich – doch Lushin wußte, alles war eine Falle, die Kombination hatte sich noch nicht ganz entwickelt, und bald schon würde eine neue, unheilvolle Wiederholung eintreten. Er bückte sich rasch, packte das materielle Symbol dessen, was sich seiner Phantasie so wollüstig und schrecklich wieder bemächtigt hatte, steckte es in die Tasche und überlegte, was ein sichereres Versteck dafür wäre; aber gerade dann ertönten Stimmen, seine Frau mit ihrem Besuch kam herein, und beide schwammen wie durch Zigarettenrauch auf ihn zu. «Iwan, steh auf, wir müssen gehen. Ja, ja, meine Liebe, ich habe noch so viel zu packen», sagte die Dame und ging zu Lushin hinüber, um sich von ihm zu verabschieden. «Es hat mich sehr gefreut, Sie kennenzulernen», sagte sie und schaffte es, bei diesen Worten zu denken, was sie schon oft gedacht hatte: «Was für eine Knalltype, was für ein komischer Kauz.» – «Sehr gefreut. Jetzt kann ich Ihrer Tante erzählen, daß ich ihren kleinen Schachspieler gesehen habe, der groß und berühmt geworden ist...» – «Sie müssen unbedingt auf Ihrer Rückreise noch einmal vorbeikommen», unterbrach sie Frau Lushin eilig und laut und blickte zum ersten Mal mit Haß auf die lächelnden, siegellackroten Lippen der Frau und ihre erbarmungslos dummen Augen. «Aber natürlich, das versteht sich doch von selbst. Iwan, steh auf und sag auf Wiedersehen!» Mit einigem Widerwillen gehorchte Iwan, und alle gingen in die Diele hinaus. «Hier in Berlin macht es immer eine Menge Umstände, jemanden hinauszulassen», sagte sie ironisch, während sie beobachtete, wie Frau Lushin die Schlüssel vom Spiegeltisch nahm. «Nein, wir haben einen Fahrstuhl», erklärte Frau Lushin nicht ganz passend und sehnte in rasender Ungeduld den Augenblick herbei, an dem die Dame endlich ginge; mit der Braue bedeutete sie ihrem Gatten, der Dame in den Sealskinmantel zu helfen. Statt dessen nahm Lushin den Kindermantel vom Garderobenhaken... Aber glücklicherweise kam gerade in diesem Augenblick das Hausmädchen. «Auf Wiedersehen, auf Wiedersehen», sagte Frau Lushin von der Tür her, während die Gäste in Begleitung des Hausmädchens im Fahrstuhl Aufstellung nahmen. Über die Schulter seiner Frau hinweg sah Lushin noch, wie Iwan auf die kleine Sitzbank kletterte, doch dann schloß sich die Flügeltür, und der Fahrstuhl in seinem Eisenkäfig versank. Frau Lushin eilte ins Herrenzimmer und warf sich mit dem Gesicht nach unten auf die Couch. Er setzte sich neben sie und begann, tief innen ein Lächeln hervorzubringen, zusammenzukleben und zu vernähen, um es für den Augenblick bereit zu haben, wenn seine Frau sich ihm zuwandte. Sie wandte sich ihm zu. Das Lächeln glückte zufriedenstellend. «Uff», seufzte Frau Lushin, «endlich sind wir sie los!» Rasch umarmte sie ihren Gatten und küßte ihn – aufs rechte Auge, dann aufs Kinn und schließlich aufs linke Ohr –, eine strenge Reihenfolge beobachtend, die er einmal gutgeheißen hatte. «Nun denn, Kopf hoch, Kopf hoch», wiederholte sie. «Endlich ist diese Dame fort, verschwunden.» – «Verschwunden», sagte Lushin gehorsam und küßte seufzend die Hand, die seinen Hals tätschelte. «Was für Zärtlichkeiten», flüsterte seine Frau, «ach, was für liebe Zärtlichkeiten...»

Es war Bettzeit. Sie ging sich ausziehen, und Lushin wanderte durch alle drei Zimmer, auf der Suche nach einem Versteck für das Taschenschach. Nirgendwo war es sicher. In die unerwartetsten Winkel senkte sich morgens der Rüssel des beutegierigen Staubsaugers. Es ist schwierig, sehr schwierig, etwas zu verstecken: Die anderen Dinge sind eifersüchtig und abweisend, klammern sich fest an ihren Ort und lassen den heimatlosen Gegenstand, der auf der Flucht vor Verfolgung ist, in keine Ritze. So gelang es ihm an diesem Abend nicht, das Saffiannotizbuch zu verstecken, und später beschloß er, es gar nicht zu verstecken, sondern es einfach loszuwerden, doch auch das fiel nicht leicht; so blieb es in seinem Jackenfutter, und erst Monate später, als alle Gefahr längst vorbei war, fand sich das Taschenschach wieder, und da blieb seine Herkunft dunkel.

Kapitel 14

Sich selber mußte Frau Lushin eingestehen, daß der dreiwöchige Besuch aus Rußland nicht spurlos an ihr vorübergegangen war. Die Ansichten dieser Dame waren falsch und dumm – aber wie war das zu beweisen? Sie war über sich selber entsetzt, denn sie hatte sich in den letzten Jahren kaum um die Wissenschaft des Exils gekümmert, hatte passiv die glänzenden, lackierten, golden beschrifteten Ansichten ihrer Eltern übernommen, hatte die Politikerreden auf den Emigrantenversammlungen, die zu besuchen eine Zeitlang zum guten Ton gehörte, unaufmerksam über sich ergehen lassen. Ihr kam der Gedanke, daß vielleicht auch Lushin Geschmack an politischen Fragen finden könnte – vielleicht würden sie ihm sogar Spaß machen, wie Millionen anderen klugen Menschen auch. Es war unumgänglich, daß Lushin ein neues Betätigungsfeld fand. Er war sonderbar geworden, der wohlbekannte Mißmut war wieder zum Vorschein gekommen, und manchmal war ein unsteter Ausdruck in seinen Augen, als hätte er etwas vor ihr zu verbergen. Es beunruhigte sie, daß er bisher noch immer kein wirklich fesselndes Steckenpferd gefunden hatte, und sie machte sich selber die Enge ihres geistigen Horizonts zum Vorwurf, die Unfähigkeit, das Gebiet, die Idee oder den Gegenstand zu finden, die Lushins brachliegende Talente mit Arbeit und Nahrung versorgen könnten. Sie wußte, Eile war geboten, jede unausgefüllte Minute in Lushins Leben war ein Schlupfloch für Phantome. Ehe sie in malerische Gegenden aufbrachen, mußte für Lushin ein interessantes Spiel gefunden werden, erst dann konnte man zum Balsam des Reisens greifen, diesem hochwirksamen Mittel, mit dem sich romantische Millionäre von ihrem Spleen heilen.

Sie begann mit Zeitungen. Sie abonnierte *Snamja* (Das Banner), *Rossijanin* (Der Russe), *Sarubjeshnyj Golos* (Die Stimme des Exils), *Objedinjenije* (Die Einheit) und *Klitsch* (Die Fanfare), kaufte die letzten Nummern von Emigrantenzeitschriften und – zum Vergleich – auch einige sowjetische Zeitschriften und Zeitungen. Sie vereinbarten, einander täglich nach dem Mittagessen daraus vorzulesen. Als sie sah, daß in einigen Zeitungen eine Schachecke erschien, dachte sie zunächst daran, diese auszuschneiden und zu vernichten, fürchtete aber, Lushin zu kränken. Als Beispiele für ein interessantes Spielgeschehen tauchten ein paarmal alte Partien von Lushin auf. Das war unangenehm und gefährlich. Die Nummern mit der Schachecke unterschlagen konnte sie nicht, da Lushin die Zeitungen sammelte, um sie später zu binden. Immer wenn er eine Zeitung aufschlug, die ein schmuddeliges Schachdiagramm enthielt, beobachtete sie seinen Gesichtsausdruck, doch er spürte ihren Blick und schaute nur flüchtig hin. Sie hatte ja keine Ahnung, mit welch sündhafter Ungeduld er die Donnerstage und Montage herbeisehnte, an denen die Schachecke erschien, mit welcher Gier er sich auf die abgedruckten Partien stürzte, wenn sie nicht daheim war. Bei Schachproblemen genügte ihm ein kurzer Seitenblick, mit dem er die Figurenstellung erfaßte, und schon hatte er sich das Problem gemerkt und löste es im Kopf, während ihm seine Frau den Leitartikel vorlas. «... Ihre ganze Tätigkeit besteht in tiefgreifender Veränderung und Steigerung, die gewährleisten sollen...», las seine Frau mit monotoner Stimme. («Eine interessante Konstruktion», dachte Lushin. «Die schwarze Dame ist völlig frei.») «... eine scharfe Grenze zwischen den lebenswichtigen Interessen zieht, und darüber hinaus dürfte es sich nicht erübrigen festzuhalten, daß die Achillesferse dieser strafenden Hand...» («Gegen die Drohung auf h7 kann sich Schwarz offensichtlich verteidigen», überlegte Lushin und setzte mechanisch ein Lächeln auf, als seine Frau ihre Lektüre für einen Augenblick unterbrach und plötzlich leise sagte: «Das verstehe ich nicht.») «In dieser Beziehung», fuhr sie fort, «werden alle Beziehungen aufgehoben...» («Ah, phantastisch», rief Lushin im Geiste, als er den Schlüsselzug fand – ein berauschend elegantes Opfer.) «... und die Katastrophe ist nicht mehr fern», beendete seine Frau den Artikel und seufzte. Je aufmerksamer sie nämlich die Zeitungen las, desto mehr langweilte sie sich, denn die lichte Wahrheit, die sie immer fühlte und doch nie ausdrücken konnte, verbarg sich dort hinter einem Nebel von Worten, Metaphern, Annahmen und Argumenten. Wandte sie sich aber den Zeitungen der anderen Welt zu, sowjetischen Zeitungen, so kannte ihre Langeweile keine

Grenzen mehr. Die Kälte einer Friedhofsverwaltung wehte sie daraus an, die Öde verschmuddelter Kanzleien, und irgendwie fühlte sie sich an die leblosen Züge eines gewissen kleinen Beamten auf einem der Ämter erinnert, die sie in jenen Tagen hatte aufsuchen müssen, als man sie und Lushin wegen eines armseligen Papiers von einer Dienststelle zur anderen schickte. Der Beamte war schäbig gekleidet und reizbar und aß gerade ein Diabetikerbrötchen. Wahrscheinlich bekam er ein jämmerliches Gehalt, war verheiratet und hatte ein Kind mit Ausschlag am ganzen Körper. Dem Papier, das sie nicht hatten und heranschaffen mußten, maß er kosmische Bedeutung bei, die ganze Welt hing von diesem Papier ab und würde rettungslos zu Staub zerfallen, wenn es jemandem fehlte. Und das war noch nicht alles: Es stellte sich heraus, daß die Lushins es erst nach Ablauf einer unermeßlichen Frist bekommen konnten, nach Jahrtausenden der Verzweiflung und Leere, und zur Linderung dieses Weltschmerzes war einem nur ein einziges Mittel zugestanden, nämlich Anträge auszufüllen. Der Beamte fuhr den armen Lushin an, weil er in seinem Büro rauchte, und dieser zuckte zusammen und steckte den Stummel in die Tasche. Durchs Fenster sah man ein im Bau befindliches Haus mit einem Gerüst drum herum und den schrägen Regen; in einer Ecke des Raumes hing ein kleines schwarzes Jackett, das der Beamte während der Dienststunden mit einer Lüsterjacke vertauschte, und von seinem Tisch ging eine Atmosphäre von lila Tinte und der gleichen transzendenten Hoffnungslosigkeit aus. Sie gingen mit leeren Händen, und sie hatte das Gefühl, als hätte sie mit einer grauen, blinden Ewigkeit gekämpft, die sie besiegt und ihre schüchterne irdische Bestechung verächtlich zurückgewiesen hatte – drei Zigarren. Auf einer anderen Dienststelle bekamen sie das Stück Papier dann anstandslos. Später dachte Frau Lushin mit Schrecken daran, daß sich der kleine Beamte, der sie fortgeschickt hatte, wahrscheinlich ausmalte, wie sie nun als ruhelose Gespenster im luftleeren Raum umherirrten, und vielleicht auf ihre demütige, schluchzende Rückkehr wartete. Warum ihr gerade sein Bild vor Augen stand, wenn sie eine Moskauer Zeitung in die Hand nahm, war ihr unklar. Vielleicht das gleiche Gefühl von Langeweile und Mitleid? Doch das genügte ihr nicht, ihr Verstand blieb unbefriedigt – und plötzlich begriff sie, daß auch sie nach einer Formel suchte, der offiziellen Verkörperung eines Gefühls, und daß es doch auf etwas ganz anderes ankam. Ihr Verstand war außerstande, den komplizierten Kampf zwischen den nebelhaften Meinungen zu begreifen, der in den verschiedenen Emigrantenzeitungen ausgefochten wurde; diese Vielfalt der Meinungen machte sie besonders ratlos, denn apathisch hatte sie vorausgesetzt, daß alle Menschen, die nicht so dachten wie ihre Eltern, so dachten wie jener hinkende Spaßvogel, der vor einer kicherigen Mädchenschar von der Soziologie schwadroniert hatte. Nun stellte sich heraus, daß es bei den verschiedenen Meinungen die feinsten Nuancen und die giftigste Feindseligkeit gab – und wenn das alles auch zu kompliziert für den Verstand war, begann das Herz doch ganz deutlich eines zu fühlen: Hier wie in Rußland quälte man andere oder wollte es tun, aber dort waren die Qualen und das Verlangen, solche zu bereiten, hundertmal größer als hier, und darum war es hier besser.

Wenn Lushin mit Vorlesen an der Reihe war, suchte sie für ihn einen lustigen Artikel oder eine zu Herzen gehende Geschichte heraus. Er las mit komischen Stockungen, sprach manche Wörter seltsam aus, ging zuweilen über einen Punkt hinweg oder machte die Pause schon vorher und hob und senkte die Stimme ohne Sinn. Unschwer konnte sie sehen, daß die Zeitungen ihn nicht interessierten; begann sie ein Gespräch über einen soeben gelesenen Artikel, stimmte er sofort allen ihren Schlußfolgerungen zu, und als sie ihn einmal auf die Probe stellte und bewußt sagte, daß alle Emigrantenzeitungen lügen, gab er ihr auch darin recht.

Zeitungen waren das eine, Menschen etwas anderes; vielleicht sollte man diese Leute einmal anhören. Sie stellte sich vor, wie in ihrer Wohnung Menschen mit verschiedenen Meinungen – «ein Haufen Intellektuelle», wie sich ihre Mutter ausdrückte – zusammenkämen, wie Lushin den lebendigen Auseinandersetzungen und Unterhaltungen über aktuelle Themen folgte und dabei vielleicht nicht gerade aufblühte, aber doch wenigstens zeitweilige Zerstreuung fände. Von allen Bekannten ihrer Mutter galt Oleg Sergejewitsch Smirnowskij als der gebildetste, ja sogar als «Linker», wie ihre Mutter nicht ohne Koketterie behauptete – als aber Frau Lushin ihn bat, ein paar interessante, freisinnige Menschen mitzubringen, die nicht nur *Snamja*, sondern auch *Objedinjenije* und *Sarubjeshnyj Golos* lasen, gab ihr Smirnowskij zur Antwort, sie möge bitte verstehen, daß er in diesen Kreisen nicht verkehre, und fing an, solchen Verkehr zu tadeln, erklärte rasch, daß er in anderen Kreisen verkehre, in denen nicht zu verkehren man sich nicht leisten konnte, und Frau Lushin schwirrte bei soviel Verkehr der Kopf wie auf dem Karussell im Lunapark. Nach diesem Mißerfolg holte sie aus verschiedenen Winkeln ihres Gedächtnisses Menschen hervor, denen sie zufällig einmal begegnet war und die ihr jetzt vielleicht behilflich sein konnten. Sie erinnerte sich an eine junge Russin, die Tochter eines aktiven Politikers der demokratischen Gruppe, die in der Berliner Kunstgewerbeschule neben ihr gesessen hatte; sie erinnerte sich an Alfjorow, der überall gewesen war und gern erzählte, wie ein alter Dichter einmal in seinen Armen gestorben war; sie erinnerte sich an einen wenig geschätzten Verwandten, der im Büro einer liberalen russischen Zeitung arbeitete, deren Namen die dicke Zeitungsfrau an der Ecke jeden Abend mit rollendem Kehllaut ausrief. Sie suchte noch diesen und jenen heraus. Im übrigen vertraute sie darauf, daß sich wahrscheinlich viele Intellektuelle an den Schriftsteller Lushin erinnerten oder den Schachspieler Lushin kannten und mit Vergnügen zu ihnen kommen würden.

Was aber kümmerte das alles Lushin? Das einzige, was ihn wirklich beschäftigte, war die komplexe, hinterlistige Partie, in die er irgendwie verwickelt war. Hilflos und mißmutig suchte er nach Anzeichen für die Schachwiederholung und fragte sich immer noch, worauf sie hinausliefe. Aber ständig auf der Hut zu sein, immer alle Aufmerksamkeit anzuspannen, war auch unmöglich: Hin und wieder ließ etwas in ihm nach, freute er sich arglos über eine Partie in der Zeitung – und merkte plötzlich verzweifelt, daß er wieder einmal nicht aufgepaßt hatte und daß in seinem Leben soeben ein feiner Zug geschehen war, der die verhängnisvolle Kombination gnadenlos fortführte. Dann beschloß er, seine Wachsamkeit zu verdoppeln und jede Sekunde seines Lebens im Auge zu behalten, denn überall konnten Fallen lauern. Was ihn aber am meisten quälte, war die Unmöglichkeit, sich eine vernünftige Verteidigung auszudenken, denn immer noch war die Absicht des Gegners undurchschaubar.

Zu dick und schwammig für seine Jahre, schob er sich zwischen den Leuten hin und her, die seine Frau sich hatte einfallen lassen, suchte nach einem stillen Plätzchen, horchte die ganze Zeit und hielt Ausschau, ob sich nicht irgendwo eine Andeutung des nächsten Zuges abzeichnete, ob nicht das Spiel weiterginge, das er nicht angefangen hatte, das aber mit fürchterlicher Gewalt gegen ihn im Gange war. Es kam vor, daß sich etwas dieser Art andeutete, daß sich etwas vorwärtsbewegte, doch deutlicher wurde der Sinn der Kombination dadurch keineswegs. Auch war es schwer, ein stilles Plätzchen zu finden – die Leute richteten Fragen an ihn, die er mehrmals für sich wiederholen mußte, ehe er ihren einfachen Sinn begriff und eine einfache Antwort darauf fand. In allen drei teleskopmäßig auseinandergezogenen Zimmern war es sehr hell – keines blieb von den Lampen verschont –, Leute saßen im Eßzimmer, auf den unbequemen Stühlen im Wohnzimmer, auf der Couch im Herrenzimmer, und ein Mann in bleicher Flanellhose versuchte mehrmals, sich sogar auf dem

Schreibtisch niederzulassen, nicht ohne vorher aus Gründen der Bequemlichkeit den Tuschkasten und einen Stoß aus ihren Streifbändern gelöster Zeitungen beiseite zu schieben. Ein ältlicher Schauspieler mit einem von vielen Rollen gezeichneten Gesicht, ein weicher Mensch mit weicher Stimme (der am besten sicher in Pantoffeln war, in Rollen, die Grunzen, Stöhnen, grimassierende Katerstimmungen und eine schrullige und anzügliche Mimik verlangten), saß auf der Couch neben der korpulenten, schwarzäugigen Gattin des Journalisten Bars, einer Ex-Schauspielerin, und tauschte mit ihr Erinnerungen an die Zeit aus, als sie in einer Stadt an der Wolga gemeinsam im Melodrama *Der Liebestraum* aufgetreten waren. «Erinnern Sie sich an den Zwischenfall mit dem Zylinder und wie ich mich damals geschickt aus der Affaire gezogen habe?» fragte der Schauspieler mit weicher Stimme. «Endlose Ovationen», sagte die schwarzäugige Dame, «Ovationen habe ich damals bekommen, die ich nie vergessen werde...» So fielen sie sich gegenseitig mit den eigenen Erinnerungen ins Wort, und der Mann mit den bleichen Hosen bat den gedankenversunkenen Lushin schon zum dritten Mal um «eine kleine Zigarette». Er war ein angehender Dichter, der seine Verse mit Inbrunst im Singsangton vortrug und, den Blick in die Ferne gerichtet, dazu kaum merklich mit dem Kopf zuckte. Gewöhnlich trug er den Kopf hoch, so daß sein großer, beweglicher Adamsapfel ins Auge fiel. Die Zigarette bekam er nicht, da Lushin geistesabwesend weiter ins Wohnzimmer ging, und der Dichter, der voller Ehrfurcht seinem dicken Nacken nachsah, überlegte, was für ein wundervoller Schachspieler er doch sei, freute sich auf die Zeit, wenn er sich mit einem ausgeruhten, erholten Lushin über sein heißgeliebtes Schachspiel unterhalten könnte, erblickte in der Türöffnung dann Lushins Gattin und ging mit sich zu Rate, ob es sich lohnen würde, ihr den Hof zu machen. Frau Lushin hörte sich gerade lächelnd an, was ihr der hochgewachsene, pockennarbige Journalist Bars erzählte, und dachte darüber nach, wie schwer es doch sei, alle Gäste an einem Teetisch unterzubringen und ob es nicht besser wäre, künftig jedem den Tee dort zu reichen, wo er saß. Bars sprach sehr schnell und immer so, als sei er genötigt, einen gewundenen Gedanken samt allen seinen Zusatzklauseln und glitschigen Anhängseln in der kürzest möglichen Zeit auszudrücken, das alles abzustützen und nachträglich noch einmal umzubauen, und wenn er an einen aufmerksamen Zuhörer geraten war, dann stellte dieser nach und nach fest, daß dieser labyrinthische Redeschwall allmählich eine erstaunliche Harmonie erkennen ließ und sich selbst die Sprache mit ihren gelegentlichen falschen Betonungen und Zeitungsphrasen plötzlich verklärte, als verleihe ihr der zum Ausdruck gebrachte Gedanke Anmut und Adel. Als Frau Lushin ihren Gatten erblickte, drückte sie ihm einen Teller mit einer wunderhübsch geschälten Apfelsine in die Hand und ging an ihm vorbei ins Herrenzimmer. «Und wohlgemerkt», sagte ein Mensch von unscheinbarem Aussehen, der dem gesamten Gedankengang des Journalisten gefolgt war und ihn zu würdigen wußte, «wohlgemerkt ist bei Tjuttschew die Nacht kühl, und die Sterne in ihr sind rund und feucht und glänzend und nicht bloß helle Punkte.» Weiter sagte er nichts, da er überhaupt nur wenig sagte, weniger aus Bescheidenheit als vielmehr, so schien es, aus Furcht, etwas Kostbares zu verschütten, das ihm zwar nicht gehörte, ihm aber anvertraut worden war. Frau Lushin gefiel er übrigens sehr, und zwar gerade wegen seiner Unscheinbarkeit, der Neutralität seiner Züge, so als sei er wirklich nur das Äußere eines Gefäßes mit so heiligem und seltenem Inhalt, daß es eine Blasphemie gewesen wäre, den Ton zu bemalen. Er hieß Petrow, nichts an ihm war bemerkenswert, er hatte nichts geschrieben und lebte wie ein Bettler, sprach aber mit niemandem darüber. Seine einzige Aufgabe im Leben bestand darin, gefaßt und ehrfürchtig das zu tragen, was ihm anvertraut worden war, was um jeden Preis in allen Einzelheiten, in seiner ganzen Reinheit erhalten bleiben mußte, und deshalb machte er auch nur kleine, vorsichtige Schritte, war bemüht, niemanden anzustoßen, und nur ganz selten, wenn er bei seinem Gegenüber eine ähnliche Beflissenheit bemerkte, zeigte er – aus dem gewaltigen Etwas, das er geheimnisvoll mit sich herumtrug – für einen Augenblick eine zarte, unschätzbare Kleinigkeit, eine Puschkin-Zeile oder das Bauernwort für eine Feldblume. «Ich kann mich an den Vater unseres Gastgebers erinnern», sagte der Journalist, als sich Lushins Rücken in Richtung Eßzimmer entfernte. «Er sieht ihm nicht ähnlich, aber wie seine Schultern gebaut sind, da gibt es schon eine Übereinstimmung. Er war eine gute Seele, ein netter Kerl, doch als Schriftsteller... Was? Finden Sie wirklich, daß diese süßlichen Geschichten für die Jugend...» – «Bitte sehr, dürfte ich ins Speisezimmer bitten», sagte Frau Lushin, die mit drei Gästen, die sie dort eingesammelt hatte, aus dem Herrenzimmer zurückkam. «Der Tee ist fertig. Darf ich bitten?» Die, die schon am Tisch saßen, saßen alle an einem Ende, während am anderen ein einsamer Lushin mit finster gesenktem Kopf saß, an einem Apfelsinenschnitz kaute und den Tee in seinem Glas umrührte. Unter den Anwesenden waren Alfjorow und seine Gattin, eine lebhaft geschminkte junge Dame mit dunklem Teint, die herrliche Feuervögel zeichnete, ein kahlköpfiger junger Mann, der sich scherzhaft einen Zeitungsarbeiter nannte, doch insgeheim davon träumte, in der Politik eine Rolle zu spielen, sowie zwei Damen, Rechtsanwaltsgattinnen. Außerdem saß noch der sympathische Wassilij Wassiljewitsch am Tisch, ein scheuer, stattlicher Mann mit reinem Herzen, hellem Bart und Altmännerschuhen aus derbem Stoff. Unter dem Zaren war er nach Sibirien und dann ins Ausland verbannt worden, woher er 1917 zurückkehrte und gerade noch einen Blick auf die Revolution werfen konnte, ehe er schon wieder verbannt wurde, diesmal von den Bolschewisten. Ernst erzählte er von der illegalen Arbeit, von Kautskij und von Genf, und Frau Lushin konnte er nicht ohne Rührung ansehen, denn er fand, sie ähnele den helläugigen, idealistischen jungen Mädchen, die mit ihm zusammen für das Wohl des Volkes gearbeitet hatte.

Wie bei solchen Zusammenkünften üblich, trat Schweigen ein, als alle Gäste zusammengetrommelt waren und am Tisch Platz genommen hatten. Es war so still, daß man beim Eingießen des Tees deutlich den

Atem des Hausmädchens hören konnte. Frau Lushin ertappte sich mehrmals bei dem unmöglichen Gedanken, das Hausmädchen zu fragen, warum es so laut Luft hole und ob das nicht leiser gehe. Es war überhaupt nicht sehr anstellig, dieses rundliche Frauenzimmer – am allerwenigsten am Telephon. Während sie auf das Atmen horchte, erinnerte sich Frau Lushin flüchtig, wie ihr das Mädchen neulich unter Lachen ausgerichtet hatte: «Ein Herr Fa... Fa... Fati hat angerufen. Hier, die Nummer habe ich aufgeschrieben.» Als Frau Lushin unter dieser Nummer anrief, antwortete eine energische Stimme, das sei eine Filmproduktion, und einen Herrn Fati gebe es nicht. Ein Kuddelmuddel. Schon wollte sie ein Klagelied über deutsche Dienstmädchen anstimmen, um das Schweigen der Tischnachbarn zu brechen, als sie feststellte, daß das Gespräch bereits in Gang gekommen war und man sich über einen neuen Roman unterhielt. Bars behauptete, er sei meisterhaft und subtil geschrieben, und hinter jeder Zeile spüre man eine schlaflose Nacht; eine weibliche Stimme sagte: «Aber nicht doch, er liest sich ganz leicht»; Petrow beugte sich zu Frau Lushin hinüber und flüsterte ihr ein Shukowskij-Zitat ins Ohr: «Was mühsam geschrieben, wird leicht gelesen»; und der Dichter unterbrach jemanden mitten im Wort und rief unter heftigem Rollen seiner Rs, daß Shukowskij ein hirnloser Papagei sei; woraufhin Wassilij Wassiljewitsch, der das Buch nicht gelesen hatte, vorwurfsvoll den Kopf schüttelte. Erst als sie alle schon in der Diele waren und voneinander Abschied nahmen, gewissermaßen als Generalprobe, denn nachher auf der Straße verabschiedeten sie sich ja noch einmal voneinander, obwohl alle den gleichen Weg hatten – erst dann schlug sich plötzlich der Schauspieler mit dem wohldurchgezeichneten Gesicht mit der flachen Hand gegen die Stirn: «Beinahe hätte ich es vergessen, meine Liebe», sagte er und drückte bei jedem Wort Frau Lushins Hand. «Neulich hat mich ein Mann aus dem Königreich des Films um Ihre Telephonnummer gebeten...» An dieser Stelle machte er ein überraschtes Gesicht und ließ Frau Lushins Hand los. «Wie, Sie wissen nicht, daß ich jetzt beim Film bin? Allerdings, allerdings. Hauptrollen mit Großaufnahmen.» An dieser Stelle jedoch wurde er von dem Dichter beiseite gedrängt, und so erfuhr Frau Lushin nicht mehr, wen der Schauspieler gemeint hatte.

Die Gäste waren fort. Zur Seite gewandt, saß Lushin an dem Tisch, wo Speisereste zusammen mit leeren und halbgeleerten Gläsern in verschiedenen Posen erstarrt waren, wie die Personen in der Schlußszene von Gogols *Revisor*. Seine eine Hand lag schwer auf dem Tischtuch. Unter den halbgeschlossenen, wieder wie früher geschwollenen Lidern betrachtete er das schwarze Ende des Streichholzes, das eben zwischen seinen Fingern ausgegangen war und sich in Schmerzen krümmte. Sein großes Gesicht mit den schlaff herabhängenden Falten um Nase und Mund glänzte ein wenig, und auf den Wangen schimmerten die ständig rasierten, ständig nachwachsenden Bartstoppeln im Lampenlicht golden. Sein dunkelgrauer, sich flauschig anfühlender Anzug lag enger an als früher, obwohl er doch damals mit reichlich Reserve geplant worden war. So saß Lushin unbewegt da, und es glitzerten die

Glasschälchen mit Konfekt, weit von jedem Glas oder Teller entfernt lag noch ein Teelöffel, und aus irgendeinem Grund war ein kleiner sahnegefüllter Windbeutel unberührt liegengeblieben, der zwar nicht eben appetitlich aussah, aber sehr, sehr gut war. «Was ist mit ihm?» dachte Frau Lushin und blickte ihren Mann an. «Mein Gott, was ist mit ihm?» Und ein Gefühl von Ohnmacht und Hoffnungslosigkeit überkam sie, als habe sie eine Aufgabe übernommen, die ihre Kräfte überstieg. Alles war zwecklos – es nützte nichts, sich Mühe zu geben, sich Zerstreuungen auszudenken, interessante Gäste einzuladen. Sie versuchte sich vorzustellen, wie sie den wie ehedem blinden und mißmutigen Lushin an die Riviera schleppte, und hatte nichts anderes vor Augen als das Bild eines Lushin, der im Hotelzimmer saß und auf den Fußboden starrte. Mit dem peinlichen Gefühl, das Schicksal durchs Schlüsselloch zu beobachten, beugte sie sich vor und erblickte ihre Zukunft – in zehn, zwanzig, dreißig Jahren –, und es blieb immer das gleiche, nichts änderte sich, der gleiche mißmutige, gebückt dasitzende Lushin, Schweigen, Hoffnungslosigkeit. Böse, unwürdige Gedanken! Ihre Seele richtete sich sogleich wieder auf, und um sie her waren bekannte Gegenstände und Sorgen: Es war Zeit, zu Bett zu gehen, das Mürbegebäck war beim nächsten Mal nicht nötig, wie nett Petrow doch war, morgen früh mußte man sich um die Pässe kümmern, der Friedhofsbesuch war wieder hinausgeschoben. Nichts schien einfacher, als sich in ein Taxi zu setzen und in den Vorort zu dem kleinen, von einem Stück Ödland umgebenen Friedhof hinauszufahren. Aber immer kam etwas dazwischen, bald hatte Lushin Zahnschmerzen, bald mußte diese Paßgeschichte erledigt werden, bald war es etwas anderes – kleine, unscheinbare Hindernisse. Und worum sie sich jetzt noch alles kümmern mußte... Unbedingt mußte Lushin zum Zahnarzt. «Tut's wieder weh?» fragte sie und legte ihre Hand auf Lushins. «Ja, ja», sagte er, verzog das Gesicht und saugte eine Wange mit einem Schmatzgeräusch ein. Die Zahnschmerzen hatte er vor ein paar Tagen erfunden, um seine Niedergeschlagenheit und sein Schweigen zu erklären. «Morgen rufe ich beim Zahnarzt an», sagte sie entschieden. «Nicht nötig», murmelte Lushin. «Bitte, es ist nicht nötig.» Seine Lippen zitterten. Er hatte das Gefühl, gleich in Tränen auszubrechen, so schrecklich war alles geworden. «Was ist nicht nötig?» fragte sie zart und drückte das Fragezeichen mit einem kleinen, mit geschlossenen Lippen gesprochenen «Hm» aus. Er schüttelte den Kopf und begann für alle Fälle wieder an dem Zahn zu lutschen. «Nicht nötig, zum Zahnarzt zu gehen? Doch, Lushin wird zum Zahnarzt gebracht. Sowas soll man nicht auf die leichte Schulter nehmen.» Lushin stand auf und ging ins Schlafzimmer, eine Hand an der Wange. «Ich werde ihm eine Tablette geben», sagte sie, «ja, das mache ich.»

Die Tablette wirkte nicht. Seine Frau war schon längst eingeschlafen, doch Lushin lag immer noch wach. Um die Wahrheit zu sagen, die Nachtstunden, diese schlaflosen Stunden in dem sicheren, geschlossenen Zimmer waren die einzige Zeit, um in Ruhe nachzudenken, ohne die Furcht, einen neuen Zug in der ungeheuerlichen Kombination zu übersehen. Besonders wenn man nachts reglos und mit geschlossenen Augen dalag, konnte nichts passieren. Gewissenhaft und so kaltblütig wie möglich ließ Lushin alle bisher gegen ihn gemachten Züge Revue passieren, doch sobald er daranging zu erraten, welche Form die kommende Wiederholung des seiner Vergangenheit zugrundeliegenden Planes annehmen würde, packten ihn Verwirrung und Angst ob der unentrinnbaren und unausdenkbaren Katastrophe, die da mit unerbittlicher Präzision auf ihn zukam. In dieser Nacht empfand er seine Ohnmacht vor dem langsamen, eleganten Angriff besonders stark, und er versuchte, gar nicht einzuschlafen, diese Nacht, dieses stille Dunkel so lange wie nur möglich hinzuziehen, die Zeit um Mitternacht anzuhalten. Seine Frau schlief ohne einen Laut; war wahrscheinlich gar nicht da. Allein das Ticken der kleinen Uhr auf dem Nachttisch zeugte davon, daß die Zeit weiterlebte. Lushin lauschte diesen winzigen Herzschlägen, versank wieder ins Grübeln, fuhr aber plötzlich zusammen, als er merkte, daß das Ticken der Uhr aufgehört hatte. Es kam ihm vor, als sei die Nacht für immer stehengeblieben, kein Laut zeigte mehr ihr Vorrücken an, die Zeit war tot, alles war gut, samtene Stille. Unmerklich machte sich der Schlaf dieses Glück und diese Erleichterung zunutze, doch jetzt, im Schlaf, gab es überhaupt keine Ruhe, denn der Schlaf bestand aus vierundsechzig Feldern, einem gigantischen Brett, in dessen Mitte Lushin stand, zitternd und splitternackt; er hatte die Größe eines Bauern und starrte auf die undeutlichen Stellungen der gewaltigen Figuren, megalozephal, mit Kronen oder Mähnen.

Er wachte davon auf, daß sich seine Frau fertig angekleidet über ihn beugte und ihn auf die Nasenwurzel küßte. «Guten Morgen, lieber Lushin», sagte sie. «Es ist schon zehn. Was unternehmen wir heute – Zahnarzt oder unsere Visa?» Lushin schaute sie mit hellen, beunruhigten Augen an und schloß sofort wieder die Lider. «Und wer hat gestern abend vergessen, die Uhr aufzuziehen?» lachte sie und streichelte das volle, weiße Fleisch seines Halses. «So könnte man sein ganzes Leben verschlafen.» Sie drehte ihren Kopf, um das Profil ihres Gatten inmitten der Dellen seines Kissens besser betrachten zu können, und da sie feststellte, daß er wieder eingeschlafen war, lächelte sie und ging hinaus. Im Herrenzimmer blieb sie eine Weile am Fenster stehen, blickte in den grünlich blauen, wolkenlosen Winterhimmel und überlegte, daß es heute sicher kalt sei und Lushin seine Strickjacke anziehen müsse. Das Telephon auf dem Schreibtisch klingelte, wahrscheinlich war es ihre Mutter, die wissen wollte, ob sie heute bei ihr zu Mittag essen würden. «Hallo?» sagte Frau Lushin und setzte sich auf den Rand eines Stuhls. «Hallo, hallo», rief eine unbekannte Stimme aufgeregt und ärgerlich ins Telephon. «Ja doch, ich höre», sagte Frau Lushin und setzte sich in einen Sessel. «Wer ist am Apparat?» fragte eine unzufriedene Stimme auf deutsch mit russischem Akzent. «Und mit wem spreche ich?» erkundigte sich Frau Lushin. «Ist Herr Lushin zu Hause?» fragte die Stimme auf russisch. «*Kto goworit*, wer spricht dort?» wiederholte Frau Lushin lächelnd. Schweigen. Die Stimme schien zu überlegen, ob sie sich zu erkennen geben solle oder nicht. «Ich möchte Herrn Lushin sprechen», hob sie erneut an und wechselte zu Deutsch über. «Eine sehr dringende und wichtige Angelegenheit.» – «Einen Augenblick», sagte Frau Lushin und ging ein-, zweimal im Zimmer auf und ab. Nein, es lohnte nicht, Lushin zu wecken. Sie trat wieder ans Telephon. «Er schläft noch», sagte sie. «Aber wenn Sie eine Nachricht hinterlassen wollen...» – «Das ist aber sehr dumm», sagte die Stimme und ging endgültig zum Russischen über. «Ich rufe schon zum zweiten Mal an. Letztes Mal hatte ich meine Telephonnummer hinterlassen. Die Sache ist für ihn äußerst wichtig und duldet keinen Aufschub.» – «Ich bin seine Frau», sagte Frau Lushin. «Wenn Sie etwas brauchen...» – «Nett, Sie kennenzulernen», unterbrach die Stimme sie barsch. «Mein Name ist Walentinow. Ihr Mann hat Ihnen bestimmt von mir erzählt. Folgendes: Sagen Sie ihm, sobald er aufwacht, daß er sich auf der Stelle ein Taxi nehmen und zu mir kommen soll. Filmkonzern Veritas, Rabenstraße 82. Es wäre sehr eilig und für ihn äußerst wichtig», setzte die Stimme wieder auf deutsch hinzu, entweder weil die Sache so wichtig war oder einfach weil die deutsche Adresse sie in die entsprechende Sprache hinübergezogen hatte. Frau Lushin tat, als notiere sie die Adresse, und sagte dann: «Vielleicht verraten Sie mir doch erst einmal, worum es geht.» Ärgerlich brauste die Stimme auf: «Ich bin ein alter Freund Ihres Mannes. Jede Sekunde ist kostbar. Ich erwarte ihn heute um Punkt zwölf. Richten Sie ihm das bitte aus. Jede Sekunde...» – «Na schön», sagte Frau Lushin. «Ich werde es ihm bestellen, aber ich weiß nicht – es kann sein, daß es ihm heute nicht paßt.» – «Sie brauchen ihm nur ins Ohr zu flüstern: Walentinow wartet auf dich», sagte die Stimme lachend, trällerte ein deutsches «Auf Wiedersehen» und verschwand hinter dem Klicken ihrer Falltür. Einige Augenblicke blieb Frau Lushin nachdenklich sitzen, dann schalt sie sich eine dumme Gans. Vor allen Dingen hätte sie klarmachen müssen, daß Lushin nicht mehr Schach spielte. Walentinow... Erst jetzt fiel ihr die Visitenkarte ein, die sie in dem Chapeau claque gefunden hatte. Natürlich, Walentinow war eine Schachbekanntschaft von Lushin. Andere Bekannte hatte er gar nicht. Nie hatte er auch nur einen einzigen alten Freund erwähnt. Der Ton dieses Herrn war einfach unmöglich. Sie hätte darauf bestehen müssen, zu erfahren, worum es sich handelte. Sie war eine dumme Gans. Was sollte sie jetzt tun? Lushin fragen? Nein. Wer war dieser Walentinow? Ein alter Freund... Graalskij hatte doch erzählt, jemand hätte sich bei ihm erkundigt... Ach ja, ganz einfach. Sie ging ins Schlafzimmer, vergewisserte sich, daß Lushin noch schlief – gegen Morgen schlief er immer erstaunlich fest – und kehrte zum Telephon zurück. Zum Glück war der Schauspieler zu Hause und begann sofort mit einem langen Bericht über alle Leichtfertigkeiten und Gemeinheiten der Dame, mit der er sich gestern auf der Party unterhalten hatte. Ungeduldig hörte Frau Lushin zu und fragte dann, wer Walentinow sei. Der Schauspieler sagte «Ach ja!» und fuhr fort: «Da sehen Sie, wie vergeßlich ich bin, ohne Souffleur kann ich überhaupt nicht mehr leben»; endlich erzählte er ausführlich von seinen Beziehungen zu Walentinow und erwähnte dann beiläufig, der habe behauptet, er, Walentinow, sei sozusagen Lushins Schachvater gewesen und habe ihn zu einem berühmten Spieler gemacht. Dann kam er wieder auf die Dame von gestern abend zurück, und nachdem er noch eine Gemeinheit von ihr zum besten gegeben hatte, verabschiedete er sich wortreich von Frau Lushin; seine letzten Worte waren: «Ich küsse Ihr kleines Händchen!»

«So ist das also», sagte Frau Lushin und legte den Hörer auf. «Nun gut.» Plötzlich fiel ihr ein, daß sie beim Telephonieren ein paarmal den Namen Walentinow genannt hatte und daß ihr Mann ihn zufällig hätte hören können, wenn er aus dem Schlafzimmer in die Diele herausgekommen wäre. Ihr Herz stockte, und sie lief, um nachzusehen, ob er noch schlafe. Er war aufgewacht und rauchte im Bett. «Heute vormittag unternehmen wir gar nichts mehr», sagte sie. «Es ist sowieso schon zu spät. Und zu Mittag essen wir bei Mama. Bleiben Sie ruhig noch liegen, das tut Ihnen gut, Dickerchen.» Sie machte die Schlafzimmertür fest hinter sich zu und dann auch die Tür zum Herrenzimmer, suchte im Telephonbuch hastig die Nummer der Veritas heraus, horchte, ob Lushin der Nähe war, und rief an. Es erwies sich als gar nicht einfach, bis zu Walentinow vorzudringen. Nacheinander meldeten sich drei verschiedene Leute am Apparat und versicherten, daß sie ihn sofort rufen würden, doch dann trennte das Fräulein vom Amt, und sie mußte wieder von vorn anfangen. Dabei versuchte sie, so leise wie möglich zu sprechen, und manches mußte sie wiederholen, was sehr unangenehm war. Schließlich eröffnete ihr ein gelbes, brüchiges Stimmchen bedrückt, daß Walentinow nicht da sei, aber um halb eins bestimmt zurück sein würde. Sie ließ ihm ausrichten, daß Lushin nicht kommen könne, da er krank sei und noch lange krank sein würde, und bat mit aller Entschiedenheit, nicht weiter behelligt zu werden. Dann legte sie den Hörer auf und lauschte wieder, doch als sie nichts als das Klopfen ihres Herzens vernahm, holte sie tief Luft und sagte mit grenzenloser Erleichterung «Uff!». Walentinow war abgefertigt. Gottseidank, daß sie allein am Telephon gewesen war. Jetzt war das überstanden. Und bald gingen sie ja auf Reisen. Sie mußte noch die Mutter und den Zahnarzt anrufen. Aber Walentinow war abgefertigt. Was für ein klebriger Name. Und für eine Minute wurde sie nachdenklich, und wie das manchmal so geht, unternahm sie in dieser Minute eine lange, gemächliche Reise: Sie brach auf in Lushins Vergangenheit, schleppte Walentinow mit, den sie sich seiner Stimme nach mit langen Beinen und mit Hornbrille vorstellte, und bei der Reise durch den dünnen Nebel suchte sie eine Stelle, wo sie diesen schlüpfrigen, widerwärtig sich windenden Walentinow absetzen konnte, fand jedoch keine, da sie so gut wie nichts über Lushins Jugend wußte. Immer weiter drang sie vor, in die Tiefe, und gelangte über einen halb schemenhaften Kurort mit einem halb schemenhaften Hotel, wo ein vierzehnjähriger Wunderknabe gewohnt hatte, in Lushins Kindheit, wo alles etwas lichter war – doch auch hier ließ sich Walentinow nicht unterbringen. Mit ihrer immer widerwärtiger werdenden Last kehrte sie schließlich um, und im Nebel von Lushins Jugend gab es Inseln: wie er zu Schachturnieren ins Ausland reiste, in Palermo Ansichtskarten kaufte, eine

Visitenkarte mit einem geheimnisvollen Namen in der Hand hielt... Sie mußte den keuchenden, triumphierenden Walentinow heimwärts schleppen und ihn wie ein eingeschriebenes Paket, dessen Empfänger unauffindbar ist, wieder der Firma Veritas zustellen. Mochte er dort bleiben, unbekannt, doch zweifellos gefährlich, mitsamt seinem schrecklichen Beinamen: Schachvater.

Als sie durch die sonnige, frostbedeckte Straße Arm in Arm mit Lushin zu ihren Eltern ging, sagte sie, daß sie spätestens in einer Woche abreisen würden, vorher aber unbedingt noch das vereinsamte Grab besuchen müßten. Dann skizzierte sie das Programm für die Woche: Reisepässe, Zahnarzt, Einkäufe, eine Abschiedsfeier und – am Freitag – eine Fahrt zum Friedhof. Es war kalt in der Wohnung der Mutter, nicht so kalt wie vor einem Monat, aber immer noch kalt, und immer wieder zog die Mutter einen eindrucksvollen Schal mit Päonien auf grünem Grund fest und zuckte dabei jedesmal fröstelnd mit den Schultern. Der Vater kam zum Mittagessen, bat um etwas Wodka und rieb sich mit trockenem Geräusch die Hände. Und zum ersten Mal merkte Frau Lushin, wie traurig und leer es in diesen hallenden Zimmern war, merkte sie, daß die Heiterkeit des Vaters ebenso gezwungen war wie das Lächeln der Mutter und daß beide alt und sehr einsam waren und den armen Lushin nicht mochten und sich Mühe gaben, die bevorstehende Abreise nicht zu erwähnen. Alles Schreckliche, das man über ihren Verlobten gesagt hatte, kam ihr wieder in den Sinn, die schlimmen Warnungen und der Aufschrei der Mutter: «Er wird dich in Stücke hacken, er wird dich im Ofen verbrennen...»

Und dabei war nun so etwas Friedliches und Wehmütiges herausgekommen, und alle lächelten ein totes Lächeln – die falsch daherstolzierenden Bauernweiber auf den Bildern, die ovalen Spiegel, der Berliner Samowar, die vier Personen am Tisch.

«Es herrscht Ruhe», dachte Lushin an diesem Tage. «Es herrscht Ruhe, aber versteckt gehen die Vorbereitungen weiter. Ich soll überrumpelt werden. Aufpassen, aufpassen. Konzentrieren und Augen auf.»

Alle seine Gedanken kreisten in letzter Zeit ums Schach, aber noch hielt er sich zurück, noch verbot er sich, an die abgebrochene Partie mit Turati zu denken, noch schlug er die ihm so teuren Nummern der Zeitungen nicht auf – und dennoch vermochte er nur noch in Schachbildern zu denken, und sein Hirn arbeitete, als säße er am Schachbrett. Im Traum schwor er dem Arzt mit den Achataugen, daß er gar nicht Schach spiele, daß er nur ein einziges Mal die Steckschachfiguren aufgebaut und zwei, drei Zeitungspartien angeschaut habe, nur so, weil er sonst nichts zu tun gehabt habe. Und selbst diese Rückfälle seien nicht seine Schuld, sondern nur eine Zugfolge in der großen Kombination, die geschickt ein rätselhaftes Thema variierte. Es sei schwierig, sehr schwierig, die nächste Wiederholung rechtzeitig zu erkennen, aber nur etwas Geduld, und alles werde sich klären, und vielleicht fände sich ja eine Verteidigung...

Doch der nächste Zug ließ auf sich warten. Zwei, drei Tage herrschte Ruhe; Lushin wurde für seinen Reisepaß photographiert, und der Photograph faßte ihn beim Kinn, drehte sein Gesicht ein wenig zur Seite, bat ihn, den Mund weiter zu öffnen, und bohrte mit drängendem Surren in seinem Zahn. Das Surren verstummte, der Zahnarzt suchte auf einem Glasregal nach etwas, nahm es, drückte einen Stempel in Lushins Paß und schrieb mit blitzschnellen Federbewegungen. «Bitte sehr», sagte er und reichte ihm ein Papier, auf dem zwei Zahnreihen abgebildet und zwei Zähne angekreuzt waren. Das alles war nicht weiter verdächtig, und die raffinierte Ruhe zog sich bis Donnerstag hin. Und am Donnerstag wurde Lushin dann alles klar.

Schon am Vorabend war ihm ein interessantes Mittel eingefallen, ein Mittel, mit dem sich die Pläne seines geheimnisvollen Gegners vielleicht durchkreuzen ließen. Das Mittel bestand darin, mit Absicht irgend etwas Absurdes, Überraschendes zu tun, das außerhalb der systematischen Alltagsordnung lag und so die vorbereitete Zugfolge seines Gegners durcheinanderbrachte. Es war eine experimentelle Verteidigung, eine Verteidigung sozusagen auf gut Glück – aber in seiner Angst vor der Unabwendbarkeit des nächsten Zuges war Lushin wie von Sinnen, und es fiel ihm nichts Besseres ein. Als er am Donnerstagnachmittag seine Frau und die Schwiegermutter beim Einkaufen begleitete, blieb er also plötzlich stehen und rief: «Der Zahnarzt. Ich habe den Zahnarzt vergessen.» – «Unsinn, Lushin», erwiderte seine Frau. «Er hat doch gestern gesagt, daß alles erledigt ist.» – «Drückt», sagte Lushin und hob einen Finger. «Wenn die Plombe drückt... Es hieß, daß ich pünktlich um vier kommen soll, wenn die Plombe drückt. Sie drückt. Es ist zehn vor vier.» – «Da verwechseln Sie etwas», lächelte seine Frau. «Aber wenn es weh tut, dann müssen Sie natürlich hin. Und von dort gehen Sie gleich nach Hause. Ich bin so um sechs zurück.» – «Eßt bei uns zu Abend», sagte die Mutter mit flehendem Ton. «Nein, wir haben heute Gäste», sagte Frau Lushin, «Gäste, die du nicht magst.» Lushin winkte zum Zeichen des Abschieds mit dem Stock und kletterte in ein Taxi, den Rücken wie ein Bogen gekrümmt. «Ein kleines Manöver», lachte er, und da ihm heiß war, knöpfte er seinen Mantel auf. Nach der ersten Biegung ließ er das Taxi halten, zahlte und machte sich ohne Eile auf den Heimweg. Und plötzlich kam es ihm vor, als habe er das alles schon einmal gemacht, und er erschrak so heftig, daß er den ersten besten Laden betrat, entschlossen, den Gegner durch eine neue Überraschung zu überlisten. Der Laden war ein Friseurgeschäft, und noch dazu eins für Damen. Lushin sah sich um und blieb stehen, und eine lächelnde Frau fragte ihn, was er wünsche. «Kaufen...», sagte Lushin und sah sich immer noch um. Sein Blick fiel auf eine Wachsbüste, und er zeigte mit dem Stock darauf (ein überraschender, ein großartiger Zug). «Die ist unverkäuflich», sagte die Frau. «Zwanzig Mark», sagte Lushin und zog seine Brieftasche. «Sie wünschen diese Puppe zu kaufen?» fragte die Frau ungläubig, und noch jemand trat hinzu. «Ja», sagte Lushin und betrachtete das Wachsgesicht genauer. «Vorsicht», flüsterte er sich selber zu, «vielleicht tappe ich in eine Falle!» Der Blick dieser wächsernen Dame, ihre rosigen Nasenflügel – auch das war schon einmal dagewesen. «Ein Scherz», sagte Lushin und verließ schleunigst das Friseurgeschäft. Er fühlte sich widerlich unwohl und beschleunigte seinen Schritt, obwohl kein Grund zur Eile bestand. «Nach Hause, nach Hause», murmelte er, «da werde ich schon alles herausbekommen.» Als er sich dem Hause näherte, sah er vor der Tür eine große, glänzend schwarze Limousine halten. Ein Herr mit Melone fragte den Hausmeister etwas. Der Hausmeister erblickte Lushin, zeigte plötzlich mit dem Finger und rief: «Da ist er!» Der Herr drehte sich um.

Etwas gebräunter, wodurch das Weiß seiner Augen noch heller wirkte, und so elegant gekleidet wie immer, in einem Mantel mit schwarzem Pelzkragen und einem breiten, weißseidenen Cachenez, schritt Walentinow mit einem bezaubernden Lächeln auf Lushin zu, strahlte Lushin mit diesem Scheinwerfer an, und in dem Licht, das über Lushin hinstrich, betrachtete er Lushins bleiches, volles Gesicht und seine blinzelnden Lider, und im nächsten Augenblick verlor dieses bleiche Gesicht jeden Ausdruck, und die Rechte, die Walentinow mit beiden Händen drückte, war völlig schlaff. «Mein lieber Junge», sagte der strahlende Walentinow, «bin ich froh, dich zu sehen. Man hat mir gesagt, du seist im Bett, krank, mein Lieber. Aber sicher war das ein Mißverständnis ...» Bei dem Wort ‹Mißverständnis› schob Walentinow seine roten, feuchten Lippen vor, und seine Augen verengten sich zärtlich. «Doch die Komplimente heben wir uns für später auf», unterbrach er sich und setzte mit einem Ruck seine Melone auf. «Komm. Die Sache ist äußerst wichtig, und jede Verzögerung wäre ... verhängnisvoll», schloß er und riß den Wagenschlag auf; woraufhin er Lushin um den

Rücken faßte, ihn anscheinend vom Boden hochhob, fortschleppte und absetzte und sich dann selber neben ihm auf die niedrige, weiche Sitzbank fallen ließ. Auf dem Klappsitz vor ihnen saß zur Seite gewandt ein spitznasiger, gelbgesichtiger kleiner Mann mit hochgeschlagenem Mantelkragen. Kaum hatte Walentinow sich zurückgelehnt und die Beine übereinandergeschlagen, nahm er auch schon seine Unterhaltung mit diesem Menschen wieder auf, eine Unterhaltung, die vorhin bei einem Komma unterbrochen worden war und nun mit wachsender Fahrtgeschwindigkeit an Tempo gewann. Beißend und gründlich kanzelte er ihn weiter ab, ohne Lushin zu beachten, der wie eine vorsichtig irgendwo angelehnte Statue dasaß. Er war völlig erstarrt und hörte Walentinows dumpfes Grollen nur undeutlich, wie durch einen dicken Vorhang hindurch. Für das Kerlchen mit der spitzen Nase war es kein dumpfes Grollen, sondern ein Sturzbach ungemein scharfer, beleidigender Worte; doch die Macht war auf Walentinows Seite, und der Beleidigte seufzte nur, sah gequält drein und kratzte an einem Fettfleck auf seinem knappen schwarzen Mantel; und nur manchmal, bei einem besonders harten Wort, zog er die Brauen hoch und sah Walentinow an, aber dessen blitzendem Blick hielt er nicht stand, machte sofort die Augen fest zu und schüttelte kaum merklich den Kopf. Die Strafpredigt dauerte die ganze Fahrt über, und als Walentinow Lushin sanft hinausgeschoben und die Wagentür hinter sich zugeknallt hatte, blieb der zerschmetterte kleine Mann sitzen, und das Auto fuhr mit ihm sofort weiter, und obwohl jetzt reichlich Platz war, rührte er sich, verzagt und zusammengesunken, nicht von dem kleinen Klappsitz. Inzwischen starrte Lushin reglos und ausdruckslos auf eine eierschalenweiße Tafel mit der schwarzen Aufschrift ‹Veritas›, doch Walentinow zog ihn gleich weiter und versenkte ihn in einer Sitzgelegenheit von der Sorte Clubsessel, die noch haftender und quabbeliger war als vorhin der Autositz. In diesem Augenblick rief eine aufgeregte Stimme nach Walentinow, und der schob eine offene Kiste mit Zigarren in Lushins begrenzten Gesichtskreis, entschuldigte sich und verschwand. Seine Stimme vibrierte noch immer im Raum und verwandelte sich für Lushin, der allmählich aus seiner Erstarrung erwachte, langsam und unmerklich in ein verführerisches Bild. Beim Klang dieser Stimme, zur Melodie der bösen Faszination des Schachbretts erinnerte sich Lushin mit der seligen feuchten Wehmut, die Liebeserinnerungen eigen ist, der tausend Partien, die er einst gespielt hatte. Er wußte nicht, welche er wählen sollte, um sich unter Tränen an ihr satt zu trinken: Alles lockte und schmeichelte seiner Einbildung, und er flog von einer Partie zur anderen und ging im Nu diese oder jene herzzerreißende Kombination durch. Da gab es makellose, klare Kombinationen, wo die Gedanken auf Marmorstufen dem Sieg entgegeneilten; da waren kaum spürbare Regungen in einer Ecke des Bretts, ein leidenschaftlicher Ausbruch, und die Fanfare der Dame, die zum Opfertod schritt... Alles war herrlich, alle Nuancen der Liebe, alle Umwege und geheimnisvollen Pfade, die sie einschlug. Und diese Liebe war tödlich.

Der Schlüssel war gefunden. Das Ziel des Angriffs

war klar. Durch eine unerbittliche Wiederholung von Zügen führte er aufs neue zu eben der Leidenschaft, die den Lebenstraum zerstören würde. Verwüstung, Grauen, Wahnsinn.

«Aber nein, nicht doch!» sagte Lushin laut und versuchte aufzustehen. Doch er war schwach und massig, und der zähe Sessel gab ihn nicht frei. Und was hätte er jetzt auch noch unternehmen können? Seine Verteidigung hatte sich als Irrtum erwiesen. Diesen Irrtum hatte sein Gegner vorausgesehen, und nunmehr war der unerbittliche, schon seit langem vorbereitete Zug gemacht worden. Lushin stöhnte auf, räusperte sich und blickte verstört um sich. Vor ihm stand ein runder Tisch, bedeckt mit Alben, Illustrierten, einzelnen Blättern und Photos verängstigter Frauen und raubtierhaft blinzelnder Männer. Und auf einem war ein blasser Mann mit leblosem Gesicht und großer amerikanischer Brille zu sehen, der mit den Händen am Gesims eines Wolkenkratzers hing – drauf und dran, in die Tiefe zu stürzen. Und wieder ertönte die unerträglich vertraute Stimme: Um keine Zeit zu verlieren, hatte Walentinow schon vom Vorzimmer aus zu Lushin zu sprechen begonnen, und als die Tür aufging, beendete er den begonnenen Satz: «... neuen Film drehen. Das Drehbuch ist von mir. Stell dir vor, mein lieber Junge, ein junges Mädchen, hübsch und temperamentvoll, in einem D-Zug-Abteil. Auf einer Station steigt ein junger Mann zu. Aus guter Familie. Und nun wird es im Zug Nacht. Sie schläft ein, und im Schlaf sitzt sie ganz aufgelöst da. Ein wunderschönes junges Mädchen. Der junge Mann – du kennst die Art, knackvital, aber absolut keusch –

verliert buchstäblich den Kopf. In einer Art Trance stürzt er sich auf sie.» (Walentinow sprang auf und tat, als ob er sich schwer atmend auf jemanden stürzte.) «Er spürt ihr Parfum, ihre Spitzenunterwäsche, den blühenden jungen Körper... Sie wacht auf, schüttelt ihn ab, schreit.» (Walentinow preßte die Faust an den Mund und machte Glotzaugen.) «Der Schaffner, die Mitreisenden kommen herbeigeeilt. Er wird verurteilt und kriegt Zuchthaus. Seine alte Mutter besucht das junge Mädchen und fleht es an, ihren Sohn zu retten. Das Drama des Mädchens. Die Sache ist nämlich die, daß sie sich vom ersten Augenblick an – dort im D-Zug – in ihn verliebt hatte, daß sie vor Leidenschaft siedet, und jetzt wird er ihretwegen – siehst du, das ist der Konflikt –, ihretwegen wird er zu Zwangsarbeit verurteilt.» Walentinow holte tief Luft und fuhr ruhiger fort: «Dann kommt seine Flucht. Seine Abenteuer. Er ändert seinen Namen und wird ein berühmter Schachspieler, und genau hier, mein lieber Junge, brauche ich deine Mitwirkung. Mir ist ein glänzender Einfall gekommen. Ich möchte sozusagen ein richtiges Turnier filmen, wo echte Schachspieler mit meinem Helden spielen. Turati hat schon zugesagt, Moser auch. Jetzt brauchen wir noch Großmeister Lushin...»

«Ich nehme an», fuhr Walentinow nach einer kurzen Pause fort, in der er Lushins völlig teilnahmsloses Gesicht betrachtete, «ich nehme an, daß er einverstanden ist. Er ist mir sehr verpflichtet. Für seinen kurzen Auftritt bekommt er einen gewissen Betrag. Bei der Gelegenheit wird er sich erinnern, daß ich großzügig geblecht habe, als ihn sein Vater der Willkür des Schicksals überließ. Damals dachte ich, es mache nichts – wir seien Freunde und würden später abrechnen. Ich bin noch immer dieser Meinung.»

In diesem Augenblick wurde die Tür stürmisch aufgerissen, und ein krausköpfiger Herr in Hemdsärmeln rief mit beschwörender Stimme auf deutsch: «Ach, bitte, Herr Walentinow, nur einen Moment!» – «Entschuldige, mein lieber Junge», sagte Walentinow und ging zur Tür, machte aber plötzlich noch einmal kehrt, wühlte in seiner Brieftasche und warf Lushin ein Blatt Papier auf den Tisch. «Hab ich vor kurzem komponiert. Du kannst es inzwischen lösen. In zehn Minuten bin ich wieder da.»

Er verschwand. Lushin hob vorsichtig die Lider. Mechanisch griff er nach dem Blatt Papier. Ein Ausschnitt aus einer Schachzeitschrift, das Diagramm eines Problems. Matt in drei Zügen. Von Dr. Walentinow. Das Problem war kalt und spitzfindig, und da er Walentinow kannte, fand Lushin den Schlüsselzug sofort. In diesem subtilen Problem erkannte er die ganze Heimtücke seines Verfassers. Bei den dunklen Worten, die Walentinow eben in solchem Überfluß vorgebracht hatte, begriff er nur eines: Es gab gar keinen Film, der Film war nur ein Vorwand ... eine Falle, eine Falle ... Er sollte zum Schachspielen verführt werden, und dann war der nächste Zug klar. Aber dieser Zug würde nicht stattfinden.

Abrupt spannte Lushin alle Kräfte an, und mit schmerzvoll verzogenem Gesicht erhob er sich aus dem Sessel. Unbedingt mußte er sich jetzt bewegen. Er trat auf den Korridor hinaus und spielte dabei mit seinem

Stock und schnippte mit den Fingern der freien Hand, machte dann aufs Geratewohl einige Schritte, geriet auf einen Hof und gelangte von dort auf die Straße. Eine Straßenbahn mit einer vertrauten Nummer hielt vor ihm. Er stieg ein, setzte sich, stand aber sogleich wieder auf, und übertrieben die Schultern reckend und sich an die ledernen Haltegriffe klammernd, suchte er sich einen anderen Fensterplatz. Der Wagen war leer. Dem Schaffner gab er eine Mark und wies das Wechselgeld mit heftigem Kopfschütteln zurück. Stillsitzen war unmöglich. Er sprang nochmals auf, fiel beinahe hin, da die Bahn gerade um eine Kurve schlenkerte, und setzte sich dann näher an die Tür. Aber auch hier hielt es ihn nicht auf seinem Platz – und als sich die Bahn plötzlich mit einer Horde von Schülern, einem Dutzend alter Damen und fünfzig Dickwänsten füllte, schob sich Lushin immer noch hin und her, trat den Leuten auf die Füße und zwängte sich schließlich auf die Plattform hinaus. Als er sein Haus erblickte, sprang er von der fahrenden Bahn ab; der Asphalt rutschte unter seinem linken Absatz weg, drehte sich und traf ihn in den Rücken, und sein Stock, der sich erst in seinen Beinen verfangen hatte, hüpfte plötzlich wie eine gelöste Spiralfeder fort, flog durch die Luft und fiel neben ihm zu Boden. Zwei Frauen kamen hinzugeeilt und halfen ihm wieder auf die Füße. Mit der flachen Hand klopfte er sich den Staub vom Mantel, setzte seinen Hut auf und schritt, ohne sich umzuschauen, auf sein Haus zu. Der Fahrstuhl war außer Betrieb, doch Lushin beklagte sich nicht. Sein Bewegungsdrang war immer noch nicht gestillt. Er machte sich ans Treppensteigen, und da er sehr hoch wohnte, dauerte dieser Aufstieg seine Zeit; es kam ihm vor, als klettere er auf einen Wolkenkratzer. Endlich erreichte er den letzten Treppenabsatz, holte tief Luft, schrabbte mit dem Schlüssel im Schloß und betrat die Diele. Seine Frau kam ihm aus dem Herrenzimmer entgegen. Sie war ganz rot, und ihre Augen glänzten. «Lushin», sagte sie, «wo sind Sie gewesen?» Er legte seinen Mantel ab, hängte ihn auf, nahm ihn wieder herunter, hängte ihn auf einen anderen Haken und wollte sich noch weiter zu schaffen machen; doch seine Frau trat dicht an ihn heran, und er machte einen Bogen um sie und ging ins Herrenzimmer, sie hinter ihm her. «Ich möchte, daß Sie mir sagen, wo Sie gewesen sind. Weshalb sehen denn Ihre Hände so aus? Lushin!» Er machte eine Runde durchs Herrenzimmer, räusperte sich und ging dann über die Diele ins Schlafzimmer, wo er sich in einer großen, grün-weißen, mit Porzellanefeu berankten Schüssel sorgfältig die Hände wusch. «Lushin», rief seine Frau verstört, «ich weiß, daß Sie nicht beim Zahnarzt waren. Ich habe eben bei ihm angerufen. So sagen Sie doch was!» Während er sich die Hände abtrocknete, wanderte er durchs Schlafzimmer, starrte so hölzern wie vorher vor sich hin und kehrte dann ins Herrenzimmer zurück. Sie packte ihn bei der Schulter, doch er blieb nicht stehen, sondern ging zum Fenster, schob die Vorhänge auseinander, sah die Lichter im blauen Abgrund des Abends vorüberhuschen, machte eine Mampfbewegung mit den Lippen und ging weiter. Und nun begann ein seltsamer Spaziergang – Lushin ging in den drei nebeneinanderliegenden Zimmern auf und ab, als hätte er ein bestimmtes Ziel, und seine Frau ging bald neben ihm her, bald setzte sie sich irgendwo hin und schaute fassungslos zu, und bisweilen lenkte Lushin seine Schritte auf den Korridor, blickte in die Zimmer, deren Fenster zum Hof gingen, und erschien dann wieder im Herrenzimmer. Für Augenblicke kam es ihr vor, es handele sich vielleicht um einen von Lushins schwerfälligen Späßen, allein auf seinem Gesicht lag ein Ausdruck, den sie nie zuvor an ihm gesehen hatte, ein Ausdruck... feierlich vielleicht?... der schwer in Worte zu fassen war, aber wenn sie in dieses Gesicht blickte, fühlte sie eine Aufwallung unerklärlicher Angst. Und unter Räuspern und mühsam atmend wanderte er gleichmäßigen Schritts weiter durch die Zimmer. «Um Gottes willen, setzen Sie sich doch, Lushin!» sagte sie leise, ohne den Blick von ihm zu wenden. «Kommen Sie, wir plaudern ein wenig! Lushin! Ich habe Ihnen ein Necessaire gekauft. Ach, setzen Sie sich doch, bitte! Mit Ihrem Umhergelaufe bringen Sie sich noch um. Morgen fahren wir zum Friedhof. Wir haben morgen noch eine Menge zu tun. Ein Necessaire aus Krokodilleder. Lushin, ich bitte Sie!»

Aber er blieb nicht stehen und verlangsamte nur hin und wieder, wenn er in die Nähe eines Fensters kam, seine Schritte, hob die Hand, überlegte und ging dann weiter. Im Eßzimmer war für acht Personen gedeckt. Ihr fiel ein, daß die Gäste jeden Augenblick kommen mußten – zu spät, ihnen abzutelephonieren –, und hier... dieser Horror. «Lushin», rief sie, «gleich sind unsere Gäste da. Ich weiß nicht, was ich machen soll... Sagen Sie doch etwas! Vielleicht hatten Sie einen Unfall, vielleicht haben Sie einen unangenehmen Bekannten getroffen? Sagen Sie es mir. Ich bitte Sie, mehr kann ich nicht...»

Und plötzlich blieb Lushin stehen. Es war, als wäre die ganze Welt stehengeblieben. Es geschah im Wohnzimmer beim Grammophon.

«Maschine stopp», sagte sie leise und brach in Tränen aus. Lushin begann seine Taschen zu leeren – erst holte er den Füllfederhalter heraus, dann ein zerknülltes Taschentuch, dann ein sauber zusammengefaltetes, das sie ihm erst diesen Morgen gegeben hatte; danach holte er ein Zigarettenetui mit einer Troika auf dem Deckel hervor (ein Geschenk der Schwiegermutter), dann eine leere, rote Zigarettenschachtel und zwei lose, leicht beschädigte Zigaretten; seine Brieftasche und eine goldene Uhr (ein Geschenk des Schwiegervaters) holte er besonders behutsam hervor. Außerdem fand sich noch ein großer Pfirsichkern. Alle diese Sachen legte er auf das Grammophonschränkchen, und dann vergewisserte er sich, daß er nichts vergessen hatte.

«Das ist alles, glaube ich», sagte er und knöpfte sein Jackett über dem Bauch wieder zu. Seine Frau hob ihr tränennasses Gesicht und starrte verwundert auf die kleine Sammlung, die Lushin ausgebreitet hatte.

Er trat auf sie zu und machte eine leichte Verbeugung.

Sie ließ ihren Blick zu seinem Gesicht wandern, in der unbestimmten Hoffnung, dort das wohlbekannte schiefe, halbe Lächeln zu sehen – und richtig: Lushin lächelte.

«Der einzige Ausweg», sagte er. «Ich muß die Partie aufgeben.»

«Die Partie? Wollen wir spielen?» fragte sie zärtlich und überlegte gleichzeitig, daß sie ihr Gesicht pudern müsse, gleich würden ja die Gäste dasein.

Lushin streckte seine Hand aus. Sie ließ ihr Taschentuch in den Schoß fallen und reichte ihm hastig ihre Finger.

«Es war schön», sagte Lushin und küßte sie erst auf die eine, dann auf die andere Hand, wie sie es ihm beigebracht hatte.

«Was ist, Lushin? Das klingt, als ob Sie Abschied nähmen.»

«Ja, ja», sagte er und spielte den Geistesabwesenden. Dann wandte er sich ab und ging auf den Korridor. In diesem Augenblick ertönte in der Diele die Klingel – das treuherzige Klingeln eines pünktlichen Gastes. Sie holte ihren Mann auf dem Korridor ein und packte ihn am Ärmel. Lushin drehte sich um, und da er nichts zu sagen wußte, blickte er auf ihre Füße. Von hinten kam das Hausmädchen gelaufen, und da der Korridor ziemlich eng war, gab es einen eiligen kleinen Zusammenstoß: Lushin trat etwas zurück und dann wieder vor, seine Frau bewegte sich gleichfalls vor und zurück, strich dabei unwillkürlich ihre Haare glatt, und das Hausmädchen plapperte etwas und suchte mit gesenktem Kopf einen Durchschlupf. Als es ihr geglückt war und sie hinter der Portiere verschwand, die den Korridor von der Diele trennte, verneigte Lushin sich abermals und öffnete rasch die Tür, vor der er stand. Seine Frau griff nach der Klinke der Tür, die er gerade hinter sich zumachen wollte; Lushin drückte, sie packte fester zu, lachte krampfhaft und versuchte, ihr Knie in den noch ziemlich breiten Türspalt zu schieben – doch nun lehnte sich Lushin mit seinem ganzen Körpergewicht dagegen, und die Tür schloß sich, der Riegel schnappte, und der Schlüssel wurde zweimal herumgedreht. Unterdessen tönten schon Stimmen in der Diele, jemand schnaufte, und irgendwer begrüßte irgendwen.

Nachdem er die Tür verriegelt hatte, machte Lushin erst einmal das Licht an. Eine emaillierte Badewanne an der linken Wand erstrahlte in weißem Glanz. Rechts hing eine Bleistiftzeichnung: ein Würfel, der einen Schatten warf. Ganz hinten am Fenster stand eine niedrige Kommode. Die untere Hälfte des Fensters war aus Milchglas, funkelnd blau, undurchsichtig. In der oberen Hälfte schimmerte ein schwarzes Nachtquadrat wie ein Spiegel. Lushin zerrte am unteren Fensterriegel, aber da war etwas verklemmt oder festgehakt, der Riegel ließ sich nicht öffnen. Er überlegte einen Augenblick, packte dann einen Stuhl, der neben der Badewanne stand, bei der Lehne und blickte von dem soliden weißen Möbelstück zu dem wie über und über vereisten Fenster. Endlich faßte er einen Entschluß, hob den Stuhl an den Beinen hoch und stieß zu, wobei ihm dessen Kante als Rammbock diente. Etwas splitterte, er holte noch einmal aus, und plötzlich erschien im Milchglas ein schwarzes, sternförmiges Loch. Es folgte ein Augenblick erwartungsvoller Stille. Tief unten klirrte etwas sacht und zersplitterte. Um das Loch zu vergrößern, stieß er noch einmal zu, und ein Glaskeil zerschellte ihm vor den Füßen. Hinter der Tür ertönten Stimmen. Jemand klopfte. Jemand rief laut seinen Namen und Vatersnamen. Dann wurde es still, und ganz deutlich ertönte die Stimme seiner Frau: «Lieber Lushin, bitte, machen Sie auf.» Mit Mühe unterdrückte Lushin sein Keuchen, stellte den Stuhl wieder hin und versuchte, sich durch das Fenster zu zwängen. Große Keile und andere Scherben steckten noch im Rahmen. Etwas ritzte seinen Hals, und rasch zog er den Kopf wieder zurück – nein, da war kein Durchkommen. Eine Faust donnerte an die Tür. Zwei Männerstimmen stritten sich, und durch diesen Aufruhr schlängelte sich das Flüstern seiner Frau. Lushin beschloß, kein Glas mehr zu zerschlagen, es machte zuviel Lärm. Er blickte hoch. Die obere Fensterhälfte. Doch wie da hinkommen? Bemüht, keinen Lärm zu machen und nichts zu zerbrechen, begann er die Sachen von der Kommode zu räumen: einen Spiegel, irgendein Fläschchen, ein Glas. Er tat das alles langsam und sorgfältig, es hatte keinen Zweck, ihn mit dem Krach vor der Tür zu hetzen. Auch die Tischdecke nahm er ab und versuchte dann, auf die Kommode zu steigen; sie reichte ihm bis zum Gürtel, und es gelang ihm nicht gleich. Ihm wurde heiß, er zog das Jackett aus und merkte erst jetzt, daß er blutige Hände hatte und auch vorn auf dem Hemd rote Flecke waren. Endlich hockte er auf der Kommode, die unter seiner Last knarrte. Rasch reckte er sich zum oberen Fensterrahmen hinauf; er hatte jetzt das Gefühl, das Poltern und die Stimmen trieben ihn an, und er müsse sich beeilen. Mit hochgestreckter Hand riß er am Fensterflügel, der weit aufschwang. Schwarzer Himmel. Von dorther, aus der kalten Dunkelheit, drang die Stimme seiner Frau: «Lushin, Lushin», sagte sie leise. Ihm fiel ein, daß weiter links das Schlafzimmerfenster lag: Von daher kam das Flüstern. Unterdessen wurden die Stimmen und der Lärm hinter der Tür immer lauter, es mußten dort wohl an die zwanzig Menschen versammelt sein – Walentinow, Turati, der alte Herr mit dem Blumenstrauß ... Sie schnauften und ächzten, und es wurden immer mehr, und alle gemeinsam hämmerten mit irgend etwas gegen die erbebende Tür. Die quadratische Nacht lag jedoch noch zu hoch. Lushin beugte ein Knie und zog den Stuhl auf die Kommode. Der Stuhl stand nicht fest, es war schwierig, das Gleichgewicht zu wahren, trotzdem kletterte Lushin hinauf. Jetzt konnte er sich leicht mit den Ellbogen auf die untere Kante der schwarzen Nacht stützen. Sein Atem ging so laut, daß er davon selber ganz taub wurde, und die Rufe hinter der Tür waren weit, weit weg, dafür war die Stimme aus dem Schlafzimmerfenster jetzt deutlicher, gelangte mit geradezu durchdringender Kraft an sein Ohr. Nach großen Anstrengungen fand er sich in einer sonderbaren und beschämenden Lage: Ein Bein hing nach draußen, und wo das andere war, wußte er nicht, während sein Körper sich partout nicht hindurchquetschen lassen wollte. Sein Hemd war über der Schulter eingerissen, sein Gesicht naß. Mit der Hand krallte er sich irgendwo oben fest und zwängte sich seitlich durch die Fensteröffnung. Jetzt hingen beide Beine außen, und er brauchte nur noch loszulassen – und war gerettet. Bevor er losließ, sah er nach unten. Irgendwelche hastigen Vorbereitungen waren dort im Gange: Die Fensterreflexe rückten zusammen und richteten sich aus, der ganze Abgrund schien sich in dunkle und bleiche Quadrate einzuteilen, und in dem Augenblick, da

Lushin seinen Griff löste, in dem Augenblick, da ihm eisige Luft in den Mund schoß, sah er genau, was für eine Ewigkeit sich entgegenkommend und unerbittlich vor ihm ausbreitete.

Die Tür wurde eingeschlagen. «Alexander Iwanowitsch, Alexander Iwanowitsch», brüllten mehrere Stimmen.

Doch da war kein Alexander Iwanowitsch.

Vorwort des Autors zur englischsprachigen Ausgabe (1963)

Der russische Titel dieses Romans lautet *Saschtschita Lushina*, was soviel bedeutet wie «die Lushinsche Verteidigung», nämlich eine von meiner Kreatur, dem Großmeister Lushin erfundene Schachverteidigung: Der Name reimt sich auf das [englische] ‹illusion›, wenn man es so breit ausspricht, daß aus dem u ein uuh wird. Ich begann mit seiner Niederschrift im Frühjahr 1929 in Le Boulou – einem kleinen Kurort in den Pyrenées Orientales, wo ich auf Schmetterlinge Jagd machte – und beendete ihn im selben Jahr in Berlin. Mit besonderer Klarheit erinnere ich mich an eine schräge Felsplatte in den von Stecheichen und Stachelginster überzogenen Bergen, wo mir die thematische Hauptidee zu dem Buche kam. Einige zusätzliche Auskünfte ließen sich geben, wenn ich mich ernster nähme.

Saschtschita Lushina erschien unter meinem Pseudonym ‹W. Sirin› in der russischen Emigrantenvierteljahresschrift *Sowremennyje Sapiski* (Paris) und wurde unmittelbar darauf in Buchform von dem Emigrantenverlag Slowo herausgebracht (Berlin, 1930). Jene Broschur, 234 S., 21 mal 14 cm, der Umschlag ein einziges stumpfes Schwarz mit goldenen Lettern, ist heute eine Seltenheit und dürfte in Zukunft noch seltener werden.

Der arme Lushin mußte fünfunddreißig Jahre auf eine englischsprachige Ausgabe warten. Allerdings gab es in den späten Dreißigern einen vielversprechenden Wirbel, als ein amerikanischer Verleger sein Interesse bekundete, doch er gehörte zu jenem Schlag, dem es vorschwebt, seinem Autor eine männliche Muse zu werden, und unsere kurze Verbindung nahm ein jähes Ende, als er vorschlug, daß ich aus Schach Musik und Lushin zu einem meschuggen Geiger mache.

Wenn ich diesen Roman heute wiederlese und die Züge seiner Handlung wieder durchspiele, komme ich mir ein wenig vor wie Anderssen, der gerührt an sein doppeltes Turmopfer zurückdenkt, das er dem unglückseligen und vornehmen Kieseritzky darbrachte – der dazu verdammt ist, es durch unzählige Lehrbücher hindurch immer aufs neue anzunehmen, mit einem Fragezeichen als Denkmal. Meine Geschichte war schwer zu komponieren, aber es bereitete mir großes Vergnügen, mir das eine oder andere Bild, die eine oder andere Szene zunutze zu machen, um Lushins Leben mit einem schicksalhaften Muster zu versehen und die Schilderung eines Gartens, einer Reise, einer Folge banaler Geschehnisse mit dem Anschein eines Geschicklichkeitsspiels und, vor allem in den Schlußkapiteln, mit dem eines regelrechten Schachangriffs auszustatten, der den Verstand des armen Kerls im Innersten demoliert. Im Zusammenhang damit möchte ich den Zeilenschindern unter den Rezensenten – und überhaupt allen Leuten, die beim Lesen die Lippen bewegen und von denen nicht erwartet werden kann, daß sie einen dialoglosen Roman in Angriff nehmen, wenn sich das meiste ja auch schon dem Vorwort entnehmen läßt – Zeit und Mühe sparen, indem ich ihre Aufmerksamkeit auf das erste Auftauchen des Milchglasfensterthemas bereits in Kapitel 11 lenke (das mit Lushins Selbstmord oder vielmehr Selbstmatt zu tun hat) oder auf die rührende Art meines mürrischen Großmeisters, nicht etwa sonnenhelle Gepäckaufkleber und Laterna-magica-Aufnahmen im Sinn zu haben, wenn er an seine berufsbedingten Reisen zurückdenkt, sondern die Kacheln verschiedener Hotelbadezimmer und Flurtoiletten – jenen Fußboden mit den weiß-blauen Quadraten, wo er von seinem Thron aus imaginäre Fortsetzungen des im Gang befindlichen Spiels entdeckte und Revue passieren ließ; oder ein irritierend asymmetrisches, im Handel als «Achat» bezeichnetes Muster, bei dem ein Rösselsprung aus drei Harlekinfarben hier und da die neutrale Farbe des ansonsten gleichmäßig karierten Linoleums zwischen Rodins *Denker* und der Tür unterbrach; oder gewisse große, glänzend schwarz-gelbe Rechtecke, deren h-Linie dummerweise von der ockerfarbenen Senkrechten der Heißwasserleitung abgeschnitten war; oder jenes palastartige Wasserklosett, auf dessen hübschen Marmorfliesen er die gesamte schattenhafte Figurenstellung genau jener Position erkannte, über die er, Kinn auf Faust, vor vielen Jahren eines Nachts gebrütet hatte. Doch die Schacheffekte, die ich eingebaut habe, sind nicht nur in diesen einzelnen Szenen anzutreffen; ihre Verkettung läßt sich auch in der Grundstruktur dieses einnehmenden Romans ausmachen. So wird von mir gegen Ende von Kapitel 4 in einer Ecke des Brettes ein unerwarteter Zug gemacht, sechzehn Jahre vergehen im Laufe eines einzigen Absatzes, und Lushin, plötzlich zu einem leicht verlotterten Erwachsenen befördert und in einen deutschen Kurort versetzt, findet sich an einem Gartentisch, wo er mit seinem Spazierstock auf ein erinnertes Hotelfenster deutet (nicht das letzte Glasquadrat in seinem Leben) und mit jemandem spricht (einer Frau, nach der Handtasche auf dem Eisentisch zu urteilen), den wir erst in Kapitel 6 kennenlernen. Das in Kapitel 4 begonnene retrospektive Thema wird nun in das Bild von Lushins verstorbenem Vater überblendet, dessen eigene Vergangenheit in Kapitel 5 aufgenommen wird, wenn er seinerseits dabei angetroffen wird, wie er sich der frühen Schachkarriere seines Sohnes erinnert und sie im Geiste derart stilisiert, bis aus ihr eine sentimentale Geschichte für die Jugend geworden ist. In Kapitel 6 schalten wir ins Kurhaus zurück und treffen Lushin immer noch dabei an, wie er an der Handtasche herumgrabbelt und zu seiner unscharfen Begleitung spricht, woraufhin diese scharf wird, ihm die Tasche wegnimmt, den Tod von Lushin senior erwähnt und zu einem deutlichen Teil des Designs wird. Die ganze Zugfolge in diesen drei zentralen Kapiteln erinnert einen – oder sollte es tun – an einen gewissen Typus von Schachproblemen, wo es nicht nur darauf ankommt, in soundso vielen Zügen ein Matt zu finden, sondern auf das, was «Retroanalyse» heißt; bei ihr muß der Löser aus der rückwärtsgerichteten Prüfung der Diagrammposition etwas beweisen, etwa daß der letzte Zug von Schwarz unmöglich eine Rochade gewesen sein kann oder daß auf jeden

Fall ein weißer Bauer *en passant* geschlagen worden sein muß.

Es erübrigt sich, in diesem elementaren Vorwort auf die komplexeren Aspekte meiner Schachfiguren und Spiellinien einzugehen. Doch das folgende muß gesagt werden. Von allen meinen russischen Büchern enthält und verbreitet *Lushins Verteidigung* die meiste «Wärme» – was sonderbar scheinen mag, da Schach doch als etwas ungemein Abstraktes gilt. Tatsächlich haben Lushin sogar jene liebenswert gefunden, die nichts von Schach verstehen und/oder alle meine anderen Bücher nicht leiden können. Er ist ungehobelt, ungewaschen, unanmutig – aber wie meine sanfte junge Dame (ihrerseits ein liebes Mädchen) so schnell mitbekommt, hat er etwas, das sowohl die Grobheit seines grauen Fleisches als auch die Sterilität seiner abseitigen Begabung transzendiert.

In den Vorworten, die ich neuerdings für die englischsprachigen Ausgaben meiner russischen Romane schreibe (und da kommen noch einige), habe ich es mir zur Gewohnheit gemacht, einige Worte der Ermunterung an die Wiener Delegation zu richten. Das gegenwärtige Vorwort soll keine Ausnahme sein. Analytiker und Analysierte werden hoffentlich an gewissen Einzelheiten der Behandlung Gefallen finden, der Lushin nach seinem Zusammenbruch unterzogen wird (etwa die therapeutische Unterstellung, daß ein Schachspieler in der Dame die Mama und im gegnerischen König den Papa sieht), und der kleine Freudianer, der irrtümlich einen Bilderbaukasten für den Schlüssel zu einem Roman hält, wird zweifellos meine Romanfiguren mit seinen Comics-Vorstellungen von meinen Eltern, Geliebten und seriellen Ichs in eins setzen. Zum Nutzen derartiger Spürnasen kann ich immerhin soviel einräumen: Lushin hat von mir meine französische Gouvernante, mein Taschenschachspiel, mein sanftes Gemüt und den Stein des Pfirsichs bekommen, den ich in meinem eigenen ummauerten Garten gepflückt habe.

Vladimir Nabokov
Montreux, 15. Dezember 1963

Nachwort des Herausgebers

Das Wann und Wo der Entstehung von *Saschtschita Lushina / The Defense / Lushins Verteidigung* hat Nabokovs Biograph Brian Boyd genau belegt (*Vladimir Nabokov – The Russian Years*; Princeton, New Jersey: Princeton University Press, 1989, Seite 288–291, 321–340). Im September 1928 war in Berlin Nabokovs zweiter russischsprachiger Roman erschienen (*Korol, Dama, Walet / King Queen Knave / König Dame Bube*), im Oktober hatte der Ullstein-Verlag die deutschsprachigen Rechte daran erworben, und die insgesamt 7500 Mark, die er dafür zahlte, verschafften dem Autor zum ersten (und einzigen) Mal in den einundzwanzig Jahren seines europäischen Exils eine gewisse finanzielle Bewegungsfreiheit. Für den größten Teil des Geldes leistete sich Nabokov mit seiner Frau eine mehrmonatige lepidopterologische Expedition. Anfang Februar 1929 reisten sie in das kleine Thermalbad Le Boulou im Roussillion, in den nordöstlichsten Ausläufern der Pyrenäen. Das Hotel, in dem sie sich dort einquartierten, verwendete Nabokov später am Schluß seines Romans *Ottschajanije / Despair / Verzweiflung* (1932). Hier in Le Boulou begann er zwischen den Schmetterlingsjagden noch im Februar mit der Niederschrift von *Saschtschita Lushina*. Ende April wich er vor dem kalten Pyrenäenwind nach Saurat im Ariège aus und setzte den Roman dort fort. Ende Juni kehrten die Nabokovs nach Berlin zurück. Von dem Rest seines deutschen Honorars kaufte er zwischen Kiefern ein kleines Grundstück am Wolziger See in der Nähe des Dorfes Kolberg, etwa fünfzehn Kilometer östlich von Königs Wusterhausen (die Örtlichkeit sollte in dem Roman *Verzweiflung* ebenfalls eine Rolle spielen). Später wollte er hier eine Art Datscha bauen – es war die einzige häusliche Anwandlung seines Lebens, und sie verflog, als er das Grundstück aus Geldmangel bald wieder aufgeben mußte. Im Sommer 1929 wohnte er in einem Schuppen des Dorfpostboten und arbeitete weiter an seinem Roman. Am 15. August schrieb er an seine Mutter in Prag: «Ich werde fertig, ich werde fertig... In drei oder vier Tagen setze ich den letzten Punkt. Danach werde ich mich lange nicht mehr mit so ungeheuer schwierigen Themen anlegen, sondern etwas Ruhiges und glatt Dahinfließendes schreiben. Trotzdem bin ich mit meinem Lushin zufrieden, aber was für eine hochkomplizierte Sache!»

Der Roman erschien in der Pariser Literaturzeitschrift *Sowremennyje Sapiski* in drei Fortsetzungen: Kapitel 1 bis 4 im November 1929 (Nr. XL, Seite 163–210), Kapitel 5 bis 9 im Januar 1930 (Nr. XLI, Seite 99–164) und Kapitel 10 bis 14 im April 1930 (Nr. XLII, Seite 127–210). Als Buch veröffentlichte ihn im September 1930 der russische Emigrantenverlag, der auch schon *Maschenka* und *König Dame Bube* herausgebracht hatte, Slowo (Das Wort) in Berlin.

Der «Coup» von *König Dame Bube* wiederholte sich nicht; die erste Übersetzung war in diesem Fall eine französische (*La course du fou* [Der Lauf des Wahnsinnigen oder Der Weg des Läufers]. Paris: Fayard, 1933). Die englische Fassung («übersetzt von Michael Scammell in Zusammenarbeit mit dem Autor») erschien 1964 bei G. P. Putnam's Sons, New York, unter dem Titel *The Defense* (Die Verteidigung).

Noch vor ihr, im Jahre 1961, veröffentlichte der Rowohlt Verlag, Reinbek, eine von Dietmar Schulte besorgte deutsche Übersetzung der russischen Fassung: *Lushins Verteidigung*.

Sie ist es, die der vorliegenden Ausgabe zugrunde liegt; auch der alte Titel wurde beibehalten. Allerdings wurde sie von Dieter E. Zimmer von Grund auf überarbeitet. Diese Textrevision war notwendig, da die Werkausgabe (außer bei *Lolita*) grundsätzlich jeweils auf den letzten vom Autor selber verfaßten oder kontrollierten Versionen seiner Romane und Erzählungen beruht und in diesem Fall also die englische maßgebend sein mußte, die es noch gar nicht gab, als die alte Übersetzung entstand. Bei der Bearbeitung wurde die damalige (von Dietmar Schulte jetzt noch einmal durchgesehene) Übersetzung aus dem Russischen so umgeschrieben, daß daraus eine Übersetzung der englischen Fassung wurde. Nur wo die englische, gemessen an den Möglichkeiten des Deutschen, unterspezifiziert war, folgt die vorliegende Übersetzung nach wie vor der russischen: Vor allem bewahrt sie die förmliche Anrede zwischen Lushin und seiner Frau, für die die englische Fassung naturgemäß keinen Anhaltspunkt liefert.

Ein solches «Umschreiben» war nur möglich, weil es in diesem Fall keine erheblichen Textdiskrepanzen zwischen dem russischen Original und der späteren englischen Umsetzung gibt: Es wurden von Nabokov keine Passagen getilgt oder hinzugefügt oder völlig verändert, allenfalls einmal, und auch das sehr selten, ein Wort oder Satzteil. In ihrer auf genauen Textvergleichen beruhenden Monographie über die Unterschiede zwischen Nabokovs verschiedensprachigen Werken (*Nabokov Translated.* Oxford: Oxford University Press, 1977, Seite 9) stufte Jane Grayson die englische Fassung von *Lushins Verteidigung* denn auch als eine von jenen Übersetzungen ein, die sich eng an das Original halten und «nur geringfügige Veränderungen in der Wortwahl, der Idiomatik und in manchen Details» aufweisen.

Während nichtrussische Leser den Roman erst Jahrzehnte später zur Kenntnis zu nehmen begannen, herrschte in russischen Emigrantenkreisen von Anfang an fast Einmütigkeit darüber, daß *Lushins Verteidigung* ein Meisterwerk war – Nabokovs «erstes Meisterwerk» (Boyd). Iwan Bunin, der angesehenste russische Exilschriftsteller jener Jahre, Träger des Literatur-Nobelpreises 1933, schrieb nach der Lektüre: «Dieser Junge hat sich ein Gewehr gegriffen und die ganze ältere Generation erledigt, mich eingeschlossen» (zitiert nach Boyd, Seite 343). Und die Schriftstellerin Nina Berberova schrieb in ihrer Autobiographie *Kursiw moj/Ich komme aus St. Petersburg* (New York: Russica, 1983/Düsseldorf: Claassen, 1990, Seite 364, 367): «Einmal, 1929, mitten in einem Gespräch über Literatur, eröffnete uns einer der Redakteure der *Sowremennyje Sapiski*, daß in der nächsten Nummer der Zeitschrift etwas Außergewöhnliches erscheinen werde. Ich erinnere mich, wie wir alle die Ohren spitzten. [...] ‹Wer ist es?› – ‹Nabokov.› Allgemeine Enttäuschung. Zweifel. [...] Die Nummer der *Sowremennyje Sapiski* mit den ersten Kapiteln von *Lushins Verteidigung* kam 1929 heraus. Ich stürzte mich auf diese Kapitel, las sie zweimal durch. Ein großer, reifer, vielschichtiger zeitgenössischer Schriftsteller stand vor mir, ein großer russischer Schriftsteller, wie ein Phoenix aus dem Feuer der Revolution und der Asche des Exils geboren. Von nun an hatte unsere Existenz einen Sinn. Meine ganze Generation war gerechtfertigt. [Wir waren gerettet.]»

Nabokov sagt in seinem Vorwort, die Hauptidee zu dem Roman sei ihm bei der Schmetterlingsjagd auf einer Felsplatte im Roussillion gekommen. Ideen dieser Art aber kommen meist nicht ganz aus heiterem Himmel. Es gibt thematisch verwandte frühere Werke von ihm.

Brian Boyd führt vor allem eine unvollendete und unveröffentlichte Erzählung aus dem Jahre 1924 an, deren Hauptfigur Alexej Iwanowitsch Lushin heißen und sich am Ende erschießen sollte. Nabokov arbeitete sie im gleichen Jahr völlig um. In dieser Fassung, die veröffentlicht wurde, betitelt *Slutschainost/A Matter of Chance/Zufall*, heißt die Hauptfigur Alexej Lwowitsch Lushin, ist Speisewagenkellner und wirft sich am Ende vor einen Zug. Ähnlichkeit mit dem Schachspieler Alexander Iwanowitsch Lushin hat er nicht. Der gemeinsame Nenner ist allenfalls, daß beide Selbstmord begehen – und vielleicht, daß ihre Sache gar nicht so hoffnungslos steht, wie sie fatalerweise selber annehmen.

Größer ist die thematische Verwandtschaft zu der Erzählung *Bachmann* ebenfalls aus dem Jahre 1924. Auch sie handelt von einem leicht verlotterten, im menschlichen Umgang gänzlich ungeübten «Maestro», der mit seinem Impresario durch die Welt reist und sich dankbar von einer aufopferungsvollen Frau unter die Fittiche nehmen läßt. Aber nicht er stirbt am Ende, sondern sie, und er ist kein geistesabwesender Schachspieler, sondern ein dem Alkohol verfallener Pianist.

Schließlich gibt es ein längeres gereimtes Gedicht mit dem Titel *Schachmatnyj kon/Der Springer* (erschienen in der russischen Emigrantenzeitung *Rul*, Berlin, 23. Oktober 1927, Seite 2), in dem ein berühmter alter Schachspieler sich in seinen Fieberphantasien vor dem Sterben – der «schwarze König» ist an ihn herangetreten – als weißer Springer auf einem überdimensionierten Schachbrett umherziehen sieht: «Rundmähnig, schwer, mit etwas Tuch beschlagen,/schlief der Springer in der Schachtel ein, –/war da nicht vor sehr langer Zeit in der berühmten Bierhalle/ein lebhaftes menschliches Getöse gewesen?/Das Getöse der Maler, bärtiger Kerle, und die Rufe der Wächter, das Gestöhn der Geiger... /Die Lampe glänzte, doch der Boden unter ihr/war ganz aus gleichmäßigen Quadraten. // Er saß mit den Freunden in der Lieblingsecke,/wie gewohnt leicht zum Tisch geneigt,/und die Freunde gedachten vergangener Turniere/und sprachen von seiner raffinierten Meisterschaft... /Samtenes Pochen im Kopf:/es ziehen die geschnitzten Figuren. // Der alte Maestro trank ein Bierchen,/lauschte den Freunden, kaute auf der Zigarre,/nickte mit dem grauen zottigen Haupt,/und der Kragen war dicht mit Schuppen besät/– den Schalen seiner Schachgedanken. //

Und die Freunde erinnerten sich, wie er, mit matt drohend, / Kieseritzky in Wien seine Dame überließ, / rundum überm Tisch ballten sich / Tabakwolken zusammen; doch der Plattenboden / hatte dunkle und helle Quadrate. / Die Freunde erinnerten sich, welch waghalsigen / Gambit er einstmals gespielt. // Der alte Maestro trank ein Bierchen, / lauschte den Freunden, kaute auf der Zigarre / und dachte mit finsterem Lächeln: / ‹Jemand, doch ich weiß nicht wer, / verrückt in meinem Schädel / Figuren wie schwere Möbel, / und seit dem gestrigen Tage wartet / als schwarze Puppe ein Bauer auf mich.› // Der alte Maestro saß gebeugt, / ließ Asche auf seine Pikeeweste fallen, / und ihn bestürmte, blasig gebläht, / ein unaufhaltsamer Schachfieberwahn. / Die Freunde tranken auf die Gesundheit des Maestro, / erinnerten sich, wie er, mit dieser Zigarre zwischen den Zähnen, / blind ein großes Orchester / unsichtbarer Figuren auf unsichtbaren Brettern dirigiert hatte. / Plötzlich trat der schwarze König, seinen Pförtnerbauern / stärkend, dicht heran. // Da erhob er sich, schob die Freunde beiseite, / die lachten und schüchtern waren. / Die Lampe schien, doch unter ihr der Boden / hatte schwarze und weiße Quadrate. // Auf seinem Gesicht, das alt war, verstört und gut, / lag ein hölzerner Glanz. / Er krümmte den Rücken, blähte den Hals, preßte / die angespannten Ellenbogen an die Rippen / und ging, um über die großen Quadrate zu springen, / über eines hinweg und dann entweder nach links oder rechts, / und das war kein leeres Vergnügen, / und sie lachten nicht lange über ihn. // Und danach, im Schweigen des sauberen Krankenzimmers, / wohin ihn der schwarze König geführt, / auf vierundsechzig Quadrate / verteilte sich unerklärlich der Boden. / Und so also bis zur letzten Stunde – / in den Fieberwahnkombinationen, Nacht und Tag, / sprang der Maestro, ein Greis, grauhaarig, / als ein weißes Roß.» (Wörtliche Übersetzung aus dem Russischen von Katrin Finkemeier.)

Das lebensunfähige Genie, dessen sich eine selbstlose Frau

annimmt, ohne letztlich helfen zu können (*Bachmann*); der Schachspieler, der sich in seiner geistigen Verwirrung selber als Schachfigur in einem größeren Spiel vorkommt (*Der Springer*) – es könnten diese beiden Motive sein, die an jenem Tag in Südfrankreich fusionierten, als Nabokov die Idee zu diesem Roman kam.

Für Interpretationen ist dies nicht der richtige Ort; aber einige Hinweise, die dem Leser die Orientierung in dem Roman erleichtern könnten, sind vielleicht angezeigt.

Aus einigen verstreuten Zeitangaben läßt sich folgende Chronologie rekonstruieren. Wenn Lushin (dessen Nachname sich von der Stadt Luga südlich St. Petersburgs herleitet und dessen Vor- und Vatersname erst im vorletzten Absatz genannt wird, während seine Frau bis zum Schluß ohne eigene Namen bleibt, «Frau Lushin», im Russischen einfach «Lushina») im Sommer 1928 (Seite 81) in jenen deutschen Kurort zurückkehrt, wo er sechzehn Jahre vorher (Seite 76, 77) als Vierzehnjähriger war (Seite 276), muß er 1898 geboren sein, ein Jahr vor seinem Autor. Zu Beginn des Romans wird Lushin angekündigt, daß er aus seiner – seinerzeit meist als bedrückend erlebten, in der Rückschau dann verklärten – Kindheit vertrieben werden soll: Er soll auf ein Petersburger Gymnasium geschickt werden – zwei Sommer vor dem ersten Aufenthalt in jenem Kurort, also 1910. In den Osterferien des folgenden Jahres (1911) findet in seinem Elternhaus die musikalische Soiree statt, auf der er erstmals dem Schachspiel begegnet (Seite 38). Völlig konsistent sind die verschiedenen Anhaltspunkte jedoch nicht. Folgt man Lushin – auf Seite 96, 108 –, der im Sommer 1928 auf «achtzehn Jahre, drei Monate und vier Tage» Schach zurückblickt, müßte er schon ein Jahr früher, 1910, mit Schach angefangen haben und entsprechend 1909 aufs Gymnasium gekommen sein. Lushins Begabung ist so geartet, daß er sich sicher nicht verrechnet. Dann lassen sich zwei Eckdaten noch genauer bestimmen. Mit dem Schachspielen hat er am Tag nach der Soiree zu Ehren seines Großvaters begonnen, Ostersonntag oder Ostermontag 1910 (Seite 43–46). Der Ostersonntag fiel in Rußland nach dem julianischen Kalender 1910 auf den 18. April. Achtzehn Jahre, drei Monate, vier Tage später: das ist der 21. bzw. 22. Juli 1928. Einen Tag zuvor hatte er seine spätere Frau kennengelernt, vier Tage zuvor ist er in dem Kurort angekommen (Seite 94–95), einen Monat zuvor ist sein Vater gestorben (Seite 92). Lushins Schachentwicklung vollzieht sich jedenfalls explosionsartig; schon ein halbes Jahr, nachdem ihm seine Tante die Züge beigebracht hat, erregt das erste Spiel des nunmehr Zwölf- oder Dreizehnjährigen in einem Petersburger Schachclub Aufsehen. In diesem Herbst wird er krank, bricht die Schule ab und geht mit seinem Vater auf eine längere Auslandsreise, die ihn im Sommer 1912 in jenen grünen deutschen Kurort führt, wo zufällig ein Schachturnier stattfindet, bei dem er Dritter wird und damit seinen internationalen Ruf begründet. Von 1912 bis 1914 reist er erst mit seinem Vater, dann mit dem Vater und dem Impresario Walentinow von Turnier zu Turnier, zunächst in Rußland, ab 1914 im Ausland (Seite 85). Der Weltkrieg überrascht sie in der Schweiz, der Vater kehrt nach Rußland zurück und wird Kriegskorrespondent im Kaukasus, Lushin bleibt mit Walentinow im Ausland. Im Herbst 1917 bringt dieser Lushin zu seinem Vater nach St. Petersburg zurück (Seite 87), im Frühjahr 1918 reist er mit ihm abermals ins Ausland (Seite 87), 1921 trennt er sich endgültig von ihm (Seite 102). Von da an ist Lushin allein. Der Vater emigriert irgendwann nach Berlin, beginnt dort im Frühjahr 1928 die Novelle über das Schachwunderkind (Seite 81) und stirbt im Juni desselben Jahres (Seite 89–90). Lushin kommt erst nach der Beerdigung aus Paris nach Berlin, fühlt sich unwohl, und um sich in Ruhe auf das in zwei Monaten bevorstehende Berliner Turnier vorzubereiten, bei dem es um das Recht gehen soll, den Weltmeister herauszufordern, reist er, einen Monat nach dem Tod des Vaters (Seite 92), also im Juli, wieder in jenen grünen Kurort (Seite 109). Dort lernt ihn seine spätere Frau kennen. Während des Berliner Turniers (im September) bricht er über der entscheidenden Partie gegen Turati zusammen. Seine Braut pflegt ihn und versucht, alle Schachgedanken von ihm fernzuhalten, und im November 1928 heiraten sie (Seite 203). Im Laufe des folgenden harten Winters beginnt Lushin sein Leben für eine Art Schachpartie mit tückischen Zugwiederholungen zu halten, und als wenig später Walentinow wieder auftaucht und ihn zur Rückkehr zum Schach bewegen will, stürzt er sich Anfang 1929 aus dem Badezimmerfenster seiner Wohnung, einunddreißigjährig.

Im Vorwort zur *Mutprobe* schreibt Nabokov, er habe damals, 1930, zur Untermiete bei einem Verwandten des Schachspielers von Bardeleben gewohnt, der auf ähnliche Weise zu Tode gekommen sei wie Lushin; er war dort im Spätsommer 1929 eingezogen, gleich nach Abschluß von *Lushins Verteidigung*. Der Vermieter war der Oberstleutnant a. D. Albrecht von Bardeleben, der Schachspieler Curt von Bardeleben (1861–1924), der, im Unterschied zu Lushin, ein Alter in großer Armut erlebte und sich schließlich, wie Lushin, in Berlin aus dem Fenster stürzte. Nabokovs erster Biograph Andrew Field berichtet, Nabokov habe ihm gesagt, Lushin beruhe teilweise auf dem «Schachmeister Akim Rubenstein und einem anderen, weniger bekannten Meister» (Andrew Field: *Nabokov: His Life in Art*. Boston, Massachusetts: Little, Brown and Co., 1967, Seite 177). Einen Schachspieler dieses Namens gibt es jedoch nicht; wahrscheinlich meinte Field (Fehler dieser und anderer Art sind bei ihm häufig) den internationalen Großmeister Akiba Rubinstein (geboren 1882 in Stawiski, gestorben 1961 in einem Brüsseler Altersheim), einen polnischen Juden, der in der Schachwelt seiner Tage als harter Arbeiter, Meister des Endspiels, ungleichmäßiger Spieler und Exzentriker bekannt war; vor allem seine Zerstreutheit war notorisch. So kursierte über ihn die Anekdote, daß er einmal während eines Turniers in seinem Hotel aß, den Speisesaal verließ, in der Hotelhalle auf eine Tür mit der Aufschrift ‹Speisesaal› stieß, hineinging und ein zweites Mal aß. (Nach Anne Sunnucks: *The Encyclopedia of Chess*. London: Robert Hale, 1970.) Indessen kann Rubinstein kaum das Vorbild für Lushin gewesen sein; er verlor erst um 1932 den Verstand (Paranoia), als *Lushins Verteidigung* längst geschrieben war. Lushins gefährlichster Gegner, Turati, ist offenbar eine Art Vorläufer der Anfang der zwanziger Jahre auf den Plan tretenden sogenannten Hypermodernen Schachschule, einer Stilrichtung, deren Hauptidee darin bestand, das Zentrum des Brettes von Bauern unbesetzt zu lassen und von den Seiten her durch ein Fianchetto der Läufer unter Kontrolle zu halten. Ihre Vertreter waren Breyer, Nimzowitsch und der Tscheche Richard Réti (1889–1929). Der Name ‹Turati› ist möglicherweise eine Kontraktion von russisch ‹*tura*› (Turm) und ‹Réti›.

So wie Nabokov seinem Professor Pnin einen kurzen Auftritt in dem späteren Roman *Fahles Feuer* gönnt, der dem Leser zeigt, daß Pnin jenseits des ihm gewidmeten Romans wider Erwarten doch eine passable Zukunft gefunden hat, so tauchen in *Lushins Verteidigung* dreimal beiläufig zwei Figuren aus Nabokovs erstem Roman *Maschenka* auf: Maschenka und Alfjorow (Seite 147, 233, 261). Dem kurzen Auftritt kann der Leser entnehmen, daß die beiden sich doch noch gefunden haben und verheiratet sind, offenbar nicht einmal unglücklich.

Lushins Verteidigung gehört zu jenen Werken Nabokovs, die dem Leser den Eindruck vermitteln, er habe ein Rätsel vor sich, das er lösen müsse, um wirklich verstehen zu können, was er da lese. Falls es sich so verhält, ist die Lösung besonders schwer, da man nicht weiß, auf welcher Ebene sie eigentlich zu suchen wäre.

Das nächstliegende Vermutung wäre natürlich, den Roman für eine literarische Schachpartie zu halten, bei der sich die Romanfiguren wie Schachfiguren bewegen und die Handlungszüge Spielzügen entsprechen. Analogien dieser Art bieten sich indessen nicht an, und D. Barton Johnson (*Text and Pre-Text in* The Defense. In: *Worlds in Regression*. Ann Arbor, Michigan: Ardis, 1985, Seite 83–92), Fachmann für kryptische Bedeutungen in Nabokovs Werk, kam bei genauer Betrachtung zu dem Ergebnis, daß der Roman in diesem Sinne sich weder als eine literarische Schachpartie noch als ein literarisiertes Schachproblem lesen lasse, entgegen Nabokovs (Johnson zufolge absichtlich irreführender) Erklärung im Vorwort auch keines vom Typ «Retroanalyse» oder «Selbstmatt». Was Lushin am Ende zu schaffen mache und ihn schließlich in den Tod treibe, sei die Wiederholung von «Zügen» in seinem Leben, und Zugwiederholungen spielten weder beim Partie- noch beim Problemschach irgendeine Rolle. Auf der Suche nach einer «Schachstruktur» hat Johnson nur eines gefunden, geleitet durch Nabokovs Hinweis (im Vorwort) auf die berühmte, 1851 in London gespielte Partie Adolf Anderssen (geboren 1818 in Breslau, gestorben 1879 an Herzversagen) gegen Lionel Kieseritzky (geboren 1806 in Livland, gestorben 1853 in einer Pariser Nervenklinik), die «Unsterbliche».* Bei dieser Glanzpartie opferte Anderssen bedacht seine beiden Türme, seine Dame, einen Läufer und zwei Bauern – und gewann. (Auch das Gedicht *Der Springer* spielt wohl auf eine derartige Partie gegen Kieseritzky an.) Zwar enthalte der Roman keine Figuren, die sich mit den geopferten Tür-

* Die «Unsterbliche» (London 1851). Weiß: Anderssen, Schwarz: Kieseritzky. 1. e4 e5 2. f4 e:f4 3. Lc4 Dh4+ 4. Kf1 b5 5. L:b5 Sf6 6. Sf3 Dh6 7. d3 Sh5 8. Sh4 Dg5 9. Sf5 c6 10. g4 Sf6 11. Tg1 c:b5 12. h4 Dg6 13. h5 Dg5 14. Df3 Sg8 15. L:f4 Df6 16. Sc3 Lc5 17. Sd5 D:b2 18. Ld6 L:g1 19. e5 D:a1+ 20. Ke2 Sa6 21. 21. S:g7+ Kd8 22. Df6+ S:f6 23. Le7 matt.

men identifizieren ließen. Der Sinn des doppelten Turmopfers aber bestehe in etwas anderem, nämlich darin, die gegnerische Dame dem eigentlichen Ort des Geschehens fernzuhalten; während sie der Versuchung nachgebe, auf der gegnerischen Grundlinie Beute zu machen, lasse sie ihren König ohne ihren Schutz zurück. Genau das, meint Johnson, ereigne sich im Roman zweimal. Beim Spiel gegen Turati schicke Lushin selber seine Frau fort und verliere prompt den letzten Bezug zur Realität; und als später die lästige Besucherin aus der Sowjetunion kommt und Frau Lushin die Zeit stiehlt, kann diese sich um ihren Mann nicht so kümmern, wie es in dieser Phase nötig wäre. Seiner Dame beraubt, werde Lushin von seinem Gegner mattgesetzt. (Aber wer ist der Gegner? Das «Schicksal»? Es läßt sich immerhin hinzusetzen: Auch als Kind wollte Lushin wenig von seinen beiden «Damen» wissen, der Mutter und der französischen Gouvernante; daß er später seine Dame wegschickt, ist also ebenfalls eine Art Wiederholung.) Lushin, schreibt Johnson, fühle sich von den sich häufenden «Wiederholungen» der Muster seines früheren Lebens auf die gleiche Art bedroht, wie sich Kieseritzky in der «Unsterblichen Partie» gegen Anderssen bedroht fühlen mußte. Nabokov verrate nämlich nicht, daß dieser das doppelte Turmopfer nicht zum ersten Mal annahm; 1842 sei er in Paris schon einmal auf dieselbe verhängnisvolle Versuchung hereingefallen. «Der wirkliche Kieseritzky hatte wie der fiktive Lushin in diesen beiden Partien Schwarz und muß, so kann man vermuten, den gleichen Schrecken empfunden haben, als sich die gleiche Zugfolge ein weiteres Mal vor ihm auftat.» Zwei Jahre nach seiner verlorenen Partie gegen Anderssen wurde Kieseritzky wahnsinnig und starb.

Auf einer ganz anderen Ebene – einer metaphysischen, quasi spiritistischen – sucht Brian Boyd die «Lösung» (*The Problem of Pattern: Nabokov's* Defense. In: Lafayette, Indiana: modern fiction studies, 33, Winter 1987, Seite 575–604). Aus vielen kleinen, über den ganzen Roman verstreuten Anzeichen glaubt er schließen zu können, daß zwei soeben Verstorbene versuchten, Lushin aus dem Jenseits zu beeinflussen, zu treiben, zu steuern. Der eine sei sein Großvater mütterlicherseits, der Komponist. Er dränge Lushin hin zum Schach und damit zu einer sterilen Virtuosität, die der seinen gleicht. Der andere Tote sei später der Vater, der Lushin weg von seiner sterilen Kunst und hin zum Leben – einem etwas sentimentalen, süßlichen Leben –, zur Ehe, zur Häuslichkeit lenke und ihm als erstes eine Frau über den Weg schicke. Beide meinten es gut mit ihm und wollten seinen Tod nicht. «Eine Macht jedoch, die die ihre übergreift, gestattet es, daß ihr Konflikt Lushin unerbittlich in den Tod treibt, den einzig möglichen Ausweg. Indem sie sowohl Lushins Schachfähigkeiten als auch sein neues Interesse am Leben unterstützt, schafft dieses überwölbende Schicksal eine neue Synthese aus dem Gegensatz der großväterlichen These (Schach oder Kunst) und der väterlichen Antithese (Ehefrau und Heim oder Leben). In der Schlußphase von Lushins Leben nutzt diese hinterhältige Macht die konkurrierenden Wiederholungen von Lushins Vergangenheit, um seine kombinatorische Begabung auf ein unheimliches neues Niveau zu heben, wo er die Muster der Zeit zu erkennen vermag: ein neuer Triumph seines seltsamen Geistes, der ihn in seinen Implikationen dennoch so verstört, daß ihm nach seinem Dafürhalten keine andere Wahl bleibt, als sich das arme Leben zu nehmen.»

Wie dem auch sei, auf jeden Fall stattet Nabokov Lushin am Ende mit einer Fähigkeit aus, die er selber überaus schätzte: der Fähigkeit, durch Aufmerksamkeit und genaue Erinnerung Muster in den motivischen Wiederholungen und abgewandelten Wiederholungen des gelebten Lebens zu erkennen. In seiner Autobiographie *Erinnerung, sprich* heißt es (Kapitel 1): «Derlei thematische Muster das Leben hindurch zu verfolgen, sollte, so meine ich, der wahre Zweck einer Autobiographie sein.» Und an anderer Stelle: «Weder in meiner Umwelt noch in meinem Erbe vermag ich mit Sicherheit das Werkzeug zu sehen, das mich formte, jene anonyme Walze, die meinem Leben ein bestimmtes kunstvolles Wasserzeichen aufdrückte, dessen einzigartiges Muster zum Vorschein kommt, wenn man das Schreibpapier des Lebens mit der Lampe der Kunst durchleuchtet.»

Tatsächlich kann der Leser in *Lushins Verteidigung* weit mehr solche Wiederholungen aufspüren, als Lushin selber bemerkt (Landhaus, Stadt, Schule, Tante). Der schwarzbärtige Mann, der ihn in seiner Kindheit vom Speicher geholt hatte, wiederholt sich in dem Psychiater, der ihn aus dem Versteck seiner Geistesverwirrung holt. Der Petersburger Damensalon mit den drei Wachsköpfen, vor dem er als Schüler stehengeblieben war, um seinem Erdkundelehrer zu entgehen, wiederholt sich als der Berliner Damensalon, in den er auf der Flucht vor seiner Frau gerät (und daher wohl rührt seine Befürchtung, «in eine Falle zu stolpern»). Aufmerksame Leser fänden noch andere Wiederholungen. Welches wäre das Muster, das sie bilden? Fände man es, so fände man möglicherweise den «Sinn» dieses Lebens.

Überträgt man das Zitat aus *Erinnerung, sprich* zurück auf *Lushins Verteidigung*, so heißt das: Als es Lushin am Ende schwant, daß es zeitliche Muster gibt und daß sein eigenes Leben motivisch gemustert ist, erhält er, bislang Vertreter einer sterilen, lebensfernen Pseudo-Kunst, die Chance, ein richtiger Künstler zu werden, indem er sein Leben mit der «Lampe der Kunst» durchleuchtet und die diesem aufgeprägte Musterung freilegt. Später hatte das für Nabokov auf jeden Fall eine metaphysische Implikation (die sich jedoch nie zu so etwas wie einem konventionellen Glauben verfestigte und in seinen Werken immer nur andeutungsweise, als eine Herausforderung an Aufmerksamkeit, Scharfsinn und Phantasie des Lesers im Hintergrund anwesend ist): das als so kunstvoll gemustert erkannte Leben als Werk einer höheren Macht, eines göttlichen Künstlers zu begreifen, in dessen unvorstellbare Dimension man vielleicht nach dem Tode eintrete. Ob auch *Lushins Verteidigung* schon diese metaphysische Dimension besitzt, sei dahingestellt; auf jeden Fall bereitet sie sich hier vor. Vielleicht geht Lushin darum zugrunde, weil er letztlich doch seiner im Wortsinn flachen Schachwelt verhaftet bleibt (sein Sturz in das Schachbrett des Hinterhofs ist in einem makabren Sinn ein Sturz in die Zweidimensionalität), weil er das Muster seines Lebens, das sein Schöpfer, sein Autor für ihn erdacht hat und das er nur erfassen könnte, wenn auch er ein Künstler wäre, doch nur als eine Schachkombination zu verstehen sucht – und sie als eine solche zu seiner Verzweiflung eben nicht versteht und nicht verstehen kann.

Von solchen Spekulationen absehend, läßt sich über Lushin soviel sagen: Vor dem Leben, das ihm angst macht und dem er sich nicht gewachsen fühlt, flüchtet er schon als Kind ins Schachspiel, das ihm Triumphe erlaubt, wie er sie sich im Leben nicht zutraut. Von seinem leicht teufelhaften Impresario Walentinow angeleitet, bleibt er viele Jahre lang ausschließlich ins Schachspiel versunken und vergißt darüber förmlich das andere, das Leben. Als er schließlich den Tiefen des Schachspiels nicht mehr gewachsen ist und zusammenbricht, erhält er die Chance, doch noch in ein normales Leben zurückzukehren. Vorher hat er sich mit dem Schachspiel gegen das Leben verteidigt; jetzt verteidigt er – verteidigt vor allem die Frau, die ihn geheiratet hat – sein bißchen Leben gegen das Schachspiel. Aber er kommt nicht wirklich von ihm los, sondern beginnt bald sein ganzes Leben als eine Schachpartie zu deuten, es für eine monströse Schachpartie zu halten. Als ihm klar wird, daß er dem Schach nicht entrinnen kann, daß er auch dem Versucher nicht entkommt, daß ihm ein Leben außerhalb des Schachspiels nicht möglich ist, gibt er sich geschlagen und wählt den Tod. Da er Leben und

Schach nicht mehr auseinanderhalten kann, kann er nur noch verlieren, und zwar das Leben. Schach ist eine Kunst, in der wie in anderen Künsten Inspiration und Kombinationsgabe zählen; aber es ist eine «sterile Kunst», abstrakt und lebensfern. Eine Kunst wie die Literatur, so wie Nabokov sie verstand, unterscheidet sich vom Schach eben darin, daß sie bei all ihren abstrakten Höhenflügen dem Leben zugewandt ist und daß die tödliche Dichotomie von Kunst und Leben für sie nicht gilt. Ein wirklicher Künstler ist Lushin nicht.

In sein Vorwort hat Nabokov für oberflächliche Leser und Rezensenten mindestens eine Falle eingebaut; wer hineintappt, gibt untrüglich zu erkennen, daß er das Buch schlecht oder gar nicht gelesen hat.

Vladimir Nabokov

«Lolita ist berühmt, nicht ich», sagte **Vladimir Nabokov** in einem Interview. Geboren wurde er als Sohn begüterter Eltern 1899 in St.Petersburg. Vor der Revolution flüchtete die Familie nach England, Vladimir folgte seinem Vater nach Berlin, wo er vierzehn Jahre lang, von 1923 bis 1937, lebte, ohne sich je mit Deutschland anfreunden zu können. Er verdiente Geld als Englisch- und Tennislehrer oder mit Übersetzungen – und schrieb, auf russisch. Erzählungen, Romane, Gedichte. Vor dem Nationalsozialismus floh Nabokov mit seiner jüdischen Frau 1937 erst nach Frankreich, dann in die USA. Von nun an schrieb er in Englisch. Sein Roman Lolita löste 1958 bei Erscheinen in den USA einen Skandal aus und machte Nabokov weltberühmt. Er starb 1977 in Montreux.

Ada oder Das Verlangen *Aus den Annalen einer Familie*
(rororo 4032)

Das Bastardzeichen *Roman*
(rororo 5858)

Durchsichtige Dinge *Roman*
(rororo 5756)

Einladung zur Enthauptung *Roman*
(rororo 1641)

Lolita *Roman*
(rororo 635)

Die Mutprobe *Roman*
(rororo 5107)

Lushins Verteidigung *Roman*
(rowohlt jahrhundert 62)

rororo Literatur

Der Zauberer *Erzählung*
(rororo 12696)

Seit 1989 hat der Rowohlt Verlag mit einer umfassenden **Neu-Edition der «Gesammelten Werke» Vladimir Nabokovs** begonnen, herausgegeben von Dieter E. Zimmer. Alle bisherigen Übersetzungen sind überarbeitet, die Werke mit einem ausführlichen Anmerkungsteil kommentiert. Sämtliche Bände erscheinen in einer neuen, schönen Ausstattung: in Leinen gebunden, Fadenheftung, Büttenumschlag mit Silberprägung, Büttenvorsatz und Lesebändchen.

3259/2